ALBERTO VÁZQUEZ-FIGUEROA nació en Santa Cruz de Tenerife en 1936. Antes de que cumpliese un año su familia fue deportada por motivos políticos a África, donde el escritor permaneció entre Marruecos y el Sahara hasta que tuvo dieciséis años. A los veinte se convirtió en profesor de submarinismo a bordo del buque-escuela *Cruz del Sur*. Cursó estudios de periodismo y en 1962 comenzó a trabajar como enviado especial de *Destino*, *La Vanguardia* y, posteriormente, Televisión Española. Durante quince años visitó casi un centenar de países y fue testigo de numerosos acontecimientos clave de nuestro tiempo, entre ellos las guerras y revoluciones de Guinea, Chad, Congo, República Dominicana, Bolivia, Guatemala, etc. Las secuelas de un grave accidente de inmersión lo obligaron a abandonar sus actividades como enviado especial. Tras dedicarse una temporada a la dirección cinematográfica, se centró por entero en la creación literaria.

Ha publicado más de sesenta títulos, entre ellos *Sultana Roja*, *El rey leproso*, *Vivos y muertos*, *Saud, el Leopardo*, *Mar de Jade*, *Centauros*, *La taberna de los cuatro vientos*, *La ruta de Orellana*, *Coltan*, *Kalashnikov*, *Hambre*, *Medusa*, *Crimen contra la humanidad* y *La barbarie*, así como la autobiografía *Siete vidas y media*, en los diferentes sellos de Ediciones B. Catorce de sus novelas y guiones han sido llevados al cine.

1.ª edición: mayo, 2017

© Alberto Vázquez-Figueroa, 2007
© Ediciones B, S. A., 2017
para el sello B de Bolsillo
Consell de Cent, 425-427 - 08009 Barcelona (España)
www.edicionesb.com

Printed in Spain
ISBN: 978-84-9070-365-6
DL B 4556-2017

Impreso por NOVOPRINT
Energía, 53
08740 Sant Andreu de la Barca - Barcelona

Todos los derechos reservados. Bajo las sanciones establecidas en el ordenamiento jurídico, queda rigurosamente prohibida, sin autorización escrita de los titulares del *copyright*, la reproducción total o parcial de esta obra por cualquier medio o procedimiento, comprendidos la reprografía y el tratamiento informático, así como la distribución de ejemplares mediante alquiler o préstamo públicos.

Pederastas

**ALBERTO VÁZQUEZ-FIGUEROA**

La vida había dejado de tener sentido desde hacía meses. Ya únicamente era vida. A mi alrededor la gente hablaba, reía, comía, lloraba, mentía, bebía, hacía el amor o se drogaba. Algunos incluso se morían, pero eran difuntos que no necesitaban que les cruzara en mi barca a la otra orilla. Ya no tenía «familia».

Lo único que deseaba era emprender un largo viaje que me permitiera reunirme con quienes habían hecho de mi gris existencia algo especial. Me hundí en una profunda depresión de la que llegué a pensar que no emergería, hasta que una mañana, casi un año más tarde, descubrí a una niña sentada en la puerta de mi casa.

—¿Qué haces aquí?

—No lo sé.

—¿Quién te ha traído?

—Tampoco lo sé. Al salir del colegio, un señor me dio un caramelo asegurando que mi madre le había enviado a buscarme; me llevó a una casa enorme donde me mantuvo encerrada mucho tiempo, me hizo mucho daño y un día me apretó el cuello hasta que no conseguía respirar. Al despertar me encontré aquí.

La observé con atención; su mirada era plana, como si me estuviese observando a través de un espejo.

—Ya no volverá a hacerte daño —le dije—. Yo cuidaré de ti. ¿Cómo te llamas?

—Jimena.

—¿Jimena qué más?

—Jimena Jimeno Jiménez.

—Curioso nombre o, más bien, curioso nombre y apellidos.

—A mí me gusta.

—¿Dónde vives?

—En Cuenca.

Me había respondido con absoluta naturalidad, sin tan siquiera detenerse un segundo a especificar en pasado: «Vivía en Cuenca», lo que me dio a entender que aún no había tomado conciencia de que la habían asesinado.

Yo ya tenía, por suerte o por desgracia, una larga experiencia en todo cuanto se refería a convivir con muertos, no en vano había compartido mi casa con cuarenta de ellos durante casi dos años, y me constaba que con excesiva frecuencia ni siquiera los difuntos tienen plena conciencia de haber cruzado definitivamente a la otra orilla del último de los ríos. Menos aún podría imaginarlo una criatura que apenas había empezado a vivir.

—¿Cuántos años tienes?

—Doce.

—¡Doce! Dios mío...

Le habían apretado el cuello hasta el punto de arrebatarle más de medio siglo de vida, destruyendo al propio tiempo las otras muchas vidas que su vientre pudiera haber engendrado en el futuro, porque lo peor de los asesinos no es que acaben con un ser humano: es que cortan una rama destinada a generar nuevas ramas, nuevos frutos y tal vez nuevos árboles.

El hecho de haber atravesado una y otra vez el oscuro río con el fin de visitar a los que se encontraban en la otra orilla, pero no habían iniciado aún el largo camino hacia un destino del que nadie sabía nada, me ayudaba a comprender que la mayoría de los difuntos aceptaban la muerte como el lógico final de una existencia, pero se revelaban contra ella cuando se trataba de una prematura y antinatural interrupción de esa existencia. Y es que imagino que lo verdaderamente triste no debe de ser mirar hacia atrás y ver lo que has hecho, sino mirar hacia delante y no ver lo que podrías haber hecho.

Aquella niña, pecosa, espigada y ligeramente pelirroja, cuyo delgado y estilizado cuerpo era como el apunte a lápiz del hermoso cuadro en que acabaría por convertirse con el paso del tiempo, abría sus enormes ojos azules a un inexistente futuro que le había sido robado por un sucio degenerado.

—¿Qué pasa por la mente de un hombre en el momento de violar y asesinar a una criatura indefensa?

—Nada.

Observé sorprendido al demacrado cuarentón,

fuerte, de ancha calva y cerrada barba que había tomado asiento en la butaca que se encontraba frente a mí, y no puedo negar que me impresionó la profunda amargura que parecía emanar del tono de su voz y cada uno de sus gestos.

—¿Nada?

—Nada.

—¿Cómo lo sabes?

—Porque asesiné a tres niñas, y aún hoy, tantos años más tarde, no consigo explicarme por qué lo hice, ni qué fue lo que experimenté en aquellos momentos.

—¿Quién eres?

—Eso no pienso decírtelo porque mi mujer y mis hijos ignoran que fui yo quien cometió aquellos crímenes. Puedes llamarme «Monstruo», porque como un auténtico monstruo me comporté en vida, y tan asumido lo tengo que cuando comprendí que nunca conseguiría dejar de serlo me arrojé con el coche desde un puente.

—¿Y qué haces aquí? Si en realidad has hecho lo que cuentas, deberías estar en el infierno.

—Mi infierno particular, y te aseguro que no existe otro peor, se centra en rememorar, hora tras hora, día tras día, año tras año, y supongo que siglo tras siglo, el horror de aquellos momentos —replicó con absoluta naturalidad—. Mi castigo se concreta en escuchar gritos y llantos, tener ante mis ojos aquellos aterrorizados rostros, ver la sangre empapando mis muslos, sentir el dolor que sentía al penetrar cuerpos que se desgarraban, y asistir luego, impasible, a la larga agonía de mis víctimas. Ningún fuego conseguiría superar los justos padecimientos que todo ello me produce desde entonces.

—¿«Justos»?

—Justos. Aunque en ocasiones me pregunto por qué extraña razón fui engendrado con una mente desviada, y por qué debo pagar tan alto precio por haber sido creado así; de haber sabido la magnitud de lo que sufriría y haría sufrir, hubiera preferido no haber nacido.

—Puedo entenderlo, pero no has respondido a mi pregunta: ¿qué haces aquí?

—¿Y cómo quieres que lo sepa? Eres tú quien me ha llamado.

—¿Yo?

—Hiciste una pregunta: ¿qué se siente al violar y asesinar a una niña?, y yo te he respondido: nada.

El que se consideraba a sí mismo un Monstruo abrió las manos en un ademán que pretendía abarcar cuanto le rodeaba al añadir:

—Ese es mi caso particular, pero entra dentro de lo posible que otros que se han comportado de igual modo sientan, no obstante, de otra forma.

Le observé largo rato; aparentemente era un hombre normal, de los que se nos cruzan cada día por la calle o nos atienden en unos grandes almacenes, y tal vez únicamente sus ojos, pese a ser ojos de muerto —de aquellos que miraban como si todo lo vieran plano— permitían intuir el fuego interior que parecía abrasarle.

Me hice una vez más la pregunta que me venía obsesionando desde hacía ya mucho tiempo: ¿se trataba tan solo de una creación de mi mente enferma, o era realmente el espíritu de un asesino el que había acudido a mi demanda de ayuda?

¿Qué clase de ayuda?

Aquella que me permitiera entender por qué razón existían hombres que se comportaban como fieras.

—¿Has conocido a otros como tú?

—¿Cómo podría conocerlos? Desde el día en que cometí mi tercer crimen permanezco encerrado en el laberinto de mi propio horror, y eres la primera persona, viva o muerta, a la que veo desde el momento en que mi coche se precipitó al abismo.

—¿Por qué? ¿Por qué yo?

—Porque eres tú quien ha hecho esa pregunta, y algún poder de convocatoria debes tener sobre quienes estamos muertos.

—Al parecer lo tengo. O al menos lo tenía en un tiempo en que fueron legión los que acudieron a mí pidiendo justicia, pero nunca he conseguido averiguar si el mérito es realmente mío.

—¿De quién si no?

—Es muy posible que se deba al hecho de que bajo esta casa se encuentra la que antaño fuera la famosa Gruta de las Reclamaciones, a la que peregrinaban como último recurso aquellos a los que nadie había escuchado cuando exponían sus reivindicaciones.

—¿Vivos o muertos?

—Por lo que sé, tanto vivos como muertos, aunque ya no quedan vivos que recuerden su existencia.

Le observé de nuevo con profunda atención, reparando por primera vez en el hecho de que a su mano izquierda le faltaban dos dedos, antes de añadir:

—Supongo que no has venido a presentar ningún tipo de reclamación.

—No, en efecto...

Al advertir la dirección de mi mirada, comentó con naturalidad:

—El meñique me lo corté al día siguiente de matar a Graciela, y el anular, al asfixiar a Carolina. Abrigaba la esperanza, estúpido de mí, de que el hecho de mutilarme me frenaría a la hora de reincidir, pero no fue así.

—Lo que tenías que haber hecho era cortarte el pene.

Se encogió de hombros y resultó evidente, por el tono de voz y por el hecho de que yo sabía que los muertos no pueden mentir, que era absolutamente sincero al señalar:

—No hubiera servido de nada; la necesidad de violar no radica en el pene, se esconde en la cabeza.

—Explícate.

—¿Y qué puedo decir? Yo era un hombre normal, con una familia normal y un trabajo normal, tan pacífico que no recuerdo haber discutido nunca con nadie. Solía llevar una vida tranquila, sin aventuras ni sobresaltos, hasta que una adolescente con un libro en la mano se cruzaba en mi camino. A partir de ese instante me invadía una espantosa sensación de angustia, como si no fuera capaz de respirar hasta el momento en que la volviese a ver, desnuda, y con un libro abierto cubriéndole la cara.

—¡Qué absurdo!

—¡No! No lo es tanto. Todo empezó la tarde en que, siendo aún casi un niño, entré en la habitación de mi hermana y me la encontré desnuda sobre la cama. Se había quedado dormida con un libro cubriéndole la cara. La contemplé durante mucho rato y llegué a la conclusión de que aquel pubis tan abultado y blanco, con apenas una sombra de suave vello dorado que no alcanzaba a ocultarlo, era lo más hermoso que hubiera visto nunca.

Chasqueó la lengua al tiempo que agitaba negativamente la cabeza al concluir:

—Ninguna mujer adulta tiene, ni tendrá nunca, un pubis semejante.

¿Qué se le podía decir a un difunto que por volver a contemplar un pubis como el de su hermana adolescente había asesinado a tres muchachas para acabar suicidándose?

¿Que estaba loco?

Los muertos no están locos; están muertos, lo que a mi modo de ver ya es bastante. Y bastante peor.

¿O no?

—En mi opinión es peor estar muerto —dijo, respondiendo a mi pregunta pese a que yo no la hubiera formulado—. Y no por el hecho de estar muerto, sino por el hecho de no dormir. Tan culpable me siento como muerto que como vivo; pero, mientras estaba vivo, algunos ratos, pocos, conseguía descansar, con lo que los remordimientos me dejaban en paz por unas horas. Pero ahora no; ahora no me libro del castigo ni por un segundo.

—De acuerdo. Supongo que lo peor de todo es estar muerto, pero hay algo que, insisto, no acabo de entender: ¿por qué has venido? Si cada vez que me planteo una cuestión se presentase un difunto a aclararme las dudas, acabaría por ser el hombre más sabio del planeta, y evidentemente no es así. ¿Cuál es ahora la diferencia?

—También yo insisto en que no lo sé. Aunque tal vez lo que pretendo al estar aquí es que me comprendas y de ese modo consigas aprender algo sobre la Bestia Perfecta.

—¿«La Bestia Perfecta»? ¿Qué es eso?

—No es «eso»; es «quién».

—¿Quién? ¿Te refieres a una persona?

—¡Si se le puede llamar persona...! Dentro del mundo de los pederastas extremos, aquellos que se consideran auténticamente duros y se autodenominan «las Bestias», existe uno, el duro entre los duros, al que llaman «la Bestia Perfecta», porque es el único capaz de colgar en internet las fotos de una niña en el momento de violarla y estrangularla.

—¡Bromeas!

—Los muertos no sabemos bromear. Y menos sobre esas cosas.

—¡Pero no es posible! ¡Nadie es capaz de semejante aberración!

—Se nota que sabes muy poco sobre los pederastas. Los hay que violan a niños de meses y luego venden las fotos de esa violación a través de la red. Y te garantizo que son centenares los que las compran.

—¿Tanto degenerado existe?

—Más de los que imaginas.

—¿Tú eras uno de los que compraban esas fotos?

—Las he visto, pero me repugnan. A mí tan solo me excitaban las adolescentes con un libro sobre la cara, pero he mantenido correspondencia con los que se interesan por ese tipo de material.

—¿A través de internet?

—Naturalmente.

—¿Por qué «naturalmente»?

—Porque la red se ha convertido en un intrincado laberinto por el que circulan impunemente los degenerados, y cuanto más intrincado, y por lo tanto más seguro se vuelve día tras día, más aumenta el número de aquellos a los que siempre reprimió el miedo. Antes corrían peligro buscando fuera de casa el modo de aplacar sus necesidades, pero ahora los cobardes se encierran en su habitación, conectan con el portal adecuado y al instante les sirven en primer plano todo cuanto pueda satisfacer sus más locas fantasías, masturbándose hasta quedar exhaustos.

—¿No te consideras uno de ellos?

—No especialmente, aunque si quieres que te diga la verdad hubo un tiempo en el que traté de sustituir con simples imágenes mis ansias de matar... —Hizo una brevísima pausa para añadir como con un lamento—: ¡Pero no dio resultado! Por desgracia, no dio resultado.

Acto seguido desapareció tal como había llegado, con aquella odiosa costumbre de algunos difuntos de entrar o salir de mi vida sin pedir permiso ni disculpas, y admito que esa noche apenas pude pegar ojo obsesionado con cuanto había ocurrido.

No era la presencia de un difunto lo que me desvelaba; ya no. Era la presencia de aquel en concreto, capaz de reconocer, con absoluta naturalidad, que había cometido los más atroces crímenes.

Si estaba muerto no podía mentir, y si no podía mentir, todo cuanto dijera tenía que hacerlo de forma natural.

¿Incluso que había violado y asesinado a tres niñas?

Dios mío. Ni encontrándose bajo dos metros de tierra se podía hablar con naturalidad de algo así.

La claridad del alba me sorprendió en la terraza, contemplando el hermoso paisaje del bosque aún cubierto por jirones de niebla que parecían enroscarse en torno a la lejana torre de la iglesia del pueblo, de tal modo que las cigüeñas parecían surgir de una bola de algodón cuando iniciaban sus primeros vuelos.

No podía por menos que preguntarme si eran aquellos —una niña asesinada y violada, y un asesino y violador de niñas— los muertos que durante tanto tiempo había estado rogando que volvieran a visitarme. No tenían nada que ver con mis viejos amigos, pobres infelices que habían perecido en un accidente de tren, y que lo único que pedían era justicia. Jimena ni siquiera me lo había pedido, porque en su inocencia aún ignoraba que se encontraba ya en la otra orilla del tenebroso río.

Durante aquel interminable año de soledad había echado de menos las largas charlas y las absurdas discusiones con cuarenta seres humanos perfectamente normales cuyo único defecto se centraba en el hecho de que estaban muertos, por lo que cambiar aquellos agradables momentos por la compañía de una niña ausente y un pervertido sexual no cubría en absoluto mis expectativas de retornar a los «buenos tiempos».

Admito que hay que estar bastante trastornado a la hora de considerar «buenos tiempos» aquellos en los que se ha convivido con difuntos, pero no creo que deba sorprenderme a estas alturas por considerarme verdaderamente «chiflado».

Tuve ocasión de vender la casa, ya restaurada, y marcharme a vivir a un lugar normal, lejos de la Gruta de las Reclamaciones, pero elegí quedarme a sabiendas o quizá más bien con la esperanza de que algún día «mis muertos» regresaran, pero no eran aquellos los muertos que esperaba. No, por Dios, ¡no aquellos!

Llegué a la conclusión de que preferiría quedarme solo nuevamente, por amarga que se me antojara esa soledad, pero tres días más tarde cambié de opinión al descubrir a Jimena sentada sobre una piedra contemplando fijamente la extensa rosaleda.

Alzó el rostro, frunció los labios en un gesto que podía tomarse como de forzada resignación, y comentó con un tono de voz tan serio y tan profundo que no correspondía en absoluto a su corta edad:

—A mi madre le encantaban las rosas; las cuidaba y podaba durante horas. Ya no volveré a verla nunca, ¿verdad?

—«Nunca» es una palabra demasiado rotunda —alcancé a decir—. Solo Dios sabe si volverás a verla.

—Estoy muerta —musitó—. Ahora sé que lo estoy, pero a pesar de ser una niña que no había hecho mal a nadie, llevo ya varios días muerta y aún no he visto a Dios. Creo que si de él depende que vuelva a ver a mi madre, pocas esperanzas me quedan.

¿Cómo era posible que hubiera madurado tanto en tan poco tiempo?

¿Qué había visto en la otra orilla del río como para que empezara a hablar y comportarse como una persona adulta?

—Dios está ahí, en alguna parte, en el lugar en el que acabarás por marcharte, y él decidirá cuándo y cómo volverás a ver a tu madre. Tengo experiencia en esto y sé que lo único que puedes hacer es esperar. Tu día llegará.

—Mi día ya llegó —replicó segura de sí misma—. Demasiado pronto, pero llegó; ahora lo que necesito es saber por qué razón estoy aquí.

—Aún no estoy del todo seguro... Pero empiezo a creer que, tal como ya me ocurrió anteriormente, estás aquí porque no podrás descansar hasta que tu asesino pague por ello, o es posible que estés aquí porque pretendes evitar que vuelvan a hacer a otras niñas lo que hicieron contigo.

—Es posible... —Me miró de frente y por unos instantes su mirada no fue tan plana como solía ser en los difuntos—. ¿Serás tú quien lo impida?

—Lo intentaré si me ayudas.

—¿Y cómo puedo ayudarte?

—Contándome todo cuanto recuerdes sobre él.

Bartolomé Cisneros era la única persona viva con la que me sentía capaz de hablar sobre lo que me estaba sucediendo, ya que no había sido capaz de confesarle a nadie más que ciertos difuntos tenían la extraña costumbre de acudir a mí en busca de una justicia que ningún otro parecía dispuesto a proporcionarles.

El ser humano ha aceptado desde antiguo que la muerte se encuentra al final de todos los caminos, pero yo era de los pocos que sabían a ciencia cierta que en realidad tan solo constituye el final del camino de unos determinados seres humanos. Los problemas de los difuntos suelen persistir más allá de su desaparición física, y el hecho de enterrar el problema junto a su cadáver no es más que una forma de eludir nuestras responsabilidades. Siempre he considerado que apenas se me pueden achacar responsabilidades en el accidente de tren que costó la vida a cuarenta inocentes, pero aun así me vi obligado a pagar un alto precio e incluso corrí peligro de que me asesinaran por meter las narices donde no me llamaban.

Debido a tan traumática experiencia, ahora no podía por menos que preguntarme qué grado de responsabilidad me correspondía por el hecho de que un psicópata se dedicara a secuestrar, violar y asesinar a niñas.

Por ello, cuando le planteé la cuestión, Bartolomé Cisneros se tomó un largo rato mientras observaba, tal como tenía por costumbre, el hermoso paisaje que se contemplaba desde el ventanal del salón de su fastuosa mansión de la urbanización Puerta de Hierro.

—Creo que lo primero que debemos saber es si realmente son los muertos los que te buscan, o eres tú quien los busca a ellos.

—¿Insinúas que tal vez me esté volviendo loco?

—¡En absoluto! Pero de lo que no cabe duda es de que te has alejado tanto del resto de los mortales, vaciando por completo tu vida, que ahora necesitas imperiosamente de aquellos que te permiten sentirte diferente.

—¿Pretendes decir que soy un paranoico?

—No seas tan quisquilloso. Lo único que pretendo decir es que ya no te afectan los problemas de los que aún respiramos, lo cual en cierto modo te está convirtiendo en una especie de marginado social.

—¿Marginado social de los vivos?

—Más o menos... Si fueras sincero contigo mismo admitirías que hace ya mucho tiempo que no te interesa casi nada de lo que ocurre a este lado de la raya... ¿Te acuerdas de aquella famosa película sobre los muertos vivientes...? Pues tú no eres un «muerto viviente», eres un «vivo muriente».

—¡No tiene gracia! Aparte de que no sé qué podría hacer para evitarlo.

—Vivir mientras vivas, y dejar en paz a los muertos hasta que también estés muerto.

—Ese día ya no podré hacer nada por ellos.

—¿Y a qué se debe ese empeño en ayudarlos? ¿Acaso te han nombrado el Justiciero del Más Allá? Tengo la impresión de que estás jugando antes de tiempo a un juego al que por desgracia te verás obligado a jugar durante el resto de la eternidad.

—En eso puede que tengas razón.

—¡Naturalmente que la tengo! Lo que deberías hacer es buscarte una mujer que te entienda, cosa que admito que no resulta nada fácil, casarte y disfrutar de los años que te quedan, puesto que no nos ha sido proporcionada más que una corta vida y una larga muerte.

—¿Y qué le digo a Jimena cuando me pida que la ayude a impedir que esa bestia intente asesinar a otra niña?

—Recuérdale que no eres más que un simple ingeniero de caminos, no un policía.

—¿Se lo dirías tú? ¿Mirarías a la cara a una niña a la que han martirizado durante no sé cuánto tiempo y le dirías: «Mira, bonita, yo soy un hombre de negocios, no un policía, y me importa un pito que le vuelvan a hacer a otra niña lo que te han hecho a ti»? ¿Lo harías?

—¡Naturalmente que no!

—¿Entonces?

—Es que no nos estamos refiriendo a un ser de carne y hueso, sino a una supuesta muerta que tal vez no sea más que fruto de tu imaginación.

—No lo es.

—¿Por qué estás tan seguro?

—Porque ya he hecho algunas averiguaciones; una niña llamada Jimena Jimeno Jiménez desapareció en Cuenca hace más de dos años. —Saqué del bolsillo la foto que había aparecido en la prensa al tiempo que añadía—: Es esta.

Bartolomé Cisneros hizo girar la silla de ruedas a la que se encontraba ligado desde el día en que un tren le seccionara las piernas, permitió que la luz cayera directamente sobre la foto del periódico y dejó escapar una especie de amargo lamento.

—¡Dios nos asista! ¿Quién puede hacerle daño a una criatura semejante?

—Un animal al que llaman «la Bestia Perfecta».

—«¿La Bestia Perfecta»? ¿Y eso por qué?

Le expliqué del modo más breve y conciso posible la razón de semejante denominación para acabar por inquirir:

—¿De veras opinas que debo cruzarme de brazos y permitir que siga actuando impunemente? ¿Cuántas niñas deberán morir antes de que le atrapen, si es que alguna vez lo hacen?

Tardó en responder, sin duda meditando cuanto acababa de decirle, pero sin cesar por ello de maniobrar hábilmente con los mandos eléctricos una silla que ya parecía formar parte de su cuerpo, y tras llenar dos copas de su coñac predilecto me ofreció una al tiempo que admitía en tono de absoluta resignación:

—No sé cómo diablos te las arreglas, pero eres la única persona que conozco que me plantea situaciones inverosímiles que tengo que acabar aceptando como si fueran de lo más normales. ¿Cómo puedo ayudarte?

—No tengo ni la más mínima idea.

—¡Pues sí que empezamos bien! ¿A qué has venido entonces?

—A buscar consejo. Cuando ocurrió lo del accidente del tren sabía dónde investigar puesto que para algo trabajo en el ministerio; pero en este caso no sé por dónde empezar; la niña no ha sido capaz de darme más que una ligera descripción de su asesino.

—¿Qué te ha dicho?

—Que es muy fuerte; pero en buena lógica a una criatura tan frágil cualquier hombre le debe de parecer muy fuerte, sobre todo si la está violando y acaba por estrangularla. Al parecer viste bien, huele a tabaco y tiene una casa que debe ser enorme.

—¿Eso es todo?

—Todo lo que recuerda de momento. Ten en cuenta que aún se encuentra traumatizada y se pone nerviosa cuando habla del tema. Confío en que cuando se serene pueda aclararme algo más.

—¡Menuda papeleta! —Bebió despacio y añadió—: ¿Y si acudieras a la policía?

—¿La policía? ¿Qué harías tú si fueras un atareado comisario que se encuentra hasta las cejas de trabajo y se presentara un tipo contándote lo que te estoy contando?

—Tirarle por la ventana.

—O llamar a un guardia para que lo encerrase.

—Probablemente... Pero debes tener en cuenta que la policía es la única que dispone de información sobre casos similares, y resulta evidente que si en efecto se trata de ese al que llamas «la Bestia Perfecta», ya ha debido actuar con anterioridad, o de lo contrario no le apodarían de ese modo. Tu obligación es colaborar con la policía.

—¿Arriesgándome a que me encierren?

—¡No! Eso no, naturalmente.

—¿Entonces?

—Tal vez de una forma anónima... ¡Olvídalo! Los anónimos suelen acabar en el último cajón del último despacho y eso no nos ayudaría en nada, puesto que no recibiríamos contraprestación alguna.

—Veo que hablas en plural.

Pareció sorprenderse, recapacitó sobre lo que acababa de decir y concluyó por aceptar con un ligero encogimiento de hombros.

—¿Y qué otra cosa puedo hacer? Me presentaste a la mujer que transformó mi vida de inválido amargado en un paraíso, desenmascaraste a los culpables de que aquel tren se accidentara para dejarme postrado en una silla de ruedas, y has acabado por convertirte en mi mejor amigo e incluso en mi cómplice. Desde que entraste tenías muy claro que no me negaría a ayudarte... ¿Qué necesitas?

—Que pongas todos tus medios económicos, que son muchos, y tus influencias, que no son menos, al servicio de esta causa, y consigas que tu gente averigüe cuántos casos semejantes se han dado en los últimos años. También necesito saber la identidad de todos los hombres de unos cuarenta años que se mataron arrojándose con su coche desde un puente.

—¿Cuándo y dónde?

—No tengo ni remota idea.

—¡Pues sí que me lo pones fácil! Hay miles de accidentes de automóvil todos los años.

—No de esas características concretas.

—Se hará lo que se pueda.

Bartolomé Cisneros no necesitó hacer nada al respecto, puesto que al regresar a casa me encontré acomodado en el salón a quien se denominaba a sí mismo «el Monstruo», que me espetó sin más preámbulos:

—Si pretendes que te ayude en este asunto, no intentes averiguar quién fui en vida. De nada te serviría saber mi nombre, puesto que no dejé una sola pista sobre mis crímenes. Quien los cometió se pudre bajo tierra. ¡Te suplico que lo dejes en paz!

—No intentaba remover el pasado. Tan solo pretendía hacerme una idea sobre qué clase de hombre fuiste con el fin de comprobar si existen puntos en común con otros violadores de niños.

—¡No existen! Si buscas un perfil que nos diferencie del resto de los criminales perderás el tiempo en especulaciones sin sentido porque docenas de pederastas diferentes, y de muy distintas edades, actúan a su vez de formas muy distintas.

—¿Qué formas?

—La más común es la de «los tímidos contemplativos», que se limitan a merodear por parques y colegios masturbándose detrás de un seto en cuanto le ven los muslos a una criatura. Luego están «los mustios pasivos», que compran fotos de niños desnudos o se conectan a internet con el fin de consolarse a solas en sus dormitorios. A continuación se encuentran «los audaces viajeros», que se desplazan a Tailandia, Camboya o Filipinas dispuestos a mantener relaciones con menores de edad prostituidos, y en la cúspide de la pirámide nos asentamos «los celosos», que somos los que necesitamos destruir el objeto de nuestro deseo con el fin de que nadie más pueda disfrutar de él.

—¿Es por celos por lo que matabas a esas niñas? ¿Para que nadie más disfrutara de ellas?

—Tal vez. O tal vez lo hacía para evitar que pudieran reconocerme, o porque odiaba la idea de saber que alguien sabía que había cometido semejantes aberraciones. Supongo que en mis delirios imaginaba que mientras existiera una sola persona que me conocía y no podía olvidarme, tampoco yo podría olvidar mis crímenes.

—¿Y realmente deseabas olvidar, o por el contrario te regodeabas recordando lo que habías hecho?

—Deseaba olvidar. En mi caso los impulsos llegaban de improviso y resultaban irrefrenables, pero en cuanto todo había pasado me arrepentía, experimentaba un intenso dolor y me odiaba hasta el punto de castigarme mutilándome. Y cuando ya no lo soporté más, decidí acabar con mi vida... —Hizo una larga pausa para concluir seguro de lo que decía—. Es en el arrepentimiento en lo que los simples Monstruos nos diferenciamos de las auténticas Bestias.

—¿Las Bestias nunca se arrepienten?

—Nunca.

—¿Cómo es posible que alguien no sienta remordimientos por el hecho de haber raptado, violado y asesinado a una criatura?

—No lo sé, pero así es; el Monstruo se horroriza por lo que ha hecho, mientras que la Bestia se enorgullece de ello; el Monstruo se acobarda y llora en la oscuridad jurando que nunca más volverá a matar, mientras que la Bestia sale a la luz y se pavonea de su hazaña, tan orgulloso de sí mismo, de su poder e impunidad, que necesita imperiosamente que las otras Bestias le admiren. Y son tan peligrosas porque al placer de violar y asesinar se añade una embriagadora sensación de superioridad sobre el resto de los mortales, a los que consideran simples borregos.

—¿Cómo sabes todo eso?

—Preguntando.

—¿A quién?

—A las Bestias, naturalmente. Si me veo obligado a ayudarte necesito saber, antes que nada, a qué clase de enemigo te enfrentas. He encontrado un par de ellas que me han contado cosas muy interesantes.

—¿Muertas?

—¡Por supuesto! De haber acudido a las vivas las habría matado de un susto. Por suerte las Bestias también se mueren, aunque no todo lo pronto que sería de desear.

Hice un gesto con la mano rogándole que guardara silencio, porque realmente necesitaba hacer una pausa y reflexionar sobre cuanto estaba escuchando. Aunque hacía años que por mi continua relación con los muertos ya casi nada me asombraba, el nuevo horizonte de miserias humanas que se me revelaba superaba en mucho mi capacidad de asimilación.

¿Cuán podrida llegaba a estar la mente de un hombre para encontrar placer en torturar a una niña, violarla, matarla y además enorgullecerse de ello?

Y por lo que aquel desgraciado contaba no se trataba únicamente de enajenados que no fueran en absoluto responsables de sus actos, sino más bien de individuos excepcionalmente fríos, calculadores, inteligentes y capaces de planear con todo detenimiento no solo el mal que iban a causar, sino incluso la forma de propagar su hazaña entre una horda de tarados mentales que se desparramaban por los cuatro puntos cardinales.

—¡Nunca conseguiré entenderlo! ¡Nunca!

—En ese caso, nunca conseguirás encontrar a la Bestia Perfecta —me respondió—. Adentrarse en el mundo de los pederastas extremos con la mentalidad de una persona normal es tanto como intentar atravesar la selva esperando encontrar caminos asfaltados, semáforos o guardias de tráfico. El universo particular de los violadores y asesinos de niños es una galaxia que se rige por sus propias reglas, entre las cuales no existe ninguna que se refiera, ni remotamente, a cualquier tipo de moralidad. ¿Te haces una idea sobre lo que pretendo decir?

—Lo intento.

—En primer lugar, entre nosotros no existen, ni por lo más remoto, los conceptos de compasión, amor o ternura. Lo único que importa es la satisfacción personal, y si para conseguirla es necesario recurrir a la violencia, la tortura, el sadismo, el exhibicionismo o el asesinato, bienvenidos sean. ¿Me sigues?

—Cada vez me cuesta más trabajo.

—Lógico. Pero piensa que te estoy hablando de abandonar el imperio de los sentimientos para adentrarte en el imperio de los instintos. Cuando tratas con una auténtica Bestia, es como cuando tratas con un león, una hiena o una serpiente; tan solo obedecen a sus instintos, con el agravante de que además los pederastas piensan como seres humanos y, por lo tanto, fingen.

Hizo una pausa, pareció sumirse de pronto en unos recuerdos que le llevaron muy lejos de allí y cuando al fin regresó chasqueó la lengua como si le costase trabajo aceptar que lo que iba a decir había ocurrido en realidad:

—Yo nunca llegué a la categoría de Bestia, pero aun así violé y asesiné a tres niñas. Sin embargo, cuantos me conocieron en vida, padres, amigos, esposa e hijos, lloraron sobre mi tumba convencidos de que había sido uno de los hombres más buenos y compasivos que habían existido. Y es que el pederasta suele hacer de la hipocresía un auténtico arte.

—¿No te avergüenza contarme todo esto?

—Los muertos de lo único que tenemos que avergonzarnos es de estar muertos —señaló con un innegable deje de amargura—. Frente a esa palabra maldita que pone el punto final a la existencia, todo lo demás huelga. Ahora la mentira y la hipocresía me han sido vedadas y admito que en cierto modo me siento aliviado al poder hablar abiertamente de algo que me abrasaba las entrañas.

—Supongo que debe resultar terrible convertirte en tu propio fiscal, tu propio juez y tu propio verdugo.

—Lo es, especialmente cuando careces de argumentos con los que ejercer tu propia defensa. Y recuerdo que mientras iba cayendo al vacío me asaltó la sensación de no haber obrado correctamente al llevarme mis secretos a la tumba; los padres de aquellas niñas merecían saber que se había hecho justicia.

—¿Es suficiente justicia tu muerte? ¿Basta con unos segundos de angustia mientras caes desde lo alto de un puente para compensar por el irreparable daño y el dolor que has causado?

—¡En absoluto! Pero ¿qué otra cosa podía hacer? Pagué con lo único que realmente era mío: mi vida. Confesar la verdad hubiera sido tanto como pagar con la vida de mis padres, mi hermana, mi mujer y mis hijos, que ninguna culpa tenían de mis crímenes, por lo que no se me antojó justo que se vieran obligados a soportar ese estigma hasta el día de su muerte.

Me distrajo un ruido que llegaba del exterior, dejé de mirarle un solo instante y cuando volví de nuevo el rostro hacia él, ya se había ido.

Permanecí allí largo rato, observando absorto las paredes y el techo, esforzándome por hacerme una idea de cómo se podía vivir en una galaxia en la que no existía el menor atisbo de ternura, afecto o compasión, mientras que las más espeluznantes aberraciones eran la norma, y llegué a la lógica conclusión de que no me encontraba preparado para internarme en oscuras y profundas cloacas en las que chapoteaban las más inmundas criaturas, puesto que por más que me esforzara no se me ocurría que pudiera existir algo peor que un asesino de niños.

Alcanzaba a aceptar, aunque no a disculpar, a quienes mataban por celos, ira, venganza, ambición o incluso por motivaciones políticas, pero me resultaba inconcebible por completo la idea de la pedofilia llevada a sus últimas consecuencias.

Presentía que continuar por aquel camino me acarrearía graves problemas que aún no conseguía precisar, pero resultaba indiscutible que Jimena Jimeno Jiménez se pasaba las horas sentada en el muro de la rosaleda y no parecía tener intención de marcharse sin haber obtenido respuestas a un sinfín de preguntas.

Jamás entraba en casa.

Tenía terror a los espacios cerrados porque había sido en uno de ellos donde la habían torturado hasta morir, y tal vez porque lo poco que quedaba de su frágil cuerpecito se encontraba al parecer en el fondo del pozo al que su asesino la había arrojado.

Necesitaba el sol, la luz, el aire libre y el cielo sobre su cabeza.

Necesitaba incluso la lluvia en el rostro pese a que me resulte imposible saber hasta qué punto un muerto puede percibir el roce de las gotas de agua sobre la piel.

—Tienes que ir a ver a mi madre... —me suplicó una mañana—. Tienes que pedirle que deje de buscarme.

—Nadie puede pedirle a una madre que deje de buscar a la hija que ha perdido. Nadie.

—Tan solo aquel que sepa, sin lugar a dudas, que está muerta —me replicó con aquella desconcertante calma de mujer madura pese a sus pocos años—. Mientras continúe manteniendo una leve esperanza de encontrarme con vida no descansará en paz y acabará por volverse loca. Es necesario que se decida a aceptar la realidad; nunca volverá a verme.

—No puedes pedirme que sea yo quien le dé semejante noticia.

—¿Y quién si no? —protestó—. ¿Mi asesino? ¿Crees que va a ir a decirle: «olvide a su hija, yo la violé, la estrangulé y la arrojé a un pozo»? Aparte de él, tú eres el único que conoce la verdad y necesito que mi madre la sepa.

—Me pides demasiado.

—Los muertos no pedimos tonterías; o pedimos demasiado o no pedimos nada.

Emprendí el viaje a media mañana, conduciendo despacio, tanto porque me preocupaba lo que iba a encontrar en Cuenca como por la necesidad de darme tiempo para reflexionar sobre la mejor forma de plantearle a una mujer desesperada que su única hija había muerto.

Cuando me siento tras un volante, sin prisas y con la carretera despejada por delante, suelo pensar incluso con mayor claridad que acomodado en la butaca de mi despacho, pero debo admitir que aquel inquietante viaje constituyó la excepción a la regla; por más vueltas que le daba no se me ocurría cómo me las arreglaría a la hora de abordar con naturalidad a la madre de una niña que había sido violada y asesinada.

Decidí almorzar en el original restaurante Casas Colgadas y permanecí en él todo el tiempo que me fue posible mientras contemplaba a través de sus amplios balcones el prodigioso paisaje de una ciudad que se me antoja fascinante.

Supongo que alimentaba la absurda esperanza de que la visión del lugar en que había nacido y se había criado Jimena me inspirase las más difíciles palabras que tendría que pronunciar a lo largo de toda mi vida.

—Mi padre murió cuando yo era muy pequeña y apenas lo recuerdo... —me había confesado el día anterior, sentada como de costumbre en uno de los muros de los parterres del jardín—. Años más tarde, mi madre salió con un par de señores e incluso fuimos con uno de ellos de vacaciones a Mallorca, pero aunque llegué a tomarle un cierto cariño la relación quedó en nada y un buen día desapareció, porque debo admitir que a veces mi madre se comporta de un modo un tanto especial.

—¿Especial en qué sentido?

—Es muy «suya»... Por lo general es amable, cariñosa e incluso muy divertida a ratos, pero de pronto se queda ensimismada, te mira como si no te conociera, se ausenta, y se pasa horas o días casi sin hablar, hasta el punto de que da la impresión de que se ha mudado a otra ciudad.

—¿Y eso por qué?

—¡Y yo qué sé! A mí no me importaba porque la conocía y sabía que siempre acababa reaccionando, pero a los hombres no les gustaba que se comportara como si de pronto no estuvieran allí.

—Claro, a nadie le apetece convivir con una persona que, como dices, «se muda a otra ciudad» sin previo aviso.

—Pero no es culpa suya, y cuando se quiere a alguien hay que quererlo en lo bueno y en lo malo...

Observando desde las alturas el altivo puente de hierro, no apto para ser cruzado por quienes padeciesen de vértigo, con la majestuosa mole del parador de turismo al otro lado del impresionante abismo de la hoz del río Huécar, no pude por menos preguntarme qué ocurriría si en el momento de presentarme ante la infeliz Alicia Jiménez, se encontraba atravesando uno de aquellos extraños períodos de ausencia a que se había referido su hija.

Pedí tres cafés y me deleité largo rato con un enorme puro canario, cosa que no suelo hacer más que en muy contadas ocasiones, especialmente cuando estoy buscando la forma de retrasar el momento de tomar una decisión.

Pero incluso los mayores puros, sean o no canarios, acaban por consumirse, devolviéndonos a la realidad de que hemos recorrido más de cien kilómetros para encontrar a una determinada persona, y por lo tanto no es de recibo regresar a Madrid, a confesarle a una niña muerta que tuvimos miedo a la hora de enfrentarnos a su atribulada madre.

La casa era pequeña, de un solo piso, alzada no lejos de un farallón cortado a pico sobre el Huécar y aparecía rodeada por un pequeño huerto y una amplia terraza cuajada de rosales. Un chucho de color canela y raza indefinida, *Coco* me había dicho Jimena que se llamaba, me enseñó los dientes gruñendo amenazadoramente, y tras ladrar repetidas veces mientras observaba inquieto cómo agitaba la campanilla que colgaba sobre la verja, guardó silencio en el momento en que hizo su aparición una mujer de poco más de cuarenta años pero que en aquellos momentos podría aparentar sesenta. Se la advertía demacrada, con los ojos rojos, los párpados hinchados y el cabello revuelto; con un aspecto tan desamparado y abatido que hubiera servido de modelo ideal a la hora de pintar un retrato de la Dolorosa bajando a Cristo de la cruz.

Me resulta imposible recordar, o más bien transcribir, cuáles fueron mis primeras palabras de aquellos difíciles momentos, porque me temo que lo único que hice fue balbucear como un imbécil, pero lo que sí recuerdo con absoluta claridad es que en el momento en que le dije que su hija había muerto, Alicia Jiménez de Jimeno ni tan siquiera reaccionó, se limitó a musitar quedamente:

—Ya lo sabía.

—¿Quién se lo ha dicho?

Se llevó el dedo índice al pecho al tiempo que replicaba en el mismo tono:

—No necesito que nadie me lo diga. Durante un tiempo mantuve la extraña sensación de que me llamaba y eso alimentaba mi esperanza de que al fin me la devolvieran, pero una noche se me paró el corazón y supe que mi niña había muerto. Por desgracia, el corazón volvió a latir contra mi voluntad y aún ignoro por qué razón continúa haciéndolo.

Se quedó muy quieta, contemplando como hipnotizada la silueta de la torre Mangana que se distinguía a poco más de un kilómetro de distancia, y por unos instantes temí que se hundiera en uno de aquellos períodos de ausencia de los que al parecer solía tardar varios días en regresar.

Me mantuve en silencio, acariciando la cabeza del chucho, que se había tumbado a mis pies y que me olfateaba como si estuviese descubriendo en mí el olor de su joven ama, y cuando comenzaba a hacerme a la idea de marcharme, los enrojecidos ojos se volvieron a mirarme con inquietante fijeza.

—¿Le hicieron daño?

—Supongo que sí... Pero eso ya ha pasado.

—¿Quién se lo hizo?

—Lo ignoro, pero le juro que haré cuanto esté en mi mano para averiguarlo.

—¿Es usted policía?

—No.

—Entonces ¿cómo sabe que mi hija ha muerto y cómo piensa atrapar al asesino?

—Prefiero no decírselo... Nunca me creería.

Guardó silencio de nuevo; de nuevo se concentró en contemplar la torre, y cuando al fin me miró tuve la sensación de que se sentía algo más serena.

—Escuche, señor... Soy una madre a la que le han arrebatado lo único que tenía, llevo mucho tiempo imaginando las cosas terribles que algún maldito sádico le estaría haciendo en esos momentos a mi pequeña, y ahora que me consta que ha muerto, mi único futuro es arrojarme por aquel risco para acabar de una vez con tanto padecimiento. Si existe una esperanza, ¡una sola, y por increíble que parezca!, de que el pervertido que me lo ha arrebatado todo pague su culpa, le suplico que me brinde esa pizca de aliento para tener al menos un motivo para seguir viviendo.

¿Qué podía responderle?

Evidentemente aquel era, en aquellos momentos, el ser humano más desgraciado del planeta, y al reparar por primera vez en la gran cantidad de fotografías de Jimena que adornaban cada rincón de la pequeña sala de estar, llegué a la conclusión de que, efectivamente, cualquier cosa que dijera y por absurda que se me antojase sería siempre preferible al silencio.

—Aunque supongo que le costará aceptarlo, lo cierto es que poseo unos ciertos poderes de los cuales nunca me he lucrado ni pienso hacerlo bajo ninguna circunstancia. —Hice una pausa para que entendiera bien que no venía a pedirle nada, y por último añadí—: Su hija se me aparece con cierta frecuencia y me ha pedido que venga a rogarle que deje de buscarla. Nunca la encontrará, pero tal vez le consuele saber que ha dejado de sufrir.

—Me consuela, pero, ciertamente, me cuesta creerle.

—Lo comprendo. Yo también ignoro por qué extraña razón los muertos acuden a mí en busca de justicia antes de continuar su camino hacia un destino que en verdad desconozco; tal vez por el hecho de que mi casa fue construida sobre la cueva de un ermitaño que aseguran que había recibido el don de hablar con los muertos.

—¿Pretende hacerme creer que habla con ellos?

—Tal como estoy hablando ahora con usted.

—¿Y no le asustan?

—Al principio sí. Luego llegué a la conclusión de que no pueden, ni quieren, hacerme daño; lo único que pretenden es descansar en paz sabiendo que los causantes de su desgracia han recibido su merecido.

—¿Y lo han recibido?

—Por el momento lo he conseguido. ¿Recuerda el accidente de tren en el que murieron cuarenta personas? Ahí empezó todo, porque en realidad ese «accidente» se debió a que alguien pretendía ganar mucho dinero desviando la línea por un lugar peligroso. Tardé más de un año en encontrar a los culpables, pero al fin lo conseguí.

—¿Qué ha sido de ellos?

—Siguieron el mismo camino que sus víctimas, aunque probablemente su destino final será muy diferente.

—¿Los mató usted?

—No exactamente.

Se ausentó una vez más, aguardé acariciando la cabeza de *Coco*, que ya no se separaba ni un instante de mis pies, y cuando la pobre mujer se volvió de nuevo, sus tristes ojos contenían ahora una ardiente súplica.

—¿Me permitirá que sea yo misma quien mate a ese hijo de puta si es que consigue encontrarle?

—¿Y qué sacará con ello?

—Dormir.

—¿Dormir?

—¿Qué mejor somnífero puede existir para una madre que la sangre del asesino de su hija? Desde el día en que me la arrebataron no he conseguido descansar dos horas seguidas, ¡estoy a punto de volverme loca! ¿Lo hará?

—Lo haré.

—¿Me lo jura?

—Le juré a su hija que encontraría a quien le hizo daño, y ahora le juro a usted que le permitiré que lo mate con sus propias manos.

—Tal vez esta noche consiga dormir un poco... Tal vez esa esperanza me permita continuar con vida por algún tiempo.

De la misma forma que el amor puede salvar a un desahuciado, el odio posee la fuerza suficiente para lograr que un ser tan desesperado como Alicia Jiménez decidiera aplazar su suicidio hasta haber conseguido llevarse por delante al degenerado que había transformado su existencia en un infierno.

—Desde que el maldito cáncer que parece pretender acabar con todos nosotros, bien matándonos o bien llevándose a los seres que amamos, me arrebató a mi marido, lo único que me quedaba en este mundo era Jimena. Me esforcé por encontrar a alguien que le sirviera de padre, pero fracasé. Aquellos con los que intentaba olvidar a Germán me lo traían a la mente una y otra vez, y admito que en lugar de devolverme a la vida me alejaban de ella.

—Es lo que suele suceder en estos casos. Como se suele decir, «las comparaciones siempre son odiosas».

—Así es, en efecto; la muerte fue muy cruel llevándose al único hombre que he amado y dejándome a mí con vida, pero esa crueldad llegó al extremo cuando también me arrebató a mi niña y no me partió el corazón en ese instante. ¿Es usted creyente?

—No.

—¡Suerte la suya! Han sido mis creencias las que me han impedido suicidarme, y estoy convencida de que ese es el precio más costoso que nos vemos obligados a pagar los que confiamos en que existe otra vida en la que la crueldad no llegue a los extremos que acostumbra a llegar en esta.

—Existe otra vida... De eso puedo darle fe, pero lo que no puedo asegurarle es de si se trata de una vida mejor o peor. Lo que sí sé es que es tan larga, y supongo que tan monótona, que no conviene apresurarse a la hora de llegar a ella. «Vivir» es que nos ocurran cosas, buenas o malas, y nacimos para vivir, no para ser felices.

—¿Y cree que vale la pena vivir si estamos condenados a no ser felices?

—No estamos condenados puesto que existe mucha gente que es feliz a ratos, pero aunque lo estuviéramos, eso siempre es mejor que no haber vivido. La posibilidad de que un determinado espermatozoide fecunde un determinado óvulo y dé origen a un determinado ser es de una entre miles de millones, por lo que creo que nadie tiene derecho a despreciar semejante milagro por el hecho de que las cosas no le hayan salido como esperaba.

—¿Considera que el hecho de haber perdido a los dos seres que he amado es que «las cosas no me hayan salido como esperaba»?

—Si perdió a los seres que amaba fue porque hubo un tiempo en que los tuvo y fue feliz amándolos. Y eso es más de lo que la mayoría de las personas ha tenido nunca.

—¿Acaso cree que los años que disfruté con la presencia de Jimena me compensarán por lo que voy a sufrir por su definitiva ausencia? Resulta evidente que usted no tiene hijos.

—Tengo uno... —le repliqué—. Y me destrozaría el corazón que desapareciese, pero resultaría egoísta por mi parte considerar que el dolor que ello me produjese no estaría compensado por las horas felices que pasé a su lado, o lo feliz que él mismo fue porque le concedí la oportunidad de vivir; la amargura de una muerte no basta para empañar la dulzura de una vida.

—Probablemente me consolaría compartir sus ideas, pero lo cierto es que en estos momentos no puedo hacerlo. Quizá se deba a que todo es demasiado reciente.

—Quizá... Pero tenga muy presente que usted es lo único que ahora inquieta a su hija. He llegado a la conclusión de que los muertos prefieren que quienes les amaron en vida les olviden, pero por desgracia los vivos consideramos que olvidarlos sería tanto como traicionarlos.

—¿Y pretende hacerme creer que no es así?

—Desde el punto de vista de una persona viva sí, pero desde el de una persona muerta no, porque los muertos ya no entienden ni de mentiras ni de traiciones; lo único que desean es descansar.

—En ese caso debo de estar muerta... —señaló segura de sí misma—. Lo único que deseo es descansar, y si pocas oportunidades de hacerlo tenía hasta ahora, me temo que van a ser menos de aquí en adelante.

—¿Por qué lo dice?

—Porque si existía una remota posibilidad de que llegase a resignarme, ha desaparecido desde el mismo momento en que me ha hecho concebir la esperanza de que algún día conseguiré vengarme.

Ni siquiera me molesté en señalarle que a mi modo de ver la venganza no era el mejor cimiento sobre el que asentar una nueva vida, puesto que si pretendo ser sincero ni siquiera estaba convencido de tener razón. La historia está repleta de ejemplos en los que el ansia de revancha ha llevado a los seres humanos hasta límites insospechados, puesto que en una sociedad que se alza sobre los pilares de terribles injusticias suelen ser millones los que exigen casi a diario una reparación.

Nada ni nadie le devolvería su hija a una mujer que acababa de sumirse una vez más en un abismo sin fondo en el que únicamente ella habitaba, pero debo admitir que la sed de venganza era el último madero al que podía aferrarse para salir a flote.

Me encontraba tumbado en la cama ensimismado en el estudio de un plúmbeo informe sobre resistencia de materiales en las líneas férreas de alta velocidad en el momento en que escuché voces en el jardín, y cuando me asomé a la terraza advertí que una niña, a la que apenas pude entrever, corría a esconderse entre los parterres de rosas justo detrás de la vieja casa de muñecas.

Jimena, que estaba sentada en el muro de siempre, alzó el rostro hacia mí y dijo:

—Tiene miedo.

—¿De qué?

—De todo. Ayer la mataron.

El corazón me dio un vuelco, me aferré a la barandilla para evitar que las piernas me traicionaran, y cuando al fin conseguí reponerme bajé a reunirme con la chiquilla.

—¿Quién es?

—No me ha dicho su nombre. No hace más que

llorar porque al parecer la han torturado de una forma horrible. Supongo que aún ni siquiera sabe que está muerta.

—¿Y está muerta?

—Tanto o más que yo.

—Ve a buscarla. Intenta tranquilizarla y hacerle comprender que no tiene nada que temer.

—¿Le digo la verdad? Le cuento que la han raptado, torturado, violado y asesinado, o le permito que conserve la esperanza de que volverá a ver a sus padres?

—¿Y qué quieres que te diga? Tú debes saber mejor que yo si es preferible que te digan la verdad o aguardar a descubrirla por ti misma.

—Pero es que yo no lo sé... Aún confío en que todo esto no sea más que una pesadilla de la que me despertaré gritando para que mi madre acuda a consolarme.

—También a mí me gustaría que todo fuera una pesadilla. Hasta hace un par de años yo no era más que un hombre normal que aspiraba a que en alguna ocasión le ocurriera algo extraordinario que le librase de la monotonía de una vida sin alicientes, pero debo admitir que cuanto me está ocurriendo es demasiado «extraordinario». El día que conocí a tu madre casi se me parte el corazón.

—¿Me llevarás a verla?

—Eso no depende de mi, pequeña —le hice notar—. Tú aún no lo sabes, pero los difuntos poseéis privilegios que nos están vedados a los vivos y al mismo tiempo no se os consienten cosas de lo más banales. En cierto modo me sorprendió que no estuvieras allí aquel día.

—Supuse que te incomodaría, porque ya la situación era suficientemente difícil sin que yo estuviera presente. Pero a lo que me refiero no es a verla, sino a que me vea a mí y poder hablar con ella.

—No creo que eso sea posible. Por lo menos hasta ahora no lo he conseguido nunca. No soy lo que se suele llamar un médium, y existen demasiadas cosas en la relación entre vuestro mundo y el mío que aún no he llegado a comprender.

A decir verdad, eran demasiadas las cosas que no comprendía porque resultaba evidente que partíamos de una base a todas luces absurda.

No existía ninguna razón por la que se me hubiera concedido el privilegio de relacionarme con los muertos, y la mayoría de ellos se comportaba demasiado a menudo de una forma ilógica e incluso atrabiliaria. Aparecían y desaparecían cuando y como les venía en gana, no existía forma alguna de convocarlos en caso de que los necesitara, ni tampoco había aprendido la forma de conseguir que me dejaran en paz cuando no me apetecía verlos.

Lo único que sabía a ciencia cierta es que estaban muertos y no podían mentir.

El resto continuaba siendo un misterio.

La nueva víctima se llamaba Andrea, aún no había cumplido diez años y al parecer la práctica totalidad de su corta existencia había transcurrido en Segovia.

Según Jimena, que era la única que podía hablar con ella, se encontraba tan traumatizada por todo lo que había sufrido, que en cuanto le pedía que le contara algo sobre su familia se echaba a llorar y ya no era capaz de pronunciar ni una sola palabra.

Consulté la prensa segoviana por internet hasta encontrar la noticia de que, efectivamente, una niña llamada Andrea Villalba había desaparecido en el corto trayecto que separaba la casa de sus abuelos de la de sus padres.

Las fotografías mostraban a una criatura que, siendo evidentemente más joven, tenía no obstante muchos rasgos en común con Jimena Jimeno: rubia, delgada, pecosa y de grandes ojos expresivos. Tal vez aquel fuera un dato a tener en cuenta por si el día de mañana se podía llegar a la conclusión que la Bestia Perfecta sentía algún tipo de predilección por criaturas de características físicas muy concretas.

La prensa segoviana especificaba que la familia Villalba poseía un hotel y varios restaurantes en la ciudad y sus alrededores, por lo que no se descartaba que el móvil del secuestro fuera puramente económico, razón por la que, pese al tiempo transcurrido, la angustiada familia permanecía a la espera de que se les exigiera un rescate.

No pude por menos que plantearme si tenía algún tipo de derecho a entrometerme en el caso destruyendo las lógicas esperanzas de unos angustiados padres por mucho que tuviera la absoluta certeza de que la niña había muerto.

La sola idea de pasar por un trago similar al que había pasado en Cuenca me ponía el vello de punta.

Aceptaba en cierto modo el hecho de haberme convertido en una mala copia del mítico barquero que atravesaba una y otra vez el oscuro río de la muerte, pero me negaba a convertirme de igual modo en una especie de enlutado y patético Mercurio; un aborrecible mensajero que llamaba a las puertas anunciando el fallecimiento de los seres queridos.

Bartolomé Cisneros coincidió en mi apreciación de que debía mantenerme al margen del problema.

—En el caso que nos ocupa, los padres poco pueden aportar a la hora de descubrir al culpable, ya que han sido elegidos por el simple hecho de tener una hija de una cierta edad y características, sin que al parecer al agresor le importe mucho la ciudad en que residen, su ideología política, sus posibles amigos o enemigos o su situación económica.

—¿Y la policía?

—Estará intentando extraer sus propias conclusiones y dudo que accedan a compartirlas.

—¿Crees que conocerán la existencia de la Bestia Perfecta?

—Probablemente. Me he estado informando y por lo visto existe una Brigada Tecnológica, especializada en los sofisticados delitos de todo tipo que se cometen utilizando los canales de internet. Resulta probable que hayan localizado alguna de las páginas que cuelgan en la red, pero que las localicen no significa que puedan impedir su difusión en otros portales. Y mucho menos que consigan atraparle.

—¿Por qué?

—Porque por desgracia internet se ha convertido en una especie de laberinto de Creta en el planeta. Hay quien asegura que contiene más información que todas las bibliotecas del mundo juntas, por lo que es como si alguien subrayara una palabra de una línea de una página de un libro de cualquiera de una de esas miles de bibliotecas. Nadie conseguiría encontrarla a no ser que fuera un «iniciado», y en este caso los «iniciados» son degenerados cuya mayor preocupación es mantenerse en la sombra y el más absoluto anonimato.

—¿Y qué podemos hacer?

—¿«Podemos»? ¿Significa eso que me consideras parte de tu equipo?

—¡Naturalmente! Tú mismo te sumaste desde el primer momento a ese equipo porque todo hombre de bien debe estar dispuesto a luchar contra los pederastas, y me consta que eres un hombre de bien. Te pediré muchas cosas y sé que me las concederás porque no tienes nada mejor en que emplear tu dinero que en destruir a ese hijo de la gran puta. ¿O no?

—Desde luego. ¿Qué necesitas?

—Copia de los archivos de la policía referentes a todos los casos de niñas desaparecidas en Madrid y sus alrededores en los últimos diez años.

—Se hará lo que se pueda. ¿Algo más?

—Ponerme en contacto con alguno de los miembros de esa Brigada Tecnológica con el fin de que me explique con mayor detalle cómo funcionan las redes ultrasecretas en los IRC e ICQ de internet.

—De acuerdo. Pero a cambio necesito que me permitas que le explique a María Luisa lo que está sucediendo. Como comprenderás no puedo meterme en un tema tan delicado y de tanta envergadura sin que mi mujer tenga una clara idea sobre de qué se trata.

—¿Qué clase de «idea»?

—La verdad.

—¿Toda la verdad...? —me escandalicé—. Siempre hemos procurado que ignore que me relaciono con los muertos, y sin conocer ese «pequeño detalle» resulta imposible que entienda a qué viene ahora todo esto.

—Creo que ha llegado el momento de que lo sepa, porque lo cierto es que con frecuencia me hace preguntas difíciles de contestar sobre detalles del accidente del tren que nunca tuvo muy claras, aparte de que no me gusta ocultarle nada.

Lancé un sonoro resoplido porque aquello venía a complicar las cosas; y pese a que entendiera sus razones, lo cierto es que no me apetecía que alguien más se convirtiera en copartícipe de mis secretos.

María Luisa Molina, una de las mujeres más hermosas y fascinantes que he conocido y de la que admito que estuve enamoriscado durante cierto tiempo, había sido la amante apasionada y fiel de una de las víctimas del accidente de tren, y a mi modo de ver aún se encontraba en cierto modo obsesionada por el recuerdo de su adorado y malogrado Alejandro.

Tras un largo período de lo que me constaba que había sido atroz sufrimiento a causa de la desaparición de un hombre al que idolatraba, había encontrado la estabilidad y una cierta paz espiritual junto a Bartolomé

Cisneros, por lo que revelarle ahora, tanto tiempo después, que yo había mantenido una relación casi diaria con un Alejandro ya muerto, podría contribuir a reabrir unas heridas que en mi opinión nunca habían cicatrizado por completo.

—Corres un gran riesgo...

—Lo sé.

—¿Y qué necesidad tienes de poner en peligro una relación que funciona a la perfección?

—Ninguna. Pero como ya te he dicho, no quiero ocultarle nada, aunque en realidad existe otra razón mucho más importante.

—¿Y es?

—Que me he dado cuenta de que desde que me confesaste cuál era tu relación con los difuntos, el modo tan natural con que hablas con ellos, y cuánto has aprendido sobre lo que nos espera en el más allá, he perdido el miedo a la muerte.

—¿Y eso?

—Ahora la aguardo sin prisas pero sin inquietud, disfruto más de cuanto tengo sin el antiguo temor a que me lo arrebaten de improviso, y por lo tanto soy mucho más feliz pese a que me falten las piernas. —Alargó la mano para posarla sobre mi antebrazo al tiempo que concluía con una leve sonrisa—: Como comprenderás, queriéndola como la quiero, necesito que María Luisa comparta esas mismas sensaciones.

Admito que no necesité meditar demasiado sobre cuanto me acababa de decir, dado que yo era el primero en reconocer que el continuo trato con los muertos había contribuido de forma esencial a que mi vida fuera mucho más complicada, pero al mismo tiempo mucho más rica y repleta de esperanzas. Es de suponer que incluso al más creyente de entre los creyentes le asaltan en un determinado momento las dudas, pero de hecho me he convertido en dueño absoluto de la certeza de que nada termina en el momento en que el corazón deja de latir.

Es cierto que aún no he conseguido averiguar cuál es el destino final de quienes abandonan este mundo ni si en verdad lo que les aguarda es el premio o el castigo por sus actos, del mismo modo que no me siento capaz de garantizar que exista un Ser Supremo que orqueste semejante caos, pero de lo que sí abrigo una absoluta certeza es de que los difuntos se resignan al hecho de estar muertos por más que la mayoría considera que su fin les llegó demasiado pronto. Por lo general no se lamentan por haber perdido la vida, sino por haber perdido a los seres queridos.

¿Es posible que el hecho de estar relacionado con otras personas llegue a ser más importante que el hecho de respirar?

El ser humano que vive en soledad, y ese es un tema del que puedo hablar con harto conocimiento de causa, es como un hermoso reloj encerrado en un cajón; continúa marcando las horas porque su máquina interna así se lo ordena, pero en el fondo sabe muy bien que para nada sirve.

Durante años, hasta que los difuntos derribaron los muros de mi agobiante soledad, fui como un reloj que se limitaba a marcar las horas, ni tan siquiera con absoluta puntualidad, a la espera de que mi máquina interior se fatigara definitivamente. A nadie le importaba, y a mí menos que a nadie. Igual daba que mis manecillas señalaran las dos y diez o las siete y media; lo peor del hombre en soledad no es que nadie repare en él; es que se siente inútil. Y el término «inutilidad» aplicado a un ser humano inteligente se convierte en sinónimo de defunción, dado que plantas, animales e individuos obtusos son los únicos que nunca se preguntan por qué o para qué viven.

—¡De acuerdo! Si te vas a sentir mejor, puedes contarle la verdad, pero dudo que te crea.

Bartolomé Cisneros se limitó a apretar un botón y suplicar a través del interfono:

—Por favor, dígale a mi esposa que la necesito.

—Preferiría no estar presente...

—Tú sí, pero yo no —señaló con una leve sonrisa—. Tendrá un montón de preguntas que hacerte.

Mentiría si dijese que María Luisa estaba más hermosa que nunca, puesto que estaba tan arrebatadora como siempre, lo que es a lo máximo a lo que puede aspirar una mujer. En el caso de María Luisa la belleza era sobre todo interna, a lo que unía un cuerpo perfecto, por lo que su marido la observó ciertamente arrobado, le rogó que tomara asiento y trató de explicarle del modo más sencillo posible, tan sencillo que en cierto modo resultaba enrevesadamente cómico, que yo poseía el don de relacionarme con los muertos.

Cuando el bienintencionado hombre de la silla de ruedas hubo concluido su confusa y casi pintoresca exposición, los enormes y expresivos ojos de María Luisa se volvieron hacia mí.

—¿Y a qué viene a estas alturas contarme todo esto?

—¿Cómo que a qué viene? —protestó Bartolomé Cisneros—. Estoy pretendiendo hacerte comprender que Aquiles habla con los muertos.

—¡Pues vaya una noticia! —exclamó ella como si aquello se le antojara lo más natural del mundo.

Su marido y yo no pudimos evitar intercambiar una mirada de sorpresa y casi de incredulidad.

—¿Acaso lo sabías?

—Muy estúpida hubiera sido de no haberlo imaginado. Continuamente os reuníais a cuchichear en secreto, y a mi modo de ver no podía ser ni de mujeres, ni dinero, ni política. Al propio tiempo, Aquiles iba descubriendo cosas sobre el accidente que nadie más que los muertos podían saber, y se refería al pobre Alejandro como si fuera de la familia cuando me consta que apenas le había conocido en vida. El que acostumbre hablar poco no significa que sea tonta, es que suelo reflexionar a fondo antes de decir nada. No me gusta parlotear ni decir tonterías.

—¿Y te parece normal? —quiso saber su cada vez más perplejo esposo.

—Depende de lo que consideres «normal» en los tiempos en que nos ha tocado vivir... Empezando por nosotros mismos; tú lo tienes todo, menos piernas, y yo apenas tengo nada más que unas piernas muy largas, pero a pesar de ello, o quizá gracias a ello, nos compenetramos a la perfección. Si siempre se ha sabido de personas que tienen el don de relacionarse con los espíritus, ¿por qué razón no puede ser Aquiles uno de ellos?

—¿Y por qué ni siquiera lo habías comentado?

—Porque si disfrutabais como niños con tanto secretito no encontré motivos a la hora de privaros de vuestra diversión; sobre todo teniendo en cuenta que estaba convencida de que algún día os veríais obligados a contármelo todo.

—De acuerdo... ¡De nuevo has demostrado ser la más lista! ¿Qué opinas de todo esto?

—¿A qué te refieres exactamente?

Le expliqué, con bastante más coherencia de lo que lo había hecho su marido —dicho sea de paso y sin ánimo de alabarme—, todo cuanto se refería a las niñas asesinadas, y pude advertir que a medida que avanzaba en mi relato su, por lo general sereno, rostro se iba desencajando y cambiando de color hasta volverse casi una máscara cenicienta.

—¿Puede estar alguien tan enfermo como para llegar a esos extremos de perversión?

—No te equivoques —le atajó Bartolomé—. La maldad no es una enfermedad, aunque en ocasiones nos inclinemos a considerarla así aunque solo sea por el hecho de que como personas normales no concebimos que se pueda disfrutar torturando a una criatura hasta matarla.

—¿Qué quieres decir?

—Que esa gente es diferente porque considera que el resto de los seres humanos hemos nacido para satisfacer sus apetitos, pero eso no constituye en sí mismo una enfermedad; en todo caso se le podría considerar una regresión.

—¿Regresión? ¿Por qué empleas la palabra «regresión»?

—Porque alguien que ha hecho una regresión sería aquel que ha dado un enorme paso atrás en la evolución de la especie, y en el fondo de su alma se considera a sí mismo algo así como el primitivo «simio macho» al que todo le estaba permitido porque se había erigido en el rey de la manada. La fuerza bruta, el poder económico o el poder político son formas de convertirse en «rey de la manada», pero aquellos a los que no les resulta tarea sencilla alcanzar tales cotas de poder optan por intentar demostrar su superioridad convirtiéndose en depredadores de los más débiles.

—¿Y qué se puede hacer con ellos?

—Eliminarlos; aniquilarlos sin la menor consideración, puesto que al no estar enfermos no se les puede curar. Nacieron así, así morirán, y el mayor error que se puede cometer es intentar reinsertarlos en la sociedad.

—Una actitud demasiado extremista —protestó ella—. Diría que incluso abiertamente fascista.

—La experiencia nos enseña, querida, que en determinadas circunstancias, afortunadamente pocas, los métodos más expeditivos son necesarios; esta es una de ellas.

—Nunca te había oído hablar así —intervine, admito que bastante incómodo por la forma en que se había expresado—. Y me sorprende.

—Nunca habíamos tratado un tema tan sangrante —replicó—. La democracia no es más que un conjunto de reglas de juego que debemos respetar, pero cuando alguien, como los terroristas o los asesinos de niños, se niegan a respetarlas, nuestra obligación es aplicarles sus propias normas; en definitiva, no tolerar su existencia.

—¿Resucitando la pena de muerte? —quiso saber una escandalizada María Luisa.

—Si no hay otro remedio...

—¡Pero qué barbaridades estás diciendo!

—¿Barbaridades...? —pareció sorprenderse su marido al tiempo que hacía girar con brusquedad su silla de ruedas, cosa que solía hacer cuando se ponía nervioso—. En mi oficina trabaja una secretaria a cuyo hijo, que acababa de ingresar en la Guardia Civil, fue asesinado por un terrorista que tiene sobre su conciencia veinticinco muertes confesas, pero le ha bastado con ponerse en huelga de hambre para que, según las absurdas leyes de una democracia demasiado débil y temerosa, ya esté en libertad. Esa mujer considera que han asesinado a su hijo por segunda vez, y cuando ese presuntuoso cerdo, que se ríe de sus víctimas mientras le juzgan, vuelva a matar, otra madre sentirá lo mismo. Franco no lo hubiera permitido. Tan solo el garrote vil puede acabar con semejante escoria humana.

He de reconocer que me sorprendió tanto como a María Luisa la actitud retrógrada de un hombre al que siempre había considerado el paradigma de la ecuanimidad, y ni siquiera al reparar una vez más en los muñones de sus piernas, y comprender que permanecía encadenado a una silla de ruedas porque existían seres a los que nada importaba el sufrimiento ajeno, pude aceptar unas anacrónicas conclusiones que iban en contra de los más básicos derechos humanos que tantos años y sangre nos han costado conquistar.

—No estoy en absoluto de acuerdo contigo —dije al fin—. Pero una cosa es segura: si por casualidad logro atrapar a la Bestia Perfecta no volverá a violar, torturar y asesinar a ninguna otra niña.

Alicia Jiménez me telefoneó rogándome que fuera a verla y acudí ese mismo sábado pese a que me espantaba la idea de volver a pasar tan mal rato como durante mi primera visita.

*Coco* no me ladró en esta ocasión, y a ella la advertí algo más tranquila y con mejor aspecto pese a que seguía mostrando una alarmante delgadez, así como profundas ojeras, y al menor descuido continuaba «evadiéndose» de cuanto la rodeaba.

Lo primero que hizo fue preguntarme por su hija y cuando le indiqué que se encontraba todo lo bien que puede encontrarse un difunto, hizo un leve gesto con la barbilla hacia una preciosa muñeca vestida de blanco que descansaba sobre la mesa central.

—Quiero que se la lleve... Dormían juntas porque fue lo último que su padre le regaló antes de caer enfermo, y no se separaba de ella más que para ir al colegio. La estará echando de menos.

¿Cómo explicarle a aquella pobre infeliz que los muertos ya no sienten apego hacia los bienes terrenales?

¿O sí lo sienten?

La verdad es que ni siquiera yo acierto a saberlo, al igual que tampoco acierto a saber si una muñeca con la que una niña ha convivido casi desde antes de tener uso de razón se puede considerar un simple «bien terrenal» o forma parte de sus sentimientos. Nunca he jugado con muñecas y por lo tanto nunca he sabido lo que experimenta una niña con una en brazos, pero sí soy capaz de entender lo que se siente cuando no habiendo llegado a la pubertad tu padre desaparece de improviso y lo único que te queda de él es lo último que te regaló en vida.

Me constaba que Jimena ya no podría jugar con la muñeca ni llevarla a su cama, donde fuera que durmiese, si es que dormía, pero lo que sí me constaba era que podría acariciarla, quizá rozándola apenas, y podría verla a todas horas, recordando sin duda los momentos felices que pasó hablando con ella, contándole sus sueños y cambiándole de ropa.

Pensar en Jimena provocó, como solía ocurrir en ocasiones, que hiciera acto de presencia sentada, muy seria, al otro extremo del sofá en que se acomodaba su madre, quien de improviso experimentó una especie de violento estremecimiento, se ausentó por unos instantes con la vista fija en el exterior, y a su «regreso» inquirió con un casi inaudible hilo de voz:

—¿Esta aquí?

Asentí en silencio, por lo que insistió:

—¿Dónde?

Se la indiqué con un gesto, volvió el rostro hacia allí, dos gruesas lágrimas inundaron sus ojos y al poco murmuró:

—Daría lo que me queda de vida por verla.

—La ve... La ve porque está tal como la recuerda, con sus coletas y su uniforme del colegio; nada ha cambiado en ella, ni nadie cambiará por muchos años que usted consiga vivir. Cuando desaparecen los seres a los que amamos los convertimos en inmortales, por lo que el tiempo no pasa para ellos. Es quizá lo único bueno que tienen las muertes prematuras.

—Pero yo soñaba con verla hacerse una mujer. Y ansiaba que me diera nietos con la esperanza de que la sangre de Germán no desapareciese para siempre.

—La sangre de la mayoría de los seres humanos permanece en otros seres humanos cuando ellos ya han sido olvidados —aseguré, convencido de lo que decía—. A mi modo de ver esa sangre carece de importancia si no se les recuerda, porque el recuerdo de lo que significó para nosotros una persona es mucho más importante que su sangre.

Me observó largamente, volvió el rostro hacia donde se encontraba su hija, me miró de nuevo y al fin comentó:

—¿Cómo se las ingenia para tener respuestas para todo?

—Habiendo convivido durante dos años con un puñado de difuntos que no tenían otra cosa que hacer que plantearme preguntas difíciles de contestar. Si algo he conseguido aprender acerca de los vivos, se lo debo a los muertos.

Se «fue» durante casi diez minutos, dejándonos a solas con el perro, que había ido a acurrucarse a los pies de Jimena, quien se limitó a dirigirme una larga mirada y encogerse de hombros como queriendo indicar que no debía preocuparme, ya que pronto su madre estaría de nuevo entre nosotros.

Volvió, en efecto, probablemente porque resultaba imposible quedarse para siempre allí donde quiera que estuviese, y cuando habló no se dirigió a mí, sino al punto en que le había dicho que se encontraba Jimena.

—Tienes que intentar recordar todo cuanto puedas, pequeña... —musitó con voz quebrada—. Supongo que te resultará muy doloroso porque lo único que desearás es olvidar tanto horror, pero te conozco bien, siempre fuiste una niña valiente, y tienes que hacer un esfuerzo porque eres la única que nos puede conducir hasta ese depravado. Y no te lo pido por ti o por mí, que lo nuestro ya no tiene remedio, sino para evitar que otras niñas y otros padres sufran lo que nosotras estamos sufriendo.

De improviso dejó escapar un ronco sollozo y corrió a la estancia vecina cerrando la puerta a sus espaldas, por lo que me quedé allí sentado preguntándome por enésima vez cómo diablos era posible que hubiera llegado a encontrarme en situaciones tan absolutamente disparatadas. Que una madre le pidiera valor a una hija muerta a la que ni siquiera veía era más de lo que cualquier mente equilibrada pudiera soportar, pero me estaba sucediendo.

—¿Harás lo que te ha dicho?

—Lo intentaré... Pero de aquel tiempo lo único que recuerdo con claridad es el dolor, el miedo y que comenzaba a temblar en cuanto sonaba la música.

—¿Música? ¿Qué clase de música?

—Música de gente mayor.

—¿Ópera?

Negó con un gesto de desagrado al puntualizar:

—Piano; cuando comenzaba a sonar el piano yo sabía que muy pronto vendría a hacerme daño, pero ahora no quiero hablar de eso; ahora quiero que te ocupes de mi madre.

Desapareció, por lo que *Coco* comenzó a agitarse inquieto, y tras permanecer un rato contemplando las fotos de lo que fuera en un tiempo una familia feliz sobre la que las peores desgracias imaginables se habían cebado, advertí que tenía seca la garganta, por lo que me encaminé a la cocina que se abría al fondo de la estancia.

La desolación de la nevera resultaba patética: un cartón de leche y un triste pedazo de queso rancio. Sobre la mesa, pan de molde y unas galletas, y en la despensa, tres sobres de sopa instantánea. Y café; mucho café.

No era de extrañar que Alicia Jiménez semejara un cadáver ambulante; debía de llevar semanas sin comer nada decente.

Bebí agua del grifo, me encaminé a la puerta tras la que había desaparecido y la golpeé repetidas veces.

Cuando al fin abrió tenía los ojos rojos y lo primero que hizo fue inquirir:

—Ya se ha ido, ¿verdad?

—Sí; se ha ido. Y ahora vístase que nos vamos a cenar.

—No tengo hambre.

—Lo supongo, pero no importa. Tiene que comer porque tiene que vivir para poder castigar al asesino de su hija. Le prometí que lo atraparía y lo haré, pero si no colabora, resultará mucho más difícil. —Hice un gesto hacia donde instantes antes se encontraba sentada su hija para añadir—: Lo que le ha dicho ha servido de mucho.

—¿De veras?

—Ya sabemos algo más: ese pervertido toca el piano.

—¿Cree que eso es importante? Mucha gente toca el piano.

—Cada detalle, por pequeño que parezca, resulta importante. Se trata de un hombre elegante, de mediana edad, que tiene una casa enorme y toca el piano. Con esos datos ya podemos empezar a descartar sospechosos, y estoy seguro de que poco a poco tanto Jimena como Andrea me irán proporcionando mas pistas.

—¿Quién es Andrea?

—Otra niña asesinada. Pero no le diré nada más hasta que se haya comido una paletilla de cordero al horno con una buena ensalada.

—Ya le he dicho que no tengo hambre.

—En ese caso no hay más que hablar.

Fue como darle de comer a un niño caprichoso,

puesto que masticaba una u otra vez cada bocado antes de tragarlo, pero me mantuve firme, y sobre todo paciente, observando a través del balcón cómo caía la noche sobre Cuenca mientras la infeliz mujer hacía innegables esfuerzos a la hora de acabar con un enorme y apetitoso trozo de carne.

Se mostró de acuerdo en que era preferible que no le dijera a los Villalba que su hija había muerto, y a la hora del café procuré que la conversación discurriera por otros derroteros, centrándome más en ella y en la necesidad que tenía de reanudar su vida por muy difícil que pudiera resultarle.

—¿Qué hacía antes?

—Traducciones.

—¿De qué idioma?

—Inglés y francés; mi padre era embajador y pasé casi toda mi infancia en el extranjero. Hasta hace un par de años daba clases en un instituto pero tras la muerte de Germán acabaron echándome porque, como habrá podido advertir, a menudo me quedo en blanco y eso asustaba a los chicos.

—¿Y a qué lo atribuye?

—No lo sé.

—¿No ha consultado con un médico?

—Unos creen que se trata de un principio de Alzheimer, aunque otros opinan que se trata de un trauma provocado por la muerte de mi marido. Sufrió demasiado.

—¿Personalmente usted qué opina?

—¿Y qué más da? Lo único que sé es que en ciertos

momentos me siento bien, como si todo volviera a ser como años atrás pero advierto que el simple hecho de regresar a la realidad me aterroriza. Y con la desaparición de Jimena, esa realidad se ha vuelto del todo insoportable.

—Lo comprendo. Pero como se suele decir en estos casos, aunque se trate de una estupidez, «la vida continúa» y su obligación es seguir adelante.

—¿Obligación para con quién? —espetó casi agresivamente—. No para con mi familia, que ya no tengo, ni para con un Dios al que siempre respeté pero que me ha pagado con las monedas más amargas que nadie haya podido recibir jamás. He pensado a menudo en quitarme la vida, pero en los momentos en que me encuentro más lúcida me digo a mí misma que si me suicido y me condenan por ello, seré yo quien más tenga que reclamar a quien me juzgue. Quien ha sido parte de mis desgracias no tiene derecho a ser juez de mis actos.

—No creo que Dios tenga mucho que ver con lo que pasa por la mente de un asesino de niños.

—¿Entonces quién?

—Supongo que la naturaleza. Dios creó la naturaleza pero imagino que no puede evitar que cometa errores. Probablemente los padres de la Bestia Perfecta son personas decentes que tampoco tienen culpa de haber engendrado semejante aberración.

—¿Pretende hacerme creer que no interviene para nada la genética y un ser tan canallesco puede darse por generación espontánea?

—De la misma manera que los genios no suelen nacer de padres geniales, ni producir hijos geniales, los degenerados no tienen por qué haber nacido de padres degenerados, ni traer al mundo descendientes con sus mismas taras... La genialidad, o este tipo de perversiones, tienen su origen en el cerebro, y por desgracia esa es la parte del ser humano, e incluso del Universo, que menos conocemos.

—¿Del Universo?

—Del Universo. Conozco a un astrónomo capaz de enumerar cientos de constelaciones que se encuentran a millones de años luz, pero que abriga serias dudas sobre sí mismo y sus más íntimas convicciones.

—¿Y a qué lo atribuye?

—A que un cerebro humano, incluso el más elemental, es infinitamente más complejo, caótico, imprevisible y anárquico que mil millones de estrellas que, al fin y al cabo, suelen moverse dentro de unos parámetros que conseguiremos entender cuando aprendamos a analizarlos.

—Y en su opinión, ¿mi cerebro es anárquico, caótico o imprevisible?

—Sí, supongo que será tan anárquico, caótico o imprevisible como cualquier otro, con el agravante de que a causa de la muerte de su marido y de su hija se encuentra sometido a una excesiva presión...

Permaneció largo rato en silencio, no ausente, sino tan solo meditabunda mientras contemplaba las luces lejanas, y al fin me miró directamente a los ojos para decir:

—¿Cree que me estoy volviendo loca?

Negué con la cabeza, seguro de lo que decía:

—Creo que está buscando en algún tipo de locura una especie de refugio contra el dolor, pero no acaba de encontrarlo.

—Probablemente se debe al hecho de que mi dolor es tan grande que ni la mayor de las locuras consigue abarcarlo —me replicó con lo que pretendía ser un esbozo de amarga sonrisa—. Tiene razón, y lo que realmente desearía es que la locura me invadiera hasta el punto de hacer desaparecer el dolor, pero dudo que lo consiga.

—En ello confío. Siendo sincero admito que en ocasiones le pase por la cabeza la idea de poner fin a su vida como la mejor forma de dejar de sufrir; es una vía de escape que a diario eligen miles de seres humanos, y aceptarla o no tan solo depende de la propia conciencia. Pero lo que no admito es que se plantee el camino de la locura, porque es un castigo mil veces peor que la muerte.

—¿Cómo puede estar tan seguro?

—Porque he tratado con muchos difuntos, y aunque algunos opinan que lo peor de todo es estar muertos, a pesar de llevar años bajo tierra continúan siendo en cierto modo seres humanos, mientras que quien ha perdido la capacidad de razonar ha dejado de serlo.

—A mí ya poco me importa considerarme o no un ser humano si por el hecho de serlo tengo que pasar por lo que estoy pasando. Y al fin y al cabo, ¿qué significa que te consideren un ser humano? ¿Pertenecer a la única especie animal capaz de violar y asesinar por mero placer, o tener una genética casi idéntica a la de Hitler, Franco, Stalin, Bush, o tantos otros que no dudaron en masacrar a millones de inocentes? Pese a lo que usted opine, esto de formar parte de la especie humana no es algo como para tirar cohetes o sentirse especialmente orgulloso, sino más bien todo lo contrario.

—Visto de ese modo...

—¿Y qué otro modo existe? Siempre me ha molestado esa frase tan socorrida: «El hombre es un lobo para el hombre.» Ojalá lo fuera, porque eso eliminaría la mayor parte de nuestros problemas.

—No acabo de entender a qué se refiere...

—Me refiero a que si el hombre se comportara como un auténtico lobo, tan solo haría daño a otros hombres cuando su hambre le acuciara en exceso; en ese caso se limitaría a devorar a un par de ellos, pero al resto los dejaría en paz. La triste realidad es que los seres humanos nos devoramos sin razón los unos a los otros incluso cuando no tenemos hambre.

—En eso admito que tiene razón. Con demasiada frecuencia nos hacemos daño por envidia, por racismo, por el simple placer de demostrar nuestra superioridad o por vengar lo que suponíamos una ofensa.

—O sea que, volviendo al principio, a veces creo que más vale estar loca que continuar considerándose un ser humano, y por ello no me importa que de tanto en tanto «me marche a otra ciudad», tal como solía decir Jimena.

—Andrea asegura que quien la abordó en la calle y la introdujo en un coche no fue un hombre, sino una mujer.
—¿Una mujer? ¿Qué clase de mujer?
—Una muchacha joven y guapa, con acento sudamericano.
—Eso cambia mucho las cosas. ¿Quién pudo ser?
—Yo.

La observé con atención; era, en efecto, joven y atractiva, vestida con unos estrechos pantalones tejanos y una camiseta sin mangas impropia del lugar y la época del año.

—¿Y quién eres tú?
—¿Quién «soy» o quién «era»?
—¿Quién eras?
—Me llamaba Omaira, y mi apellido poco importa; tuve muchos, aunque ninguno auténtico, puesto que fui adoptando aquellos que más me convenían según las circunstancias.

—¿Por qué raptaste a la niña?

—Por encargo; la mayor parte de las cosas que hice en mi vida no las hice por capricho sino por obligación o por encargo.

—¿Encargo de quién?

—Del mismo «coño e madre» que me pegó un tiro y me abandonó en un bosque en el que aún continúa lo poco que queda de mí. —Me observó con aquellos ojos sin brillo que parecían mirar sin ver, al tiempo que se encogía de hombros con sincera indiferencia—. Pero no me quejo, no. Sabía que tenía que acabar así.

—¿Y eso?

—Me administraron una dosis completa de la medicina que había estado administrando desde el día en que le abrí las tripas a un «pendejo», allá en Medellín. Si eliges ser criada sabes que te saldrán callos en las rodillas, si eliges ser puta asumes que pueden pegarte una gonorrea, la sífilis e incluso el sida, y si eliges ser sicario aceptas que probablemente acabarás a tiros.

—¿Sicario?

Afirmó convencida.

—Sicario. Y de las mejores.

—Siempre imaginé que ese era un oficio reservado a los hombres.

—¿Acaso no ha oído hablar de la igualdad de sexos? En mi país algunas mujeres decidimos hace tiempo que apretar un gatillo exige menor esfuerzo que mamársela a un borracho. Y rinde más beneficios.

—Ya.

—¿Le sorprende?

—A mí casi nada me sorprende, querida. He visto tantas cosas durante estos últimos años que incluso la visita de un extraterrestre se me antojaría normal. No obstante, siempre he considerado que matar por dinero es algo que no concuerda con el temperamento femenino. Y menos aún raptar a una niña a sabiendas de que van a violarla y asesinarla.

—Es que eso último yo no lo sabía. Cuando acepté el encargo lo hice convencida de que se trataba de un simple negocio; un secuestro-exprés de los que tan a menudo se producen en mi país, encaminado a sacarle algún dinero a una familia a la que le sobraba la plata. Pero antes de que pudiera enterarme de qué iba la cosa, me pagaron con plomo.

—¿Quién?

—Si lo supiera se lo diría. Me gustaría ver a ese «coño e madre» quemándose a mi lado en los infiernos, pero por desgracia en este tipo de negocios nadie suele dar su nombre. Me contrató a través de un intermediario.

—¿Cómo era?

—Alto y con muy buena planta, de tal modo que no me hubiera importado enrollarme con él porque ni siquiera se me pasó por la cabeza la idea de que lo que en verdad le gustaba eran las niñas. No cabe duda de que pese a que creas que te las sabes todas, un mal día aparece un cabrón que te demuestra que en el fondo eres la misma «bolsiclona» que se dejó embarazar cuando acababa de cumplir quince años.

—¿Tienes hijos?

—Una mocosa que se ha quedado sola y acabará pateando las calles de Medellín, como su madre, o que tal vez, como su madre, se canse de ese oficio y llegue a la conclusión de que resulta más cómodo empuñar un arma.

—¿Y cómo se llega a semejante conclusión?

—La respuesta no es «cómo», sino «cuándo» o «por qué». En mi caso fue una noche en la que lo que tenía que meterme en la boca era tan grande y pestilente que provocó que le vomitara encima al muy guarro. Me arreó un rodillazo que me desencajó la mandíbula, pero a cambio le rajé desde el esternón hasta el ombligo para esparcir sus tripas sobre las sábanas. A partir de ese momento todo resultó más sencillo.

—¡Dios bendito!

—Dios nunca se ha preocupado por averiguar dónde carajo queda Colombia, y que yo sepa nunca ha asomado la jeta por allí. Sin embargo, ahora parece ser que pretende pedirme cuentas por enviar de vuelta a casa a unos cuantos feligreses antes de tiempo. ¿Realmente cree que tiene derecho a hacerlo?

—Esa es una de las preguntas que, de un modo u otro, más vengo escuchando en los últimos tiempos. ¿Tiene derecho Dios, si es que en verdad existe, a exigir a sus criaturas lo que él mismo no se ha exigido nunca?

—¿Y a qué conclusión ha llegado?

—A ninguna.

—¡Gran ayuda, ciertamente! Sobre todo para alguien que, como yo, está a las puertas del infierno, si es que no las he atravesado ya.

—¿Aún no lo sabes con exactitud?

Negó convencida, al tiempo que seguía con la mirada los movimientos de Andrea, que se encontraba al otro lado de la rosaleda, junto a la casa de muñecas.

—En estos momentos tan solo sé que me pegaron un tiro y me abandonaron como a un perro, pero ignoro cuánto tiempo hace de eso, ni qué ocurrió más tarde.

—Si, como aseguras, fuiste tú quien secuestró a Andrea me sorprende que aún no hayan descubierto tu cadáver. ¿Tienes alguna idea sobre el punto en que se encuentra ese bosque?

—Ni la más puñetera. Tan solo llevaba tres meses en España. ¡Joder!, en Medellín me aseguraron que este era un país tranquilo en el que se trabajaba sin correr riesgos. Probablemente fue eso lo que me confió; acostumbrada como estaba a andar siempre «ojo *peláo*», y conociendo como conocía todos los trucos de la gente de mi oficio, ni siquiera se me pasó por la cabeza que aquel baboso pudiera madrugarme con tanta facilidad como lo hizo.

—A ese que tú llamas baboso le apodan en realidad la Bestia Perfecta, y tengo razones para creer que se ha ganado a pulso el apelativo. Háblame de él.

—Ya le he dicho cuanto sé.

—Intenta recordar algún detalle que me pueda servir para atraparle. ¿Qué marca de coche usaba?

—Un Mercedes, negro, grande, de hace siete u ocho años pero impecablemente cuidado.

—¡Algo es algo! ¿Ojos?

—Claros; entre azul y verdoso. Se parece un poco a un actor que a mí me gusta, ese tal Douglas, cuando hace de malo.

—¿Color del pelo?

—Castaño.

—¿Le reconocerías si volvieras a verle?

—Naturalmente; el careto de ese malnacido con su ridículo bigotito no se me olvidará mientras viva. —Se hubiera echado a reír a no ser por el hecho de que los difuntos nunca ríen—. ¡Corrijo! No se me olvidará por el resto de la eternidad.

—¿Te importaría explicarme con detalle cómo ocurrieron las cosas? ¿Dónde te encontraste con él, cómo llevasteis a cabo el secuestro, etcétera...?

—¡No hay problema! Diablos, cómo echo de menos una buena raya, la coca solía aclararme las ideas... Mi contacto me dijo que me recogerían a las puertas de un restaurante de Segovia, justo frente al acueducto, y así fue. Me llevó a una calleja solitaria, me indicó lo que tenía que hacer cuando la criatura hiciera su aparición, y estaba claro que tenía muy bien estudiados sus movimientos. A la hora indicada la niña salió de la casa que me había indicado, la seguí, me aproximé a ella, le pregunté por una dirección que llevaba apuntada en un papel, y en cuanto se descuidó le puse un pañuelo con éter en la boca y en ese momento apareció el coche, la metí en el maletero y nos largamos. Todo sucedió muy rápido, limpiamente y sin testigos.

—¿Seguro que no sospechaste que lo que pretendía era abusar de ella y asesinarla?

—¡Seguro, señor! Admito que le he administrado «matita café» a muchos tipos que probablemente se lo merecían, pero nunca hubiera sido capaz de hacerle daño a una mocosa. Por eso, cuando empecé a sospechar le pedí explicaciones. ¡Y bien que me las dio el hijo de la gran puta...! De calibre treinta y ocho.

—¿Tienes idea de por qué eligió Segovia?

—¡Ni la más mínima!

—Por lo que veo ese maldito suele actuar en ciudades pequeñas, cercanas a Madrid.

—¡Elemental! Se supone que las ciudades pequeñas son más seguras y por lo tanto la gente es menos desconfiada. Ese tipo es muy listo, señor, se lo aseguro; pegármela a mí no es cosa fácil, pero lo consiguió sin el menor esfuerzo. Si se ha propuesto atraparle lo va a tener muy crudo.

Lo tenía crudo, en efecto, pero si había algo de lo que estuviera absolutamente convencido era de que no existía para mí otra razón de ser que acabar con semejante aberración de la naturaleza, y aunque en verdad fuera tan listo como Omaira aseguraba, y adoptara todas las medidas de seguridad imaginables, estaba seguro de que jamás se le había pasado por la mente la idea de que sus víctimas pudieran acudir en mi ayuda. «Los muertos no hablan» había dejado de ser, en este caso, una aseveración indiscutible. Y la Bestia Perfecta, por muy bestia y muy perfecta que fuera, no contaba con ello.

Es verdad que hasta el momento no me habían proporcionado ninguna indicación que me llevara hasta él, pero abrigaba la esperanza de que poco a poco conseguiría darle algún sentido a un complejo rompecabezas cuyo premio sería salvar vidas.

Decidí dedicar todo mi tiempo a la difícil tarea que tenía por delante, por lo que solicité en el ministerio una excedencia temporal que no me costó demasiado obtener dado que se me consideraba muy bien desde que ayudé a resolver el tema del accidente del tren de alta velocidad.

Lógicamente mi acostumbrada penuria económica se resentiría, por lo que Bartolomé Cisneros no dudó al señalar que aportaría de su bolsillo cuanto a partir de aquel momento dejara de ingresar de la administración pública. Acepté su oferta convencido como estaba de que tanto su obligación como la mía era la imperiosa necesidad de destruir cuanto antes a semejante animal.

Si hubiera tenido que mendigar no hubiera dudado en hacerlo.

Si hubiera tenido que humillarme, tampoco.

Si hubiera tenido que matar no me lo habría pensado dos veces.

Y si alguna duda, por pequeña que fuera, me quedaba, se disipó una fría mañana en que el Monstruo vino a verme para comunicarme que una «bestia difunta» le había proporcionado la compleja clave de acceso a la página de internet de la Bestia Perfecta; un secreto que tan solo los muy iniciados conocían.

Cuando hice el gesto de encender el ordenador alargó la mano con el fin de impedírmelo.

—¿Qué vas a hacer? —se alarmó—. Si entras en esa

página corres el riesgo de que pronto o tarde la policía te localice y te meta en el trullo.

—No tengo nada que ocultar.

—No, desde luego; no tienes nada que ocultar. Pero eres un «varón de cierta edad» que vive solo en un caserón rodeado de bosques y conoces la clave de acceso a la página de los peores pederastas, por lo que te conviertes en un candidato perfecto a violador e incluso a asesino de niños. Tendrías que pasarte años aclarando que fue un muerto quien te proporcionó esa dirección de internet y dudo que nadie te creyera por mucho empeño que pusieras en ello.

—La verdad es que no lo había pensado.

—Pues en el mundo en que pretendes entrar debes acostumbrarte a pensar muy bien cada paso o acabarás en la cárcel... —Hizo una corta pausa para añadir—: O muerto.

—¿Y qué debo hacer para entrar en esa página sin que me localice la policía?

—Es fácil: ve a un cibercafé que no esté muy concurrido, escoge el ordenador más lejano a los otros usuarios y por nada del mundo te conectes a esta página más de cinco minutos seguidos. Cambia de cibercafé cada vez, y así estarás seguro de que nadie puede rastrear tus conexiones.

*¡Vedla!, tan hermosa, tan dulce y delicada.*
*¡Vedla por última vez, en el último instante!*
*Os la ofrezco como un raro presente,*
*disfrutad del momento, compartidlo conmigo,*

*permitid que vuestra imaginación vuele muy lejos.*
*Que corra el semen y el cuerpo se estremezca.*
*Yo cargo con las culpas,*
*tan solo sois testigos y el mirar no hace daño.*

*Me hizo feliz apenas unas horas.*
*¡Cierto!*
*Constituyó la cima del placer, aunque muy corto.*
*¡Cierto!*
*Sufrió lo que yo nunca sufriré si no existe el infierno.*
*¡Cierto!*
*Pero cualquier castigo que me impongan en vida*
*será compensado por tan dulces recuerdos.*
*Aquellos que me imitáis sabéis que es cierto.*

*Nada hubo antes, ni nada habrá después,*
*cada minuto es mío y lo exprimo al segundo;*
*busco el placer sin hacer concesiones,*
*el bien y el mal tan solo son palabras*
*que inventó algún cobarde que se temía a sí mismo.*
*Hago sufrir si ello me complace,*
*mato cuando la muerte me excita,*
*e incendio cuando el fuego me hace grande,*
*porque cuando una losa me cubra para siempre,*
*no existirá placer, ni dolor, ni fuego, ni grandeza.*
*Tan solo existirá la muerte.*

*Sus guadañas de guerra*
*siegan los campos de amapolas,*
*pero persiguen y ejecutan*

*a quien arranca una sola.*
*Quienes me juzgan*
*los dejan morir de hambre,*
*y quienes me juzgan*
*bombardean sus hogares.*
*Quienes me juzgan*
*asesinaron a sus padres,*
*y quienes me juzgan*
*violaron a sus madres.*
*Unos lo hicieron en nombre de un dios,*
*otros, de otro, pero es la misma mentira*
*repetida mil veces cada día.*

*La guerra los mata,*
*el hambre los mata,*
*los mata la sed,*
*y el sida los mata.*
*A cientos, a miles, a millones...*
*sin que se ponga fin a su agonía.*
*¡Tanta belleza perdida!*
*¡Tanto placer desperdiciado!*
*Pero castigan duramente*
*a quien arranca una sola amapola*
*de sus campos de minas.*

*No escuchéis a quien valora en más una vida que ciento*
*porque han creado las leyes a su imagen;*
*leyes que permiten aniquilar a todo un pueblo,*
*pero prohíben hacerle daño a un perro;*
*leyes que aceptan que se arrojen bombas,*

*pero condenan el consumo de tabaco;*
*leyes que justifican invadir un país*
*el mismo día que se ejecuta a un loco.*
*¿Qué me importa que me llamen monstruo?*
*¿Qué me importa que me llamen bestia?*
*No soy más que la mota de caspa*
*de un cadáver que se pudre bajo tierra.*

La Bestia Perfecta

Abandoné el cibercafé con la sensación de haber sido uno de los degenerados que mentalmente habían violado a Andrea a través de internet y haber pasado a formar parte de aquella legión de tenebrosos e incalificables seres que habitaban en las más oscuras cavernas del cerebro humano, y que por desgracia acababa de comprobar que existían realmente pese a que demasiado a menudo aún me resistiera a aceptarlo.

Una serie de fotografías en una pantalla, unos descarnados versos que demostraban un profundo desprecio hacia cualquier principio moral y la desmedida soberbia de quien se considera a sí mismo superior a cuantos le rodeaban, venían a demostrarme de una forma harto evidente que la Bestia Perfecta no era tan solo fruto de la desbordada imaginación de un muerto.

¿Hasta qué punto podía haber llegado a pudrirse el alma de un hombre que por su forma de escribir se presuponía que tenía suficiente cultura y educación, si era capaz de disfrutar «versificando» ante el cadáver de una criatura a la que acababa de asesinar?

Tuve que tomar asiento en un banco del parque más cercano con la vana intención de calmar unos nervios que tenía a flor de piel, y el hecho de contemplar a un grupo de niños que jugaban entre los árboles me obligó a buscar a mi alrededor con la mirada, como si temiera que alguno de los escasos transeúntes que deambulaban por las proximidades pudiera resultar un pederasta al acecho.

Cuando al fin conseguí analizar con cierta frialdad la brutal impresión que me había producido la contemplación de aquellas horrendas fotografías, o el hecho de haber leído tan demoníaco canto a la barbarie, llegué a la conclusión de que tal vez lo que más me impresionaba de todo ello era la descarada prepotencia y la demoledora sensación de impunidad que emanaba de la forma de comportarse de un personaje que se mostraba tan abiertamente endiosado.

—La diferencia entre las Bestias y los Monstruos estriba en que los primeros se enorgullecen de sus actos y los segundos nos arrepentimos.

Recordé la frase y llegué a la conclusión de que aquella no era más que una nueva faceta del viejo dicho de que se aprecia más el defecto propio que la virtud ajena.

Un individuo que para conseguir una erección necesitaba torturar, violar y asesinar a una niña se sabía tan total y desesperadamente impotente que tenía la ineludible necesidad de buscar una justificación a sus actos o de lo contrario se vería obligado a colgarse del árbol más próximo.

Y esa justificación no podía ser otra que proclamar a los cuatro vientos que sus abominables miserias no eran en realidad más que una justa y lógica rebelión contra una sociedad decadente y corrompida, sin tener en cuenta que él era el mejor exponente de la decadencia y la corrupción de dicha sociedad.

Fuera quien fuese, y tratara de justificarse como quiera que lo hiciese, se sentía a salvo entre los recovecos de internet y en la certeza de su anonimato, por lo que fue en la soledad de aquel banco de aquel parque donde llegué a la conclusión de que en la fe ciega que tenía en su impunidad, residía su mayor debilidad.

Al día siguiente me fui a otro cibercafé, volví a conectar con su página y le envié un mensaje:

*Como Bestia no eres tan perfecta como aseguras.*
*Cometiste un error al dejarme tirada en aquel bosque sin cerciorarte de que estaba muerta.*
*Ahora ando tras la pista de tu Mercedes negro.*

Me habría encantado ver su rostro en el momento de leer el mensaje, convencido como estaba de que quizá por primera vez le temblaría el pulso y se sentiría humillado ante unos seguidores que empezarían a plantearse que aquel a quien tanto admiraban era en realidad un chapucero que dejaba vivas a sus víctimas.

Me alegró comprobar que en él podía más la soberbia que la prudencia, puesto que a los pocos instantes llegó la respuesta:

*Yo nunca cometo errores.*
*Estabas muerta y bien muerta.*

Le contesté de inmediato:

*Peor para ti si es una muerta la que te persigue.*
*Empieza por afeitarte ese ridículo bigotito.*
*En realidad no eres más que un fascista impotente.*
*Y quienes te siguen, tan impotentes como tú.*
*E igualmente fascistas.*

En esta ocasión no recibí respuesta, y en verdad tampoco la esperaba porque quienquiera que fuese que había recibido tan inesperados y sorprendentes mensajes debía necesitar mucho tiempo para asimilar su significado.

No puedo negar que disfruté al imaginármelo tumbado en la cama, aterrorizado por la idea de que una asesina profesional que le conocía en persona seguía con vida y dispuesta a vengarse.

¿Qué estaría pasando en esos momentos por su mente?

Sin duda se preguntaría si entraba dentro de lo posible que hubiera cometido un error tan estúpido como dejar con vida a una persona a la que le había disparado un tiro en la nuca, o hasta qué punto resultaba factible que al cabo de unos días su víctima se encontrara en disposición de amenazarle.

Al ser testigo en primer plano de cómo la cabeza de Omaira reventaba a causa del impacto de una bala de gran calibre, debería resultarle inadmisible que su cerebro destrozado fuera capaz de coordinar una sola idea sensata, y menos aún de recordar la marca de su coche o la forma de su bigote. Debía sentirse como quien descubre una grieta en los cimientos de su inaccesible fortaleza, lo que a mi modo de ver le obligaba a sentir miedo.

Y si había algo de lo que estaba convencido era de que cuando alguien siente miedo, no se arriesga, y por lo tanto resultaba hasta cierto punto sensato suponer que, dadas las circunstancias, la Bestia Perfecta no se decidiera a actuar por el momento. Ello contribuiría a salvar vidas y me concedía un cierto margen de tiempo.

La mejor forma que existía de resquebrajar aún más sus defensas era continuar acosándole, para lo cual necesitaba que Omaira me proporcionara nuevos datos que añadieran credibilidad al relato.

—No se me ocurre nada.

—¡Haz memoria! Cualquier detalle, por nimio que parezca, puede contribuir a que pierda los nervios; algo de lo que hablarais que le convenza de que se trata efectivamente de ti.

—No recuerdo que habláramos de nada en especial.

—Es que no tiene por qué ser especial. Normalmente nadie habla de nada «especial»; basta con hacer referencia al tema.

La colombiana, ¿o quizá sería mejor decir la difunta colombiana?, se limitó a encogerse de hombros antes de señalar:

—Hablamos del tiempo, de lo que me parecía España y de lo bien cuidado que tenía un coche que estaba a punto de llegar al medio millón de kilómetros.

—¡Medio millón de kilómetros! Eso si que es raro.
—Es lo que él aseguraba... Y se sentía particularmente orgulloso de él porque la verdad es que el carro aparecía impecable.

Mi siguiente mensaje debió de ponerle bastante nervioso.

*La próxima vez que lleves tu coche a reparar,*
*te estarán esperando.*
*Hay pocos Mercedes negros con medio millón de*
*kilómetros a cuestas.*
*Y ninguno que pertenezca a un pederasta*
*tan estúpido como para hacerse llamar*
la Bestia Perfecta

No obtuve respuesta.

¿Qué respuesta había?

En aquellos momentos se estaría preguntando si realmente la policía estaba al corriente de las especiales características de su vehículo.

Ahora lo estaría.

Según el Monstruo, la policía solía acceder a aquellas páginas aunque la mayor parte de las veces no consiguiera evitar que se colgaran en la red.

Lo que sí hacían era «marcarlas» por medio de un sofisticado sistema informático que permitía seguirles el rastro por los canales de internet y localizar a los que accedían a ellas.

En el caso de que la policía hubiese detectado esta, cosa de la que no podía estar seguro, era probable que se preguntaran quién se dedicaba a proporcionarles una información tan valiosa como poco ortodoxa sobre un pederasta asesino.

Admito que en cierto modo aquella inusual forma de acosarle se estaba convirtiendo en una especie de juego cuyo principal objetivo era, repito, conseguir que perdiera la ciega confianza que demostraba tener en sí mismo y en su total impunidad. Tal vez por primera vez en su vida la Bestia estaba experimentando la desagradable sensación de haber pasado de perseguidor a perseguido, y de actuar en las sombras a sentirse observado desde la oscuridad cuando la luz de un potente foco le iluminaba.

Quiero suponer que estaba asustado.

Y lo supongo por el hecho de que si algo he aprendido en este tiempo, es a olvidar mi propia forma de sentir y pensar con el fin de colocarme en el lugar de mi oponente. Y no es tarea fácil. En este caso en particular no resultaba en absoluto sencillo tratar de introducirse en la mente de un hombre que disfrutaba torturando a una criatura. Por más que lo intentara no alcanzaba a entender por qué razón aquellas escenas tenían la «virtud» de excitar sexualmente a alguien, y tuvo que ser el Monstruo quien acudiera en mi ayuda.

—No te esfuerces. De la misma forma que un ciego no concibe los colores, o un sordo de nacimiento ni siquiera imagina lo que puede ser la música, un ser humano «normal» nunca entenderá que existan personas que, como nosotros, prefiramos un capullo cerrado a una flor en todo su esplendor.

—En verdad que no lo entiendo. Un capullo cerrado no es nada.

—Es la promesa de algo maravilloso... Nuestra imaginación consigue que ese compacto amasijo de hojas se convierta en la flor más perfecta que jamás pueda existir, por lo que elegimos desgarrar el capullo, destrozándolo, antes que permitir que la flor se abra y nos decepcione.

—¡Estáis locos!

—Si partimos del hecho de que a todos aquellos que no responden a los cánones que la sociedad ha establecido se les tacha de locos, ciertamente lo estamos. Pero por esa regla de tres tú eres el más loco de todos, puesto que eres el único que se relaciona con los muertos. Y eso sí que no responde a ningún canon de comportamiento.

—Entra dentro de lo posible que sea cierto.

—Lo es si te detienes a pensar que tan difícil resulta explicar por qué razón hablas conmigo, con una colombiana a la que le volaron la cabeza, o con dos niñas asesinadas, como le resulta imposible a un pederasta explicar la razón por la que le atraen los niños.

Estaba en lo cierto; mal que me pesara acertaba al afirmar que la mía era la más grave de las locuras imaginables, pero me consolaba la idea de que, para atrapar a un ser tan desquiciado como la Bestia Perfecta se necesitaba a alguien aún más desquiciado.

No respetar las reglas es la única opción que queda a la hora de luchar contra quienes no respetan ninguna regla.

Y la más eficaz, al menos eso creía en aquellos momentos, era la de contraatacar con sus propias armas: el miedo y la impunidad. Mi nuevo paso fue aún más allá.

*Jimena opina que si como asesino has demostrado
ser un chapucero, como pianista eres un
auténtico desastre. ¿Te acuerdas de Jimena?*

¿Qué pasaría por la mente de un hombre, por enferma que estuviera esa mente, que comenzara a sospechar que sus víctimas le perseguían desde el más allá?

Su respuesta me dio la pauta a seguir.

*¿Quién demonios eres?*

*Una bestia mucho más perfecta que tú.
Quienes te creen omnipotente harán bien en
abandonarte.
Ahora sí que ya no eres más que la mota
de caspa de un cadáver que se pudre bajo tierra.*

Empecé a abrigar el convencimiento de que el camino más directo pasaba por herir su amor propio, menospreciar su egolatría, atemorizarle y llevarle al convencimiento de que había perdido su impunidad.

—Puede que tengas razón y esa sea la fórmula —admitió Bartolomé Cisneros cuando le puse al corriente de mis planes—. Rodear de fuego al alacrán hasta que acabe por clavarse su propio aguijón. Pero me preocupa que en su desesperación se lance a atacar con más saña.

—En ese caso cometerá errores que nos permitirán atraparlo.

—Pero para que cometa esos errores alguna criatura tendrá que pagar las consecuencias, por lo que a mi modo de ver has asumido una responsabilidad excesiva. —Agitó una y otra vez la cabeza negativamente al añadir—: Tal vez hubiera sido mejor seguir en silencio la pista de ese coche.

—Podría llevarnos meses —le contradije—. O tal vez años, porque no creo que hubiéramos convencido a la policía de que colaborara basándonos en las informaciones de una difunta. Y ya hemos visto que, siguiendo las normas, ni la policía ni nadie ha conseguido destruirle.

—Tal vez opte por ocultarse una temporada, esperar a que las aguas vuelvan a su cauce y reaparecer cuando se sienta nuevamente seguro —intervino María Luisa, que hasta ese momento se había limitado a escuchar—. Es lo que yo haría.

—Tú sí... Y cualquier persona normal. Pero él nunca se conformará con una derrota aunque sea temporal, arriesgándose a perder a su corte de admiradores. Alardea de ser la Bestia Perfecta, y estoy convencido de que disfruta tanto vanagloriándose de haber matado y violado a una criatura como haciéndolo. Para él exponer esas fotos en la red equivale a repetir el acto.

—¿Cómo se puede llegar a tener un cerebro tan putrefacto?

—Eso, ni tú, ni yo, ni nadie conseguirá averiguarlo nunca, querida... Si estuviéramos capacitados para ponernos en su lugar nos resultaría sencillo aniquilarlos porque el principal problema estriba en que luchamos contra seres a los que no entendemos.

Alicia Jiménez se presentó una mañana en mi casa de forma inesperada.

Tenía bastante mejor aspecto que la última vez que nos vimos, debido sin duda al hecho de que se había alimentado de una forma algo más coherente, y aunque aún me impresionaron sus oscuras ojeras y la tristeza de su mirada, cabría afirmar que se esforzaba por abandonar el profundo pozo de desesperación en el que se encontraba sumida desde la muerte de su hija.

Cuando le pregunté la razón de tan sorprendente visita, su respuesta no me extrañó demasiado:

—Necesitaba estar cerca de ella —dijo.

La llevé al jardín posterior al tiempo que le decía:

—Nunca entra en la casa. Esta es la zona por la que suele moverse.

—¿Está aquí ahora?

—No.

—¿Le importaría que me quedara un rato?

—En absoluto.

La dejé allí, sentada casi en el mismo lugar en que acostumbraba a sentarse Jimena, y al regresar a mi despacho me desconcertó descubrir que Omaira la observaba a través de la ventana.

—¿Cree que en el infierno serán menos duros conmigo si me esfuerzo por evitar que otras madres sufran lo que esa pobre mujer está sufriendo?

—No tengo ni la menor idea... —repliqué, y era sincero—. En primer lugar porque no estoy seguro de que exista el infierno, pero en el caso de existir dudo que las buenas obras que se ejecuten después de muerto se computen de la misma forma que si se hubieran hecho en vida.

Acudió a acomodarse en la butaca, frente a mi mesa, y casi se podría considerar que sonreía al comentar:

—Los seres humanos serían mucho mejores si se les diera la oportunidad de saber lo que significa estar muertos aunque tan solo fuera durante una corta temporada.

—Me da la impresión de que eso ya se lo he oído antes a otro muerto.

—No me sorprende; por desgracia tan solo aprendemos a valorar lo que tenemos cuando lo hemos perdido... —Me miró de frente, con aquella mirada en la que parecía que estuviera viendo a través de mi cuerpo y al poco añadió—: Me he estado esforzando en recordar detalles de mis conversaciones con ese cerdo, y hay uno que tal vez pueda servirle; en un determinado momento le pregunté la hora, me mostró su reloj y me llamó la atención que en la esfera aparecía el escudo de un equipo de fútbol.

—¿Un equipo de fútbol? ¿Qué equipo?

—No lo sé, pero recuerdo que se me antojó impropio de un hombre tan peripuesto como él.

—¿Reconocerías ese escudo si lo vieras?

—Supongo que sí.

Me conecté por internet con las páginas de los equipos de fútbol de primera división y casi al instante señaló uno de ellos.

—¡Ese!

—¿Estás segura?

—Completamente.

—¡Hijo de la gran puta! Ya podría haber sido socio del Barça.

—¿Cuál es la diferencia?

—Que me jode tener algo en común con semejante degenerado, aunque tan solo sea el hecho de que seamos aficionados al mismo equipo.

—Parece lógico viviendo en la misma ciudad... ¿O no?

—Depende de cómo se mire... Al pensar en un pederasta exhibicionista y asesino no se te pasa por la mente la idea de que pueda gustarle el fútbol, y menos hasta el punto de llevar un reloj con el escudo de su equipo.

—Supongo que habrá muchos momentos en los que hasta un pederasta asesino se comporte como alguien que pudiéramos considerar «normal».

—No deberían tener derecho a ello; son alimañas y

no me las imagino saltando de alegría cada vez que Raúl marca un gol, de la misma manera que me resisto a imaginármelos disfrutando de una buena cena o una agradable charla entre amigos cuando acaban de violar y asesinar a una criatura.

—No lo concibe porque tiene conciencia y considera que esta le estaría reclamando continuamente por lo que ha hecho —dijo la colombiana como si estuviera intentando aclararme cómo se resolvía un pequeño problema doméstico—. Pero un psicópata infanticida, o incluso un simple pistolero profesional, ni tan siquiera se plantea semejante posibilidad; hace lo que quiere hacer procurando que no le atrapen y basta. A mí siempre me preocupó el castigo que pudiera llegarme desde fuera, no el que emanara de mi interior.

Desapareció, no por seguir la molesta costumbre de los difuntos a los que les encanta ir y venir a su antojo sin dar explicaciones, sino porque se escucharon los pasos de Alicia Jiménez, que al poco hizo su aparición en el umbral de la puerta para comentar en tono de sincera admiración:

—Tiene una casa preciosa.

—¡Tendría que haberla visto hace un par de años! Era una auténtica pocilga que se caía a pedazos.

—Pues está claro que se ha gastado una fortuna en restaurarla.

—No fui yo... Nunca hubiera conseguido reunir tanto dinero; la reparó su antigua propietaria, que había nacido aquí, pero cuya familia se había visto obligada a huir a México durante la guerra civil. Cuando regresó, muy anciana, muy rica, y muy, muy excéntrica, se ofreció a pagar los gastos de reparación a cambio de que le permitiera pasar de tanto en tanto algunos días en su antigua habitación.

—Por lo que veo le suelen ocurrir cosas extrañas.

—Pero siempre relacionadas con esta casa... Hasta que la compré yo era un funcionario de ministerio de lo mas normal, divorciado, aburrido y cuya única pasión se centraba en pasarse horas oculto entre la maleza estudiando la vida de las aves.

—¿Ya no lo hace?

—Sí, pero ahora no las observo por simple curiosidad, sino por una razón muy concreta; estoy tratando de averiguar el motivo por el que nunca se ha dado el caso de que un ave muera en pleno vuelo sin haber sido atacada por un depredador.

—¿Qué quiere decir con eso?

—Que los albatros, los cormoranes, los gansos, las cigüeñas y hasta las más pequeñas de las aves migratorias consiguen volar durante miles de kilómetros manteniéndose días enteros en el aire, sin que jamás se haya sabido de una de ellas que, pese al terrible esfuerzo, se haya desplomado de improviso.

—Será debido a su especial constitución genética; han nacido para eso.

—En efecto. ¿Pero qué tiene de especial la constitución de su corazón que las hace inmunes al infarto cualquiera que sea el esfuerzo o el estrés al que se les someta? Un colibrí bate las alas millones de veces al día, incluso volando hacia atrás sin agotarse, pero si a un mamífero se le exigiese la mitad de ese esfuerzo, le fallaría el corazón. Quizá, si se investigara se podría descubrir las causas y encontrar un remedio al infarto que mata a miles de seres humanos cada año.

—No sabía que le interesara la medicina.

—Y no me interesa especialmente... Me limito a exponer una teoría basada en simples observaciones. No me considero capacitado para dar respuestas, pero creo que tengo el derecho, y casi la obligación, de hacer la pregunta a quien corresponda: ¿por qué no se investiga en qué se diferencian esencialmente el corazón de un ave del de un mamífero?

—Tengo un amigo cardiólogo que tal vez conozca la razón. Pero lo que ahora me gustaría saber es a qué atribuye que todos esos fenómenos extraños le ocurran desde que compró esta casa.

—A que se asienta sobre la cueva en que habitaba un ermitaño del que se decía que se comunicaba con los muertos.

—¿Y lo cree?

—¿Que se comunicara con los muertos...? ¿Por qué no? A mí me ocurre a diario y supongo que un muerto de hace trescientos años no se diferencia en mucho de uno actual. Desde luego, prefiero aceptar esa teoría, por absurda que parezca, que admitir que estoy loco y es mi imaginación la que crea a esos difuntos.

—Si quiere que le sea sincera, yo también era de la opinión de que estaba loco hasta que sentí la presencia de Jimena en el salón de mi casa —dijo al tiempo que ensayaba lo que pretendía ser una sonrisa—. Y ahora, ahí fuera, en el jardín, experimenté esa misma sensación de que se encuentra muy cerca.

—¿Y eso le asusta?

—¡En absoluto! Se trata de mi hija. ¿Qué mal podría causarme?

—Ninguno, porque ningún mal le causarán nunca los muertos, se traten o no de su hija. Para hacer daño es necesario utilizar la imaginación, y los difuntos carecen de ella.

—¿Qué quiere decir con eso?

—Que no pueden imaginar de la misma manera que no pueden mentir; se limitan a «estar». Y únicamente cuando a ellos les apetece.

—O sea, ¿que usted no puede convocarlos?

—¡En absoluto! No soy un médium ni nada por el estilo, y estoy convencido de que si los llamara dejarían de venir. Son ellos los que se sirven de mí, no yo de ellos.

—En ese caso supongo que resultaría inútil que le pidiera que se pusiera en contacto con mi marido.

—Totalmente... Ni siquiera se me ha pasado por la mente la idea de ponerme en contacto con mi padre, al que adoraba; es más, no me gustaría verle porque prefiero recordarle como era en vida.

—¿Y eso?

—Siempre fue un hombre extraordinariamente alegre, divertido y vitalista, y los difuntos rezuman tristeza.

—¡Lógico, si están muertos!

Se aproximó a la ventana, contempló el jardín y el

sol, que comenzaba a ocultarse en el horizonte, y al poco dijo:

—¿Le importaría que pasara aquí la noche? No me apetece la idea de conducir hasta Cuenca a estas horas.

—Faltaría más. Puede dormir en la habitación de invitados, que tiene las mejores vistas de la casa.

Preparé unos espaguetis al azafrán, que era uno de los pocos platos que sabía que nunca me fallaban, y me agradó comprobar que no necesitaba obligarla a comer ya que lo hacía con notable apetito. Tuve la sensación de que el hecho de encontrarse allí, tan cerca de Jimena, le proporcionaba una nueva razón para vivir, y por mi parte debo admitir que me agradaba la idea de atenderla, aunque tan solo fuera en las sencillas tareas domésticas de servirle la cena o entregarle toallas limpias y una botella de agua fría.

Me precio de ser un hombre delicado con las mujeres, pero mi relación con Macarena durante los últimos años de nuestro matrimonio había resultado demasiado tensa, por no decir abiertamente agria, ya que mi ex esposa era de ese tipo de personas que se consideran autosuficientes en todo aquello que no se refiera al dinero.

Hay mujeres que tan solo permiten que se las proteja económicamente sin caer en la cuenta de que a los hombres nos agrada cuidarlas más allá del hecho de regalarles un abrigo de visón o darles dinero cada mes.

Atender a una sencilla ama de casa y tres o cuatro hijos, hacer bien mi trabajo y dedicar mi tiempo libre a observar a los pájaros fueron mis metas, pero cometí el error de casarme con una ambiciosa universitaria que no quiso darme más que un hijo, despreciaba mi trabajo porque no me hacía rico, y jamás pasó una sola hora a mi lado observando a los pájaros.

El mérito de los héroes se asienta en el hecho indudable de que la mayoría de las personas corrientes nunca hemos pretendido ser héroes porque solemos sentirnos más cómodos en el anonimato de este lado de la pantalla del televisor.

No niego que en un momento dado soñé con la posibilidad de convertirme en un original diseñador de puentes, pero lo que me empujaba a ello era la emoción de enfrentarme a los retos de la técnica, no la necesidad de ser reconocido o alabado de un modo personal.

La mayoría de los seres humanos que se sienten muy desgraciados lo son porque aspiraron a ir mas allá de lo que les permitían sus capacidades sin conformarse con la minúscula porción de vida que les había correspondido en el reparto.

Triste debe de ser fracasar cuando se han librado grandes batallas, pero denigrante resulta fracasar cuando tan solo nos hemos enfrentado a ridículas escaramuzas.

Hasta el bendito o maldito día en que los difuntos se cruzaron en mi camino me consideraba el más gris de los humillados, y a menudo me asalta la sensación de que fue por mi falta de carácter por lo que los que ya ni tan siquiera tenían aire para respirar decidieron acudir en mi busca.

Curiosamente, la fuerza que no supe extraer de la

vida la obtuve de la muerte, y alguien que con anterioridad no consiguió destacar por nada pasó a destacar más que ningún otro al convertirse en el único vínculo de unión entre las dos orillas del más profundo y tenebroso de los ríos.

¿Por qué?

¿Por qué yo?

Supongo que esa es una pregunta para la que nunca sabré encontrar una respuesta, ya que no se trata de un problema matemático ni de una situación que se preste a aplicar la experiencia obtenida, y nadie que yo conozca tiene experiencia sobre cómo tratar a los difuntos.

Si me eligieron por mi debilidad, han conseguido convertirme en el más fuerte, y como tal me enfrentaré sin miedo al peor enemigo que nadie haya conocido, porque lo máximo que puedo perder es la vida, y soy el único que sabe, a ciencia cierta, que esa vida no es más que la primera etapa de un largo camino.

¡Qué sencillo resultaría todo si además fuera capaz de creer que al final de ese camino se encuentra Dios!

Envidio a quienes tienen fe. En ocasiones los desprecio, pero son más las veces que me sorprendo a mí mismo buceando en el fondo de mi alma en demanda de aquel que sabría darle un sentido a todo cuanto me está ocurriendo.

Hace años escuché una frase que me causó una honda impresión: «Dios no es más que el postrer refugio de los atribulados», y me impresionó especialmente por la elección de la palabra: «atribulado», que expresa mejor que cualquier otra lo que experimenta un ser humano cuando siente miedo, soledad, desamparo, vacío y desconcierto. Nunca he podido evitar que al pensar en un ser «atribulado» me venga a la mente la imagen de un viejo velero navegando por un mar oscuro y encrespado sin capitán, sin rumbo y sin timón.

Alicia Jiménez no parecía tener el menor interés en ocultar que en aquella particular etapa de su vida, o quizás en todas, necesitaba que cuidaran de ella.

Ignoro si en algún momento fue una mujer fuerte a la que el destino había golpeado con tanta saña que había acabado por desequilibrarse, o siempre se había comportado así, pero lo cierto es que muy de mañana me la encontré sentada en el jardín sumida en uno de aquellos largos períodos de ausencia en los que realmente parecía haberse «mandado mudar a otra ciudad», sin responder más que con monosílabos y con tal aire de desamparo que su difunta hija la observaba con la expresión más triste que jamás haya descubierto en los ojos de un muerto.

—Tal vez sea por ella por lo que me encuentro ahora aquí —musitó Jimena en voz muy baja y como si temiera despertarla—. Ya no siento odio por lo que me hicieron y supongo que no me es dado experimentar deseos de venganza, pero al verla no puedo soportar la idea de que quien la ha llevado a esos extremos siga causando daño a otras personas.

—Te prometí acabar con él y pienso hacerlo.

—¿Cómo y cuándo?

—El cómo depende de ti, de Andrea y de esa muchacha, Omaira, que sois quienes tenéis que proporcionarme los datos que me sirvan para continuar acosándole; el cuándo es únicamente cuestión de suerte.

—En mi situación resulta muy difícil creer en la suerte.

Cuando «tu situación» es llevar meses descomponiéndote en el fondo de un pozo debe de ser ciertamente harto difícil confiar en la suerte, y cuando «tu situación» es vivir rodeado de difuntos y de una pobre mujer en estado casi catatónico las expectativas tampoco se presentan mejores.

Esa tarde descendí a la cueva del anciano Tavaré con el fin de tumbarme en el viejo camastro del ermitaño en un desesperado intento por conseguir que el espíritu del desaparecido anacoreta visionario acudiera en mi ayuda mostrándome el camino que me llevara hasta la Bestia, aun a sabiendas de que poco podría hacer alguien que había dejado de existir trescientos años antes.

Aunque, a decir verdad, en el fondo de mi alma estaba convencido de que, pese a los siglos transcurridos, el comportamiento humano continuaba siendo el mismo.

*¡Vedla!, tan hermosa, tan dulce y delicada.*
*¡Vedla por última vez, en el último instante!*
*Os la ofrezco como un raro presente,*
*disfrutad del momento, compartidlo conmigo,*
*permitid que vuestra imaginación vuele muy lejos.*
*Que corra el semen y el cuerpo se estremezca.*

*Yo cargo con las culpas,
tan solo sois testigos y el mirar no hace daño.*

¡*«El mirar no hace daño»*!

¡Falso!
Mirar aquellas fotos me causó un daño irreparable, puesto que había abierto en mi cerebro la ventana a un nuevo universo del que jamás pude imaginar la existencia.

Una cosa es oír hablar de violadores asesinos de niños, y otra muy diferente contemplar las espeluznantes imágenes de cómo se han cometido esos crímenes.

¿Y el resultado?

Una encantadora criatura llena de esperanzas de vida convertida en un guiñapo ensangrentado por el mero capricho de un sádico.

Durante unas décimas de segundo me quedé traspuesto, y como me venía ocurriendo cada vez con más frecuencia, me vi a mí mismo en el papel de la Bestia, jadeando ante un minúsculo cadáver de ojos dilatados por el terror y la entrepierna ensangrentada que aparecía tendida sobre una enorme cama cubierta con una manta azul adornada con pequeñas flores blancas.

A menudo me pregunto por el significado de tan inquietantes visiones.

¿Tan obsesionado estoy con un psicópata asesino que existen momentos en los que en verdad consigo introducirme en su piel y vivir sus más íntimos recuerdos?

Entra dentro de lo posible el hecho de que, una vez más, todo fuera únicamente fruto de una mente que se deterioraba por momentos, no lo descarto, pero en aquella situación tan especial tuve la sensación de que me encontraba tan cerca de la bestia que me hubiera bastado con girar la cabeza para verla.

En ocasiones, aquella fue una de ellas, la barca con la que suelo atravesar el oscuro río de la muerte comienza a hundirse mansamente, me aferro a las bordas y observo, espantado, cómo la arrastra la corriente preguntándome en cuál de las orillas acabará por encallar. Y lo más triste del caso es que no me angustia la idea de que al fin se detenga en la orilla equivocada.

Al menos ese día habré conseguido descansar.

Gilles de Rais, barón de Rais, nació en 1404 en el seno de una de las familias más poderosas de Francia, y cuando acababa de cumplir veinticinco años fue nombrado mariscal por el valor demostrado en la batalla de Orleans, en la que luchó al frente de las tropas de Juana de Arco. Evidentemente influyó en su nombramiento el hecho de que junto a la Doncella de Orleans elevó a Carlos VII, apodado el Bastardo, al trono de Francia. ¿Nunca habías oído hablar de él?

—Nunca.

—Curioso... —dijo el Monstruo—. Es uno de esos personajes que se supone que están en boca de todos.

—Pues ni la más remota idea.

—En ese caso presta atención porque su historia te ayudará a entender muchas cosas. El padre de Gilles tuvo una muerte horrible; atacado por un jabalí en una partida de caza y herido en el vientre resistió varios días con los intestinos fuera del cuerpo y parece ser que el chicuelo, que debía de tener por aquel entonces unos seis años, no se movió de la cabecera de su cama hasta que murió en medio de atroces sufrimientos. En el proceso que años más tarde se seguiría contra él se señaló que estaba fascinado por el dolor y por las tremendas heridas de su padre.

—Comprensible en un niño.

—Y más cuando al mes falleció su madre, por lo que quedó bajo la tutela de su abuelo materno, quien aumentó su fortuna de forma espectacular permitiéndole hacer cuanto le viniera en gana con la teoría, propia de aquella época, de que las leyes del resto de los humanos no regían para los de su clase y condición. Fue su abuelo quien convino su matrimonio con Catalina de Thouards, una prima lejana inmensamente rica, y se asegura que, como se daba la curiosa circunstancia de que Catalina no deseaba dicha boda, alentó a su nieto para que la secuestrara, la violara y la mantuviera encerrada a pan y agua hasta que aceptara ser su esposa.

—Está claro que no era el abuelito de Heidi...

—Desde luego, pero pese a que era un auténtico tirano por el que Gilles sentía pavor, además de una inmensa fortuna le proporcionó una esmeradísima educación intelectual y militar, por lo que se convirtió en un hábil general de increíble valor rayando la temeridad, hasta el punto de que no dudó en lanzarse por sí solo a la aventura de intentar rescatar de la hoguera a Juana de Arco. Al fracasar en su empeño, aseguró que la «pureza había muerto», por lo que renunció al honor de ser el mariscal más joven de la historia de Francia para retirarse a sus posesiones de Tiffauges, donde dejó de luchar por el bien para pasarse casi sin transición a los dominios del mal.

—¿Qué has querido decir con una frase tan rebuscada?

—Que enamorado en secreto, como al parecer estaba, de la mítica y ya difunta y por lo tanto inalcanzable Doncella de Orleans, su mundo se vino abajo, por lo que abandonó a su esposa, se negó a tener cualquier relación de tipo sentimental con mujeres y al poco comenzó a buscar caminos de satisfacción que tan solo encontró en la crueldad.

—¿Cómo?

—Gastándose gran parte de su fortuna en fabulosas orgías, y tal fue el derroche que acabó vendiendo algunas de sus posesiones, por lo que a la larga la preocupación por tales pérdidas hizo que se fuera aficionando a la alquimia llegando a instalar un laboratorio en el que trabajaba sin apenas dormir a la búsqueda de la piedra filosofal, capaz de transformar los metales en oro.

—No me parece muy propio de alguien que había demostrado ser tan inteligente como para convertirse en el mariscal más joven de la historia de Francia.

—Se puede ser muy inteligente para ciertas cosas y muy torpe para otras. Gilles de Reis cometió el error de tomar a su servicio a un clérigo de nombre Blanchart, iniciado en artes alquímicas, quien le presentó a su colega italiano, Prelati, y entre los dos le hicieron creer que podría transmutar el plomo en oro.

—¡Qué estupidez!

—No para aquellos tiempos precientíficos. Pero dado que el empeño no fructificaba, Prelati y Blanchart iniciaron al barón en «artes tenebrosas» como la adoración al diablo y las misas negras hasta el punto de que puso parte de su testamento a nombre del demonio aunque, ¡eso sí!, con la condición de no cederle su alma.

—Admito que semejante comportamiento tan solo se puede aceptar teniendo en cuenta que sucedió a principios del siglo XV. Una época en la que hasta los más inteligentes demostraban ser tremendamente supersticiosos.

—Así es, por lo que las cosas se fueron complicando más y más hasta que el primer asesinato ritual en que participó el barón fue consecuencia de sus pactos con el demonio. A su víctima, un joven mendigo, le sacó los ojos y el corazón, y aunque pese a ello lógicamente el plomo no se convirtió en oro, Gilles de Reis descubrió el placer del sadismo. A partir de ese día se dedicó a violar y asesinar a niños y niñas a los que hacía colgar de ganchos, los escuchaba suplicar, simulaba salvarlos del horror y a continuación los degollaba con el fin de violar los cadáveres.

—¡No puedo creerlo!

—Recuerda que los muertos nunca mentimos. Se le atribuyen más de doscientas ejecuciones de niños y adolescentes; algunos desaparecían de la ciudad de Nantes y pueblos colindantes, y otros eran pobres mendigos a los que llevaba a su casa mediante la promesa de darles de comer.

—Todo cuanto me estás contando se me antoja espeluznante. Pero no entiendo a qué viene que te regodees de ese modo con los absurdos crímenes de semejante loco.

—Lo sabrás a su tiempo. Cuando el pueblo no pudo más, y aun sabiendo que el barón seguía siendo muy poderoso a pesar de haber perdido gran parte de su fortuna, se alzaron voces que al fin llegaron a los oídos del obispo de Nantes, quien instruyó un expediente según el cual Gilles de Rais había ofrecido al demonio los ojos y la sangre de un chiquillo para conseguir sus favores. Fue detenido y juzgado por la desaparición de ciento cincuenta niños, aunque no se sabe con seguridad cuántos sacrificó. En el proceso se habló de doscientos, pero otras fuentes hablan de más de trescientos. En una torre del castillo de Tiffauges se encontraron cuarenta esqueletos de pequeños, y un montón de cabezas en el castillo de Champtocé. Cuando fue detenido en Machecoul, los soldados se encontraron con el espectáculo de cincuenta cadáveres de niños mutilados.

—¡Qué bestia!

—¡Tú lo has dicho! La primera Bestia, pero que, curiosamente, había hecho construir una iglesia dedicada a los Santos Inocentes que por su riqueza y boato se convirtió en la más rica de la cristiandad; a tanto llegó su excentricidad que fue llamado al orden por el Papa, ya que cubrió las paredes y techos con paneles de oro puro. Pese a que se la ofreció al obispo a cambio de que retirara las acusaciones, este investigó los casos de desapariciones en la comarca y acabó acusándole de hereje, brujo, sodomita, conjurador, espíritu malvado, adivino, asesino de niños, apóstata, servidor de fetiches, desviado de la fe, vaticinador y maestro de brujos.

—Por lo que veo solo le faltaba que le acusaran de conducir borracho y de evasión de impuestos. Pero sigo sin entender adónde pretendes llegar con todo esto, y de qué puede servirme a la hora de atrapar a la Bestia Perfecta.

—¿Lo entenderías mejor si te dijera que el barón Gilles de Rais fue en realidad la primera Bestia Perfecta, el iniciador de una auténtica «dinastía» de pederastas asesinos?

—¿Pretendes hacerme creer que las Bestias actuales son seguidores del barón? ¡Pero qué bobada dices!

—Ninguna bobada. ¿A cuánta gente asesinó Adolf Hitler?

—A mucha, supongo...

—Se asegura que casi cien millones de personas murieron directa o indirectamente por su culpa, y sin embargo existen miles de fanáticos dispuestos a seguir sus pasos resucitando los peores horrores del nazismo. Los encontramos entre los paramilitares, los gamberros que acuden a los campos de fútbol o los intelectuales de las más famosas universidades. Y lo más curioso del caso es que Hitler ni siquiera disfrutaba sexualmente al ordenar que gasearan indiscriminadamente a judíos o gitanos. ¿Te sorprende que en un mundo en el que el mayor genocida de la historia, que actuaba impulsado por absurdas y trasnochadas convicciones políticas, cuente con legiones de admiradores, subsista de igual modo un grupúsculo de seguidores de alguien que «únicamente» asesinó a trescientos niños arrastrado por un impulso sexual incontrolable?

—Visto de ese modo...

—El modo de verlo es que la mente humana resulta inescrutable, y te lo está diciendo alguien como yo, que disfrutaba, tal como podía disfrutar el barón de Rais, violando y asesinando arrastrado por ese impulso irrefrenable. Él mismo contó, con todo lujo de detalles, el inmenso placer que le producía entrar en la sala donde estaban los chicos, escuchar sus lamentos y contemplar sus heridas. Les cortaba las ligaduras, les cogía en brazos y les secaba las lágrimas reconfortándolos, pero una vez que se había ganado su confianza, sacaba un cuchillo y les cortaba la cabeza.

—¡Para ya! Me está enfermando escucharte.

—No es momento de parar. Si pretendes penetrar en nuestro mundo tienes que conocerlo en la inconcebible magnitud de sus miserias o continuarás avanzando a ciegas. En ocasiones, Gilles de Rais llamaba a su peluquero para que ondulara el cabello de la cabeza cortada de un niño y le maquillara los labios y las mejillas. Cuando tenía bastantes cabezas se celebraba una especie de concurso de belleza, en el cual los invitados votaban a la que les parecía la más deseable.

—Por lo que veo, incluso en vida contaba con partidarios tan degenerados como él, que le seguían el juego y le reían las gracias.

—Unos lo hacían por dinero; otros, por miedo; y supongo que algunos, porque compartían sus aberraciones. El barón reconoció ante los magistrados que su mayor placer era ver cómo los niños agonizaban lentamente, pero que en los cargos que se le imputaban no había intervenido nadie más que él, ni había obrado bajo la influencia de otras personas, sino que siguió el dictado de su propia imaginación con el único fin de procurarse placer. Fue condenado a morir en la hoguera, pero por su condición de noble, y dado que mostró arrepentimiento de los cargos de herejía, ¡no de los de asesinato!, primero fue colgado y su cadáver, incinerado. Su testamento concluye con una frase que muestra mejor que ninguna otra su carácter: «Yo hice lo que otros hombres sueñan.»

—¿Estás de acuerdo con eso?

—¿Qué quieres decir?

—¿Que si como asesino de niñas compartes sus ideas?

—Sí y no. Sí, en cuanto que fue capaz de hacer lo que le apeteció; no en cuando al hecho de hacer sufrir sin experimentar ningún tipo de arrepentimiento. Yo fui un pederasta, no un sádico; sentía ternura y una especie de amor por las niñas a las que violé y asesiné, a las que procuraba apartar luego de mi mente; Gilles de Rais no disfrutaba con el placer del sexo, sino de la violencia más absurda y gratuita y se regodeaba con su horrenda obra conservando las cabezas de sus víctimas.

—¿Es eso lo que le convierte en Bestia? ¿En la Bestia Perfecta?

—Más o menos... Digamos que la diferencia entre Gilles de Rais y los de mi condición es semejante a la que pudiera existir entre Adolf Hitler y Benito Mussolini. Medio siglo después de su desaparición miles de retrasados mentales continúan adorando a un psicópata asesino alemán, pero casi nadie se acuerda de un vociferante fantoche italiano.

—¿Y a qué lo atribuyes?

—A que los dos tenían un indudable carisma, pero Hitler era absolutamente inhumano, y eso es lo que en verdad atrae a los más degenerados.

—¿O sea que el mal, para resultar atractivo tiene que llegar a sus últimos extremos?

—Los nazis tenían muy claro que las medias tintas nunca han arrastrado a las masas. Para sentirse motivado el hombre mediocre necesita del exceso; tan solo los muy inteligentes se encuentran cómodos en una situación de equilibrio.

—No obstante, como posible seguidor del barón de Rais, la Bestia Perfecta está demostrando no ser en absoluto mediocre, sino más bien inteligente.

—Por eso es quien es y continúa en libertad burlándose de todos; de otro modo hace tiempo que estaría entre rejas. Asesinos de niños que se conectan a internet hay muchos, pero a casi todos acaban cazándolos. Él es «especial» y por lo tanto nunca comete errores.

—Yo le he obligado a cometer uno al contestarme. Y cometerá muchos más cuando se sienta acosado.

—¿Y cómo piensas acosarle?
—Le he enviado un nuevo mensaje:

*¿Cómo puede alguien que se autodenomina la Bestia [Perfecta utilizar un reloj con el escudo de un equipo de fútbol...? ¡Hace falta ser imbécil!*

Se detuvo en el umbral de la puerta y me dio la impresión de que estaba preguntándose qué diablos hacía allí, o si resultaba posible que se hubiera equivocado de persona. No dije nada porque sabía muy bien que era él quien debía tomar la iniciativa visto que era él quien había acudido en mi busca. Por fin, tras unos momentos de duda, y con el aire de quien penetra en la consulta del dentista, lo que le producía, sin duda, una lógica aprehensión, inquirió tímidamente:

—¿Molesto?

—¡En absoluto!

—¿Podría dedicarme unos minutos?

—¡Naturalmente!

Permaneció en pie, con los dedos de las manos entrelazados, muy tieso ante la mesa, y pese a que le invité con un gesto a tomar asiento lo rechazó al tiempo que me decía:

—¿Es cierto que puede ayudarme?

—Lo ignoro. ¿De qué se trata?

Dudó una vez más, giró la vista alrededor, agitó ahora las manos evidenciando que no sabía qué hacer con ellas, y al fin musitó apenas:

—Me da vergüenza contarle lo que me sucedió. ¡Resulta todo tan estúpido!

—Inténtelo y yo decidiré si se me antoja tan estúpido como asegura.

—Le garantizo que resulta increíblemente absurdo, pero supongo que ya que he venido hasta aquí resultaría mucho más absurdo no contarle mi historia. Me llamo Miguel López Garrido, desde que yo recuerde siempre he sido viajante de joyería y nunca tuve el menor problema, ni con mis clientes, ni mucho menos con mis jefes... Sin embargo, hace unos tres años me confiaron un muestrario más valioso de lo normal, lo cual no pude evitar que me pusiera bastante nervioso.

—Comprensible...

—Se trataba de muchísimo dinero... Joyas destinadas en última instancia a un cliente muy especial, Pepe Carlín, que prefería permanecer en segundo plano porque era cosa sabida que estaba implicado en el narcotráfico gallego y probablemente aquella debía ser una forma sencilla de blanquear dinero.

—¿Por qué aceptó un encargo semejante?

—Porque lo único que tenía que hacer era cumplir con mi obligación de llevar la mercancía a quien normalmente le proveía, sin hacer preguntas y sin la menor responsabilidad sobre lo que se hiciera con ella... Era legal, siempre había sido así, y todo fue bien hasta que el miedo hizo que me asaltara la sensación de que un coche me venía siguiendo, lo que hizo que al cabo de un rato decidiera abandonar la carretera en lo que consideré un astuto modo de despistar a mis perseguidores.

—Probablemente yo hubiera hecho lo mismo.

—Y cualquier persona sensata, pero llovía a mares, incluso más de lo habitual en una zona donde casi siempre llueve, y como iba dando vueltas por caminos cada vez más intrincados con el fin de convencerme de que ya no me seguían, lo único que conseguí fue desorientarme bajo lo que había acabado por convertirse en un auténtico diluvio.

—¡Vaya por Dios!

—Mi miedo se acentuó; caía la tarde, no se distinguía un alma en cuanto alcanzaba la vista, encontré lo que parecía un camino y lo seguí, temiendo quedarme empantanagado en cualquier momento, pero al cruzar lo que consideré un charco poco profundo el agua comenzó a arrastrar el vehículo cada vez con más fuerza.

—¡También es mala suerte!

—Lo que le estoy contando, señor, no es mala suerte; es un cúmulo de desgracias encadenadas por el capricho de un destino tan injusto que a veces me pregunto si es posible que exista un ser superior que se complazca en martirizar de tal manera a un pobre hombre que no le había hecho mal a nadie... Yo era un sencillo representante de joyería, honrado y trabajador, buen padre y buen esposo, sin otra ambición que sacar a una familia adelante e inculcar a mis hijos aquellos principios que me habían inculcado a mí; sin embargo, en un solo día increíblemente aciago mi mundo se derrumbó.

—¿Perdió el coche?

—¡Peor aún! Al comprender que se hundía irremisiblemente intenté escapar por la ventanilla llevando el maletín sujeto con unas esposas a la muñeca intentando nadar y alcanzar la orilla. Pero una fuerte ola sacudió el coche cuando salía y me di un golpe en la cabeza que me dejó inconsciente y a merced del agua que invadía el coche y que acabó, finalmente, por ahogarme. La corriente arrastró el automóvil con mi cadáver dentro y se perdió en el océano.

—Qué mala suerte...

—Ni el mismísimo diablo hubiera podido imaginar un final más vergonzoso y dramático... —se lamentó con indescriptible amargura Miguel—. Aquel día no solo me quitó la vida y me hizo pasar todas las penalidades del infierno, sino lo que aún es peor, también me arrebató la honra y el respeto que había conseguido a lo largo de cuarenta años de conducta intachable.

—De sus palabras deduzco que al no encontrar su cadáver alguien debió sospechar que se había fugado con las joyas.

—¡Exactamente! No se encontraron ni el coche, ni mi cuerpo, ni las joyas. ¿Se imagina? Primero la policía, luego mis jefes, más tarde mis amigos, y por último mi mujer y mis hijos llegaron a la horrenda pero admito que comprensible conclusión de que yo lo había planeado todo con el inconfesable fin de ocultarme en cualquier país caribeño con un botín que me permitiría vivir sin trabajar durante el resto de mis días.

—¡Joder...!

—¿Entiende ahora por qué le pregunto si puede ayudarme?

—Naturalmente que lo entiendo... Lo que ya no entiendo es en qué cree que puedo ayudarle.

—En recuperar mi buen nombre y el amor y respeto de mi familia. Como, según mi costumbre, había firmado un recibo haciéndome responsable del muestrario, mis jefes trasladaron dicha responsabilidad a mi esposa, por lo que acabaron quitándole la casa, que era casi lo único que teníamos.

—¡Pero eso es injusto! Y supongo que ilegal.

—Injusto o ilegal fue lo que ocurrió, por lo que la vergüenza hizo que mi familia se viera obligada a marcharse del pueblo y ahora anda pasando calamidades y preguntándose cómo es posible que les traicionara de un modo tan vil dejándoles en la miseria. ¿Se da cuenta de lo que eso significa para mí? El verdadero infierno, si es que existe, no puede ser peor de lo que estoy sufriendo.

Le observé, sin saber qué decir porque en verdad la sucesión de tragedias que le habían acontecido a aquel infeliz en el transcurso de unas horas hubieran provocado la risa de no ser por sus amargas consecuencias.

Lo suyo era a todas luces un mal chiste, pero lo cierto es que la experiencia nos enseña que en ocasiones, por desgracia muchas más de las que nos gustaría reconocer, la vida suele convertirse en un chiste de pésimo gusto que acaba por destruir a seres inocentes a los que ni siquiera asiste el consuelo de saber que tuvieron un fin cuando menos honorable, que es lo menos a lo que puede aspirar quien no ha hecho daño a nadie.

Cada vez que oigo hablar del destino aplicado a los seres humanos, no puedo por menos que considerar tan definitoria palabra como algo serio, importante, trascendental y en cierto modo misterioso, pero lo cierto es que no existe un término más estúpido, imprevisible, caprichoso y casi diría que inmoral sobre la faz de la tierra.

Miguel se convertía a mi modo de ver en el paradigma del grave error que cometió una amplia mayoría de la humanidad al aceptar el principio básico de las religiones monoteístas.

Me resulta imposible imaginar que el mismo severo dios que le pidió a Abraham que sacrificase a su hijo, o ese otro que permitió que clavaran a Cristo en una cruz con el fin de redimir los pecados del mundo, disfruten perdiendo su tiempo en martirizar y ridiculizar hasta el escarnio a sus más humildes criaturas. Prefiero inclinarme por la vieja teoría de que en el Olimpo moran una serie de dioses barbudos, serios y justos, pero también revolotean diosecillos burlones, caprichosos y descarados que son los que se divierten con los humanos al igual que un niño se divierte atando una lata al rabo de un perro. Existen tantos ejemplos de personas decentes a las que la vida ridiculizó y trató de una forma injusta, como de aquellas otras a las que la suerte favoreció de una forma de igual modo claramente injusta, y ante ello tan solo cabe preguntarse por qué razón se continúa alabando a quien a diario hace mofa del más natural y lógico de los sentimientos: el de equidad.

Y lo que más me asombra es que suelen ser los peor tratados los que más fe depositan en esos dioses tan groseramente caprichosos.

Miguel había sido, sin duda, un buen hombre; bastaba mirarle a la cara para comprender que jamás había hecho otra cosa que trabajar y esforzarse por el bienestar de su familia, pero alguien, no quiero ni querré nunca saber quién, se empeñó en amargarle la vida y, lo que se me antoja aún peor: amargarle la muerte. Ni siquiera le habían concedido el derecho a descansar en paz, que es a lo menos a lo que pueden aspirar cuantos hemos nacido, y lo poco que quedaba de él que no hubieran devorado los peces y los cangrejos —su alma, si es que así cabe llamarla— se debatía en el océano de amargura que significaba saber que aquellos por quienes lo habría dado todo acabaron por aborrecerle y maldecir su nombre.

—¿Qué puedo hacer por usted?

—Ya se lo he dicho... Devolverme el respeto de la gente y el cariño de los míos.

—¿Cómo?

—Hasta ahora no podía saberlo porque el maletín del muestrario de joyas me arrastró al fondo y allí permaneció hasta que mi cuerpo se deshizo. Sin embargo, hace unos días apareció en las redes de un barco sin que los tripulantes notificaran su hallazgo a las autoridades. Están vendiendo las joyas una por una, y como son piezas muy especiales y la compañía de seguros difundió sus características, la policía da por supuesto que soy yo quien se está deshaciendo de ellas.

—¡Vaya por Dios! Eso complica las cosas.

—¡Al contrario! Si se consiguiera demostrar que permanecieron todo este tiempo en el fondo del mar y se encontrara el coche, tal vez se acabaría por aceptar que no las robé y que se trató de un accidente.

—Difícil de creer... Como usted mismo dijo parece todo ridículamente absurdo.

—Absurdo o ridículo, lo que me importa es mi buen nombre; que piensen lo que quieran menos que fui un ladrón que abandonó a su familia y traicionó a la mujer a la que siempre había amado...

Si hubiera estado vivo se habría echado a llorar, pero los muertos ni ríen ni lloran.

—¿Quiere saber algo curioso? Mi mujer trabaja ahora como camarera en el hotel en el que pasamos nuestra luna de miel. A cada instante me pregunto qué pasará por su mente cada vez que entre en la *suite* nupcial o recorra los jardines en los que le juré que la querría y la protegería toda la vida. ¡Me odiará!

—Nadie odia a quien ha amado...

—Se equivoca... Cuanto mayor es el dolor que provoca la traición, tanto más se odia, y la traición es siempre mayor por parte de aquel en quien más se confía.

—De acuerdo, ¡lo intentaré! —admití al fin, sabedor como era por experiencia que cuando los difuntos se empecinan en algo resulta imposible hacerles cambiar de opinión—. ¿Tiene una idea de cómo se llama el pesquero que encontró el maletín?

—*Hermanos Salcedo IV*, matrícula de Vigo.

Los medios de comunicación dedicaron una especial atención al insólito hecho de que un hombre —que respondía a las iniciales R. C.— se había suicidado de un tiro en la boca en el interior de su automóvil, en un rincón perdido de la Casa de Campo, dejando una nota en la que se confesaba autor del secuestro, violación y asesinato de las niñas Jimena Jiménez y Andrea Villalba.

A Bartolomé Cisneros no le costó más de un par de horas y varias llamadas telefónicas a gente que le debía favores aclarar que las iniciales R. C. correspondían en realidad a Roque Centeno, un delincuente de más que turbio pasado que había cumplido varias condenas por extorsión, tráfico de drogas o estafa, y que había ejercido como testaferro en algunos de los más sonados escándalos inmobiliarios de la Costa del Sol.

En su abultado expediente no figuraba ninguna nota que le relacionara con la pederastia, pero las pruebas caligráficas establecían sin lugar a dudas que la confesión era de su puño y letra, y los expertos afirmaban que evidentemente se encontraba solo y con las puertas de su viejo pero bien cuidado Mercedes negro aseguradas desde dentro en el momento de volarse los sesos.

La nota en que indicaba el lugar exacto en que se encontraba el pozo al que había arrojado el cadáver de Jimena, así como el punto de un bosque en que había enterrado a la pobre Andrea no dejaban lugar a dudas sobre la autoría de los hechos.

No obstante, en su detallada confesión no hacía la más mínima alusión al asesinato de una colombiana llamada Omaira.

Admito que me sentía especialmente orgulloso por los resultados de mis esfuerzos; pero, al mismo tiempo, un tanto decepcionado, como si tras conseguir acorralar a un gigantesco tiburón blanco este no hubiera ofrecido la resistencia que esperaba de una fiera tan peligrosa.

La Bestia Perfecta había demostrado ser muy bestia pero muy poco perfecta, puesto que el simple hecho de acosarla, no rodeándola con fuego sino tan solo con unas cuantas alusiones que eran más bien palos de ciego colgadas en una página de la red, había conseguido minar su confianza hasta el punto de que el tan temido escorpión se clavara en el lomo su propio aguijón a las primeras de cambio. No acababa de creérmelo. Demasiado fácil...

Y la experiencia me ha enseñado que cuando algo

resulta demasiado fácil es porque oculta algo que desconcierta.

Era tal mi desconcierto que quizá no me detuve a reflexionar sobre el hecho de que alguien que comete las atrocidades que aquel malnacido había cometido sobre tantas criaturas indefensas tenía que ser necesariamente un cobarde incapaz de enfrentarse a las consecuencias de sus actos cuando imagina que están a punto de atraparle; Hitler se había pegado un tiro cuando comprendió que era cuestión de horas el hecho de caer en manos del ejército ruso. Al fin y al cabo, la cobardía es, a mi modo de ver, el más extendido, abundante y duradero de los sentimientos entre los de nuestra especie.

A lo largo de su vida hay momentos en los que los hombres y las mujeres aman, odian, son egoístas, generosos, felices o infelices, justos o injustos, apasionados o indiferentes, crueles o compasivos, y ello depende no solo del carácter de cada cual, sino también de unas determinadas circunstancias. Pero absolutamente todos los seres humanos llegan al mundo atemorizados por el trauma que significa abandonar la cálida seguridad del vientre materno para tener que abrir los ojos a una luz cegadora, y ese miedo les persigue hasta el lecho de muerte, donde les aterroriza la idea de sumirse en las eternas tinieblas.

El miedo es nuestra más fiel compañía a lo largo de cada día y sobre todo cada noche de nuestras vidas, y el valor no suele ser más que la excepción que causa admiración e incluso asombro cuando llega a los límites del heroísmo. El noventa y nueve por ciento de los seres humanos solemos ser cobardes el noventa y nueve por ciento del tiempo. La mejor prueba es que cuando no es así nos deshacemos en alabanzas cantando con todo lujo de detalles las increíbles hazañas y las gloriosas epopeyas de aquellos que demostraron ser diferentes. Y es que el miedo, o más bien «los miedos», son tantos, tan diferentes y con tan distintos grados de intensidad que no conozco a una sola persona que no los experimente.

Existe un miedo supremo; el miedo a la muerte, pero también existe el miedo a la enfermedad, el dolor, la incapacidad, la soledad, la oscuridad, la miseria, la locura, la ruina, la vejez, el amor, el rechazo social y tantos más que resulta casi imposible enumerarlos. Y de lo que no cabe la menor duda es que el mero hecho de mostrar valor en un determinado campo, no significa, ni por lo más remoto, ser valiente en todos ellos.

No me asusta la idea de morir, pero me horroriza la idea de padecer un cáncer que traiga aparejado un largo y doloroso camino hacia la muerte. Sin embargo, mi ex esposa, Macarena, admite que sería capaz de permanecer diez años en la cama, limitándose a leer o ver la televisión con tal de continuar respirando.

Nadie está exento de padecer algún tipo de miedo, incluso en ocasiones más bien de auténtico pánico, y debí tenerlo en cuenta a la hora de intentar entender por qué razón aquel ser despreciable e inmundo había decidido volarse los asquerosos sesos.

Aunque todo eso no evitó, sin embargo, que durante un tiempo me sintiera tan defraudado como quien se prepara con vistas a una difícil ascensión al Everest y descubre que tan solo se ha enfrentado al pico del Aneto.

Pero lo más desagradable y amargo que me ocurrió durante los días que siguieron a la aparición del cadáver de la Bestia Perfecta no fue esa evidente decepción, sino el hecho de que me vi obligado a acompañar a una destrozada Alicia Jiménez al reconocimiento de lo poco que quedaba de lo que había sido su adorada hija.

¿Pero cómo reconocer un cadáver que ha permanecido meses sumergida en el fondo de un pozo?

Desnuda, y desprovista incluso de la medalla de su primera comunión de la que jamás se separaba, tan solo las pruebas de ADN confirmaron que, en efecto, aquellos tristes despojos pertenecían a la pequeña Jimena Jimeno Jiménez.

Concluidos los macabros trámites, consideré, en lo que se me antojó buena lógica, que no resultaba conveniente que su destrozada madre se encerrara de nuevo en la pequeña casa de Cuenca, por lo que me aventuré a invitarla a acompañarme a Galicia en un desesperado intento por hacer algo en beneficio del difunto Miguel.

—¿Y qué esperas conseguir en Galicia? —fue lo primero que quiso saber cuando le conté la peculiar historia del infeliz viajante—. Si su cadáver no aparece, y se me antoja muy difícil que aparezca después de tanto tiempo, nunca podrás demostrar su inocencia.

—Hay algo que vale casi tanto como la demostración de inocencia.

—¿Y es?

—Una duda razonable sobre su culpabilidad. Y quiero suponer que al menos a su familia le bastará con eso.

—A mí me bastaría...

—¿Entonces...?

Me asaltó la sensación de que iba a «ausentarse» una vez más, pero al fin un remedo de sonrisa afloró a sus labios.

—¡Qué cojones! —exclamó—. Me pica la curiosidad. ¿Pero qué hago con *Coco*? No puedo dejarlo solo tantos días.

—Lo llevaremos con nosotros.

—¿En coche?

—¿Por qué no?

—Porque se tira unos pedos horribles.

—Abriremos las ventanillas.


Hacía mucho calor y resultaba ciertamente difícil elegir entre viajar con las ventanillas cerradas y el aire acondicionado a toda potencia corriendo el peligro de asfixiarnos por culpa de las silenciosas y continuas ventosidades del chucho, o sudar a mares.

Quien no ha recorrido trescientos kilómetros en compañía de un perro pedorro nunca conseguirá entender de qué le estoy hablando, y el que lo haya hecho no necesita que se lo explique.

Al fin, convencido de que podía acabar teniendo un accidente, tomé la decisión de trasladar el equipaje al asiento posterior y acomodar al chucho en el maletero, dejándolo abierto de tal forma que pudiera respirar y no corriera el peligro de morir víctima de sus propios gases.

A decir verdad, las continuas «gracias» de *Coco* consiguieron que Alicia rompiera a reír o lanzara ruidosas protestas casi cada quince minutos, lo cual supongo que impidió que se «ausentara» tal como tenía por costumbre.

Almorzamos opíparamente en un conocido restaurante que se alzaba a unos quinientos metros de la carretera, y quien nos hubiera observado sin prestar excesiva atención podría habernos tomado por una feliz pareja que iniciaba unas agradables vacaciones permitiendo que su mascota correteara alegremente por un prado vecino.

Por suerte el viento soplaba en dirección opuesta.

Durante aquel largo, agitado, y a mi entender encantador día de verano, regresé a tiempos ya olvidados, tiempos felices, aquellos en que mis padres me llevaban a pasar el caluroso mes de agosto a un diminuto puerto de pescadores de la Costa da Morte.

¿Qué había sido del medio siglo transcurrido desde entonces?

¿Adónde habían ido a parar cincuenta años de mi vida si al contemplar el paisaje me asaltaba la sensación de que había pasado por el mismo lugar y había almorzado idéntico cordero en el viejo y acogedor restaurante el último verano?

En ocasiones llego a creer que me he quedado

quieto, convertido en una estatua de sal incapaz de evitar que algún genio maligno me robara el tiempo que me correspondía, o que lo comprimiera como por arte de magia de tal modo que aquella montaña de días y de horas que al parecer en justicia me pertenecían habían pasado a convertirse en un montoncito de arena que, por si fuera poco, el viento amenaza con llevarse muy lejos.

El principal problema de los seres vivientes es que hemos aprendido a ir reponiendo las riquezas que vamos consumiendo, pero no hemos aprendido a reponer las horas que vamos perdiendo. Ni tan siquiera hemos conseguido alargarlas un minuto más de los sesenta establecidos.

Yo jugaba al fútbol en aquel mismo prado y no paraba de darle patadas a la pelota a la espera de un corto silbido con el que me indicaban que reanudábamos la marcha, mientras mi padre saboreaba su segundo café y se deleitaba fumando una pipa que mi madre no le permitía encender en el coche porque lo dejaba «apestando a diablos». Supongo que debería tener por aquel tiempo entre seis y nueve años.

¿Y el resto?

¿Adónde han ido a parar?

Hay quien asegura que la memoria evoluciona de tal modo que a medida que nos acercamos a los sesenta recordamos más cosas de la infancia que cuando teníamos treinta, y que de ahí en adelante cada vez se activan más los recuerdos lejanos mientras se van diluyendo los cercanos. Si es así, no debería sorprendernos ya que, al fin y al cabo, la memoria de cada cual se convierte en el único testigo fiel de su paso por la vida, y cuando llega la hora final es ella, más que la conciencia, la que dicta nuestra propia sentencia. Si no existiera la memoria no podría existir la conciencia, porque no se admite un juicio sin testigos: somos nosotros quienes nos juzgamos y lo hacemos en base a los recuerdos. Que luego seamos más o menos condescendientes con nuestros malos actos dependerá de cada individuo.

Lo cierto es que aquel día en compañía de una animada Alicia Jiménez me sentí tan feliz como cuando hacía el mismo recorrido en compañía de mis padres. La segunda parte del camino, libres ya de la continua amenaza de los traicioneros ataques de *Coco*, la empleamos en hablar de lo divino y lo humano, aunque procurando evitar a toda costa la más mínima referencia a los muertos. Aquel era un viaje en el que no necesitábamos pasajeros y la experiencia me dictaba que a algunos difuntos basta con nombrarlos para que hagan su aparición aun a sabiendas de que no son bienvenidos.

Resultaba harto relajante ser únicamente dos personas que compartían un vehículo y una serie de puntos de vista sin especial trascendencia, y eso era algo que había olvidado hacía muchísimo tiempo. Supongo que a todos nos gusta sentirnos diferentes, tan diferentes como el barquero Caronte, pero el hecho de volver a la normalidad de tanto en tanto trae aparejado indudables ventajas.

Alicia es una mujer culta y que ha leído mucho, aseguraría que incluso más que yo, pero hace años se desconectó de cuanto la rodeaba, como si a la muerte de su marido, al que evidentemente adoraba, el mundo hubiera dejado de tener sentido. Su hija era lo único que le mantenía en cierto modo unida al quehacer cotidiano, pero al faltar también se comportaba como el globo que se escapa de las manos de un niño y se pierde de vista dando saltos y tumbos sin que nadie pueda saber adónde irá a parar exactamente.

¿Y adónde van a parar exactamente?

Me gustaría que alguien me explicara cuál es el destino final de esos globos que casi a diario se elevan sobre los cielos de los parques de las ciudades, aunque a decir verdad tampoco debería preocuparme porque lo que importa es que esos globos han dejado de estar cautivos, son absolutamente libres y no existe mejor destino que ser libre por muy lejos que vayan a parar.

Sin embargo, pese a que Alicia Jimeno se comportaba como un globo infantil no era realmente libre, puesto que el insoportable peso de sus recuerdos lo evitaba. Tal como solía admitir, para ella el futuro sin su marido ni su hija no existía, el presente no podía ser más amargo de lo que era, por lo que tan solo le quedaba el pasado.

Quien únicamente vive del pasado, no vive, revive, y sabido es que revivir es tanto como alimentarse de las sobras ya frías y algo rancias que han permanecido semiocultas en un rincón de la nevera.

Manuela Vidal era una mujer menuda, casi diminuta, delgada y frágil que sin resultar bonita debió ser, eso sí, una muchacha encantadoramente graciosa, con unos grandes ojos negros y expresivos, sin duda antaño alegres, pero ahora cubiertos por un espeso velo de tristeza.

Me observó desde el otro lado de la mesa, revolviendo una y otra vez con la cucharilla la taza de té que había pedido, y al fin inquirió con una voz grave y profunda, casi hombruna, que contrastaba de modo sorprendente con su aspecto.

—¿Usted dirá?

Estaba acostumbrado, desde mucho tiempo atrás, a momentos difíciles y situaciones embarazosas, aquella era una de ellas, y una vez más no acertaba a abordar el tema aunque sabía muy bien que no había llegado hasta allí para guardar silencio.

Al fin decidí lanzarme a la aventura y confiar en

salir lo mejor parado posible de tan incómodo trance.

—Tengo una mala noticia que darle.

—¡Raro sería! Hace años que nadie me ha dado una buena noticia.

—Se trata de su marido.

—Lo suponía.

—Está muerto.

Dejó de mover la cucharilla, contempló largo rato el té como si esperara que de la taza surgiera una aclaración algo más concreta y advertí que sus enormes ojos se cubrían de lágrimas al inquirir con apenas un hilo de voz:

—¿Está seguro?

—Completamente; le suplico que no me pregunte cómo lo sé, pero le doy mi palabra de que es así.

Lloró largo rato, en silencio, sin hacer tan siquiera un aspaviento, permitiendo que las lágrimas cayeran libremente sobre el mantel, por lo que al fin agradeció con un gesto el pañuelo que le alargué por debajo de la mesa.

—¿Cuándo murió?

—El mismo día de su desaparición.

—¿Cómo?

—Se ahogó.

—¿Se ahogó? ¿Dónde pudo ahogarse?

—En el mar. Lo siento.

—¡Dios! Siempre conservé la esperanza de que algún día regresaría y mis hijos podrían volver a ver a su padre. ¿Está absolutamente seguro de que ha muerto?

—Como comprenderá no soy tan cruel como para

venir a contarle algo así si no estuviera seguro... ¿Le hubiera perdonado por lo que se supone que le hizo?

—Nunca he admitido que hiciera nada malo... Pero aunque lo hubiera hecho preferiría saberle vivo aunque fuera en una playa del Caribe y en compañía de una hermosa mulata, que muerto... Algunas mujeres acostumbran a devolver a los maridos a sus esposas y los padres a sus hijos; la muerte no.

No supe qué responder, por lo que permití que se bebiera muy despacio el té haciéndose a la idea de que ya no era una esposa traicionada por un marido infiel, sino una pobre viuda de un buen hombre.

—No podía haber cambiado tanto de improviso... No el Miguel que yo conocí, y al que despedimos con besos y risas a la puerta de casa. ¡No mi marido! ¿Cómo ocurrió?

—Prefiero no contárselo de momento. Es demasiado duro y doloroso para un solo día. Quizá más adelante...

—Puedo soportarlo: después de la noticia de su muerte, me siento capaz de soportarlo todo.

—No insista. Lo que ahora importa es aclarar lo que en verdad sucedió, limpiar el buen nombre de su esposo e intentar que le devuelvan su casa dado que no fue él quien se quedó con las joyas.

—¿Le mataron para robárselas?

—No.

—¿Entonces...?

—No conozco la historia completa... —Mentí con evidente descaro pero convencido de que en aquellos momentos era lo mejor que podía hacer—. No le mataron, pero los detalles aún no están claros, así que lo que tiene que hacer es ayudarme a entenderlos y, sobre todo, a que la policía los entienda. ¿Comprende lo que pretendo decirle?

—Lo intento.

—En ese caso, lo único que le pido es que confíe en mí; si actuamos inteligentemente y tenemos un poco de suerte podrá recuperar cuanto perdió.

—Se equivoca. Nadie me devolverá a Miguel y eso es lo que en verdad importa. El resto no son más que maledicencias... Y una casa.

—Sus hijos necesitan esa casa, y que cesen las maledicencias en torno a su padre.

—Eso es muy cierto. Mis hijos lo necesitan más que yo.

—Vayamos entonces a lo que importa. Aquí tiene una carta, supuestamente anónima, que debe entregar a la policía y en la que un desconocido le hace saber que su marido fue mandado asesinar por un tal Pepe Carlín, que era el destinatario final de las joyas que llevaba.

—¿Y es cierto?

—En absoluto.

Me observó perpleja, dudó, apuró lo poco que quedaba en el fondo de la taza y, por último, inquirió en un tono evidentemente agresivo:

—En ese caso, ¿cómo pretende que me preste a levantar una acusación tan grave contra un inocente?

—Probablemente de lo único que Pepe Carlín es inocente es de la muerte de su esposo, pero ha cometido tantos delitos que no le va a perjudicar en exceso que se le acuse de uno más. Sin embargo, a nosotros nos va a servir de mucho.

—Eso sí que no lo entiendo.

—Pues resulta muy sencillo. Esta carta, sin el nombre de Pepe Carlín, sería uno de tantos anónimos que se reciben casi a diario y a los que la policía no suele hacer caso, limitándose a realizar una investigación rutinaria que no suele llevar a conclusión alguna. Sin embargo, todo el mundo sabe que los Carlín constituyen un conocido clan de narcotraficantes que hasta ahora han conseguido salir bien librados de los incontables chanchullos en que se han visto involucrados, a base de astucia, mucho dinero y abogados tramposos.

—Eso hasta yo lo sé. Todo el mundo en Galicia lo sabe; son unos auténticos malnacidos; sobre todo el viejo patriarca.

—La policía le tiene ganas, muchas ganas, y si intuye que le pueden cazar, no por el simple hecho de importar cocaína o mandar incendiar bosques con el fin de mantenerles ocupados mientras desembarca su droga, sino por un robo con asesinato, se lanzarán sobre esa pista con auténtico entusiasmo.

—Eso sí que lo entiendo. ¿Pero de qué servirá si la pista es falsa?

—Servirá para llegar más rápidamente a la verdad, que es lo que a nosotros nos interesa. Y además... si a un hombre tan poderoso como Pepe Carlín le llega el rumor de que le consideran sospechoso de un delito que no ha cometido, pondrá a toda su gente, y sus muchos medios económicos, al servicio de una verdad que permita demostrar su inocencia.

Tardó en responder, me observó de nuevo, ahora con un brillo diferente en los ojos, y al fin admitió:

—¡Astuto...! ¡Muy astuto! Los Carlín son el clan más poderoso de Galicia, y admito que si tanto ellos como la policía se involucran en el tema, aunque sea por razones opuestas, tendremos el doble de opciones de saber qué es lo que en realidad ocurrió.

—Veo que lo ha entendido. Segarle la hierba bajo los pies a los Carlín es como pegarle una patada a un avispero, y lo que intento es que haya tantas avispas revoloteando por ahí que alguna nos indique el camino correcto.

La diminuta Manuela Vidal se echó hacia atrás, observó largo rato las gaviotas que revoloteaban sobre el agua o se posaban en las innumerables mejilloneras ancladas en la tranquila ría, resultó evidente que estaba concentrada en sus pensamientos intentando analizar en detalle cuanto acababa de decirle, y al fin me miró directamente a los ojos al tiempo que inquiría:

—¿Por qué hace esto?

—¿Necesariamente tiene que existir una razón?

—¿Qué ha querido decir?

—Que si a su modo de ver el simple hecho de pretender ayudar a una viuda con tres hijos que está pasando por una situación harto difícil no basta por sí misma... ¿Acaso es necesario que exista algún otro tipo de motivación?

—Tal vez no, pero no es lo normal... Nadie hace nada por nada.

—Puede que sea cierto, pero si fuera «lo normal» ni tan siquiera estaríamos aquí, hablando del tema. Me consta que la mayoría de la gente no va por ahí metiéndose en líos por el simple hecho de ayudar a desconocidos en apuros, pero hace tiempo que llegué a la conclusión de que desde el momento en que pasamos a pertenecer a esa «mayoría» que no mueve un dedo dejamos de ser nosotros mismos... Lo único que pretendo es ayudarla, pero si abriga la menor duda sobre mis intenciones será mejor olvidarnos del tema.

—¡No, por Dios! —se apresuró a exclamar al tiempo que alargaba una mano sobre la mesa y la colocaba sobre la mía—. ¡De ninguna manera! Si por mí fuera, convencida como he estado siempre de que Miguel nunca nos habría traicionado, lo más probable es que optara por no remover el tema con las amarguras que ello puede traer aparejado. —Retiró suavemente la mano al tiempo que concluía—: Pero me gustaría que mis hijos pudieran crecer sintiéndose orgullosos de su padre. Si lo consigue le bendeciré eternamente.

El *Hermanos Salcedo IV* era un viejo barco de madera, de unos veinte metros de eslora, cien veces pintado y repintado de blanco y verde, en el que alguien como yo jamás se habría arriesgado a navegar ni por el interior de la tranquila ría de Vigo, pero que tenía todo el aspecto de haber librado docenas de batallas contra las agitadas olas de la justamente llamada Costa da Morte.

Emitía un rancio hedor a brea, gasoil, pintura y tripas de pescado que golpeaba el rostro como un inesperado balonazo, y los tres hombres que se afanaban reparando aparejos sobre cubierta, así como el que a los pocos instantes hizo su aparición cubierto de grasa y con una llave inglesa en la mano, parecían tener aquel mismo olor incrustado en la ropa y casi podría asegurarse que en la piel.

Les sorprendió, y casi diría que alarmó, que les pidiera permiso para subir a bordo, y el que evidentemente llevaba la voz cantante, Luis Salcedo, que no era, no obstante, el de más edad, se me aproximó tanto que pude percibir con toda claridad que a sus incontables olores se unía ahora el propio de alguien que acostumbra a beber en exceso.

—¿Qué es lo que le trae por aquí?

—Hablar.

—¿De qué?

—De seguros.

—¡Ah, bueno! —Pareció tranquilizarse dando un paso atrás para ir a tomar asiento sobre una pila de cajas destinadas a contener pescado—. ¡Se trata de eso! Lo siento, pero ya tenemos todos los seguros que necesitamos; la cofradía se ocupa de contratarlos en bloque y de ese modo nos resultan mucho más económicos.

—No me refería a ese tipo de seguros.

—Tampoco necesitamos seguros de vida, de casas o de coches. Como puede comprobar estamos vivos, pero por desgracia la mayoría no tenemos casas, ni mucho menos coches.

—Tampoco me refería a eso —insistí para lanzar de inmediato y con una naturalidad que tenía muy bien estudiada la gran mentira que confiaba que les hiciera reaccionar—: La empresa que represento está especializada en asegurar joyas.

Se hizo un silencio, los cuatro hombres intercambiaron largas miradas en las que se advertía un notable desconcierto, y por último el de la llave inglesa, cuya principal característica radicaba en que casi carecía de cuello, hizo un gesto indicando el hediondo mono cubierto de grasa que vestía al tiempo que preguntaba:

—¿Acaso tenemos aspecto de disponer de joyas que asegurar?

—Evidentemente no.

—¿Entonces?

—No busco asegurar sus joyas, en el improbable caso de que las tuvieran; lo que busco es recuperar un valioso lote de ellas que mi compañía aseguró hace años, y del que se desconoce su paradero. Aún no está claro, pero parece ser que se trata de un caso de robo y asesinato.

—¿Robo y asesinato? —pareció espantarse Luis Salcedo al que, evidentemente, el término «asesinato» había impresionado más de lo que hubiera deseado.

—Exactamente. El viajante que las transportaba desapareció, y ahora se ha descubierto que fue asesinado. Un asunto muy feo. Muy, pero que muy feo.

—¿Y qué tenemos que ver nosotros con todo eso?

—quiso saber uno de los hermanos, porque por su aspecto resultaba evidente que los cuatro debían de serlo, y que no había abierto la boca hasta ese instante.

—Nada. Absolutamente nada; pero cuentan por ahí que quienes cometieron el crimen se asustaron al saber que las joyas iban destinadas a Pepe Carlín, por lo que optaron por arrojar al mar el maletín y quitarse de en medio.

—¿Se refiere a Pepe, el patriarca de los Carlín?

—¿Cuál si no? Incluso corren rumores de que fue él mismo quien lo organizó todo, aunque sin intención de matar a nadie, pero ese punto aún no se ha comprobado... ¡Cosas que ocurren cuando hay tanto dinero por medio!

—¡Manda *carallo*! —masculló mordiendo las palabras el grasiento mecánico cuellicorto—. Siempre se ha sabido que los Carlín son gente peligrosa, pero no los imaginaba mezclados en un robo con asesinato. —Blandió en el aire su inseparable llave inglesa al tiempo que insistía—: Pero lo que aún no nos ha aclarado es a qué viene contarnos todo esto.

—A que estoy contactando con todos aquellos barcos que faenan por la zona en la que se sabe que fue arrojado al agua el maletín de las joyas con el fin de advertirles de que, «si por casualidad lo encontraran», más les valdría devolverlo y conformarse con la recompensa que ofrece la compañía de seguros, que intentar venderlas.

—¿Y eso por qué?

—Porque de no ser así su principal problema no se

centraría en pasarse unos cuantos años a la sombra por traficar con mercancía robada; su principal problema residiría en Pepe Carlín y en su conocida afición a hacer desaparecer a cuantos puedan testificar en su contra. Todo el mundo sabe que no se lo piensan mucho a la hora de pedirles a los narcos colombianos que le abastecen de coca que les envíen un par de sicarios que le solucionen los problemas.

Si lo que pretendía, y puedo jurar que no pretendía otra cosa, era ponerlos nerviosos, lo había conseguido; los cuatro se habían quedado como clavados en sus respectivos lugares, mudos, sin decidirse a hablar y lanzándome esquivas miradas de reojo, y al más joven, el único que continuaba sin pronunciar palabra, le temblaban ligeramente las manos.

Por último, Luis Salcedo se decidió a preguntar:

—¿Y qué es lo que tendría que hacer, según usted, quien hubiera tenido la mala suerte de pescar ese maletín?

—Ponerse en contacto conmigo; les proporcionaría un buen abogado que se ocuparía de hacer la entrega de las joyas y cobrar la recompensa que concede el seguro sin necesidad de que su nombre se hiciera público.

—No parece una mala solución.

—La mejor para quien no quiera meterse en líos que le puedan costar la cárcel o la vida.

—¿Pero qué ocurriría si una pequeña parte de esas joyas se hubieran perdido por el camino?

—Si «la pérdida» no es demasiado significativa, podría considerarse que es la parte que les corresponde de la recompensa, y no se hablaría más del asunto.

—¿Digamos un diez por ciento?

—Digamos. Pero lo que importa es que aparezca el maletín, aunque tenga un pequeño agujero por el que se podrían haber «escapado» esas piezas perdidas.

—¿Por qué es tan importante el maletín?

—Porque por su estado se demostraría que ha permanecido todo ese tiempo en el fondo del mar.

—Claro.

—De acuerdo, pues —concluí al tiempo que le alargaba a Luis Salcedo un papel con el número de mi móvil—. Pienso quedarme tres o cuatro días en el balneario de La Toja. Si averiguan algo no tienen más que llamarme.

Salté a tierra y regresé al coche en el que me esperaba Alicia dejándoles ocupados en estudiar el número de teléfono como si en él se encontrara la solución a un grave problema que se les había venido encima inesperadamente.

—¿Qué tal ha ido?

—No parecen estúpidos y haría falta ser muy estúpido para no aceptar mi propuesta. Es posible que estuvieran dispuestos a correr el riesgo de que la policía les atrapase, pero no creo que lo estén tanto a la hora de tener problemas con los Carlín. Saben que esa gente es de la que no se anda con bromas.


Veinte años atrás había pasado unas inolvidables vacaciones en el balneario de la isla de La Toja, y me alegró descubrir que continuaba siendo el mismo lugar tranquilo y acogedor que, para mayor regocijo de sus huéspedes, disponía de una excelente cocina.

Alicia disfrutaba de la estancia al tiempo que se la veía en verdad interesada por el desarrollo del extraño asunto de las joyas de Miguel López Garrido, por lo que no paraba de hablar, con un entusiasmo a todas luces desacostumbrado en ella, sobre el probable devenir de tan curiosos y poco usuales acontecimientos.

Por las noches solíamos dar un agradable paseo hasta un casino cercano en el que por mi parte arriesgaba algún dinero a la ruleta mientras que ella prefería el *blackjack*, lo que al parecer tenía la virtud de permitirle olvidar durante un corto espacio de tiempo y, sin «mandarse mudar a otra ciudad», sus incontables desgracias.

La tercera noche, en la que había ganado dos mil euros, lo que la hacía sentirse tan excitada como una niña con zapatos nuevos, me invitó a pasar la noche en su habitación y he de admitir, mal que me pese, que en cuanto nos desnudamos su entusiasmo desapareció como por ensalmo, así que lo que prometía ser una hermosa velada de amor, o al menos de apasionado sexo, pasó a convertirse en una amarga demostración de hasta qué punto una blanca y mullida cama puede acabar por convertirse en un oscuro e impenetrable muro que separa más que une.

En cuanto comencé a acariciarla se quedó como muerta, tan fría como una anguila recién extraída del río, y pese a que me esforcé por todos los medios a mi alcance, echando mano a los socorridos trucos que solía practicar cuando mi vida conyugal caminaba ya de forma imparable hacia el abismo, no logré obtener de ella ni el más leve suspiro o tan siquiera una casi imperceptible convulsión que me indicara que había encontrado un punto en su cuerpo que respondiera a cualquier clase de estímulo.

A veces pienso que si en la punta de la lengua le hubiera pinchado con unas agujas de hacer media, tampoco hubiera reaccionado.

Se han escrito millones de páginas, algunas en verdad hermosas o excitantes, sobre las fogosas relaciones de una pareja, pero no creo haber leído nunca nada que describa con tanto detalle y parecida exactitud la amarga desmoralización que se apodera de un hombre, y supongo que de igual modo de una mujer, cuando tras más de una hora de denodados esfuerzos llega a la demoledora conclusión de que no existe nada al otro lado de una maravillosa piel tersa y brillante. Su sexo olía a limpio, pero ese olor fue el único premio que obtuve a lo largo de aquella larga y fatigosa noche, del mismo modo que el fontanero debe conformarse con los aromas que surgen de la cocina del restaurante de lujo al que le está reparando el fregadero.

Cuando al fin comprendió que me daba por vencido dado que aquella era una batalla que no hubiera conseguido ganar ni un batallón de legionarios, me acarició suavemente el cabello para murmurar con una leve sonrisa:

—Lo siento.

—Más lo siento yo... —respondí de todo corazón, ya jadeante—. ¿Siempre has sido así?

—Con mi marido no.

—¿Y con otros?

—Nunca ha habido otros. Lo probé con la intención de proporcionarle un nuevo padre a Jimena, pero lo cierto es que nunca llegamos a estos extremos de intimidad.

—¿Pretendes hacerme creer que únicamente ha habido un hombre en tu vida? ¡No puedo creerlo!

—Para la mayoría de las mujeres, yo entre ellas, tan solo existe un hombre en la vida, pese a que algunas se hayan acostado con docenas de ellos. Las que, como en mi caso, hemos tenido la suerte de amar y ser amadas únicamente por ese hombre, somos sin duda las más felices hasta el día en que desaparece, momento en el que nos convertimos en las más desgraciadas.

—Pero esa vida sigue...

—Te equivocas... Amar y dejar de amar es tanto como ser y dejar de ser. Lo que sigue es la muerte en vida, que en nada se le parece. Comes, bebes, duermes y respiras, pero desde el instante en que se ha ido aquel a quien amas, lo mismo te daría ser un ser humano que una zanahoria. Te garantizo que hay días, e incluso meses, en los que realmente no estoy segura de si los he vivido o los he soñado.

Aquella noche en La Toja llegué a la conclusión de que Alicia Jiménez no me amaría nunca pese a que nos hubiera hecho mucho bien compartir nuestras mutuas soledades.

¡Estúpido de mí!, la soledad no puede compartirse, del mismo modo que no se comparte un cáncer.

Son dolorosas enfermedades, una del alma, la otra del cuerpo, que nos consumen sin que ningún extraño pueda llegar a hacerse una idea de la profundidad de nuestro sufrimiento. En ocasiones compartimos la cama, pero siempre dormimos solos.

Al amanecer se había ido, y al asomarme al balcón la pude distinguir a la orilla del agua, tan ausente que por unos instantes temí que decidiera adentrarse en la ría y poner fin de una vez por todas a sus incontables padecimientos.

—No se preocupe; no lo hará.

—¿Cómo puede estar tan seguro?

—Porque los muertos reconocemos de inmediato a los que van a morir, y a ella aún le quedan muchos años de vida... —Se le advertía bastante más animado que la primera vez que me visitó, e incluso podría asegurar que sus ojos nada tenían que ver con los traslúcidos ojos de los difuntos cuando añadió—: Mi coche debe de estar en el fondo del río, cerca de su desembocadura. Si lo rescataran nadie dudaría de que fue un accidente.

—Yo lo he pensado. Lo que no encuentro es la disculpa para hacer que draguen el estuario. Después de tanto tiempo, y con la cantidad de lodo que arrastra ese río, lo más probable es que haya desaparecido bajo el fango.

—Busque un testigo.

—¿Un testigo ¿Qué clase de testigo? Usted me aseguró que era prácticamente de noche y no se veía a nadie por los alrededores.

—Es verdad. Pero eso es algo que únicamente sabemos usted y yo. Entra dentro de lo posible que alguien debidamente aleccionado crea recordar tanto tiempo después que esa tarde le pareció ver el techo de un coche azul arrastrado por el agua...

—¿Realmente está usted muerto? Es la primera vez que un difunto menciona la posibilidad de un engaño.

—Yo no soy un difunto cualquiera. Soy un difunto desesperado.

—¡Aun así! Todo este tiempo he vivido en el convencimiento de que los muertos no son capaces de mentir, y eso era lo que hacía que me sintiera tan a gusto con ellos. Me molestaría que las cosas cambiaran.

—Y no cambian. Yo no estoy mintiendo; tan solo estoy indicando que podría darse el caso de que alguna persona viva lo hiciera.

—¡Qué diferencia más sutil!

—Pero suficiente... ¿O no?

—Probablemente. Pero ¿cómo diablos encuentro yo ahora a una persona que de pronto recuerde que hace tres años le pareció ver el techo de un coche azul arrastrado por la corriente de un riachuelo perdido en medio de un bosque?

—Con dinero. Le sorprendería descubrir hasta qué punto un puñado de billetes tiene la virtud de refrescar memorias.

—Se equivoca; no me sorprendería en absoluto.

—En ese caso pídale a Manuela que busque a mi viejo amigo Rodolfo Ferreira, en Bueu. Por tres mil euros jurará que vio el coche y hasta a Ronaldiño bailando encima.

—No es que me guste tener que recurrir a testigos falsos... Pero está claro que en este caso lo que importa no es que el testigo sea falso, sino que lo que cuente sea cierto. Un testigo honrado que se equivoca siempre es peor que uno falso que acierta.

No era aquella una frase que se me hubiera ocurrido de repente y en unas circunstancias muy determinadas, sino más bien el firme convencimiento que abrigaba desde siempre de que hombres y mujeres de indiscutible buena fe son capaces de asegurar que han visto cosas que nunca vieron, defendiendo su errónea versión a capa y espada incluso más allá de la evidencia.

Al cadalso han subido miles de culpables condenados por el testimonio de otros culpables, pero también miles de inocentes condenados por el testimonio de otros inocentes a los que nadie supo sacar de su error.

A qué se debe el hecho de que la mente humana se empecine en que ha sido testigo de hechos que nunca ocurrieron es algo que nunca he acertado a entender, pero debo admitir que soy la persona menos indicada a la hora de analizar tan peculiar problema, puesto que es muy posible que todos los difuntos a los que aseguro ver a diario nunca hayan existido más que en mi imaginación.

¿Puede ser lo imaginado tan real como lo vivido?

Al ser ese un dilema con el que convivo durante años, no me siento capacitado para dar una respuesta válida, pero lo que sí sé a ciencia cierta es que con demasiada frecuencia nos quedan grabadas con mayor intensidad en la mente escenas que nunca vimos y quizá tan solo soñamos, que otras que vivimos realmente pero que se evaporaron como la gota de rocío que ha caído prisionera de un rayo de sol.

No hace falta ser paranoico o esquizofrénico; basta con ser un simple ser humano, porque únicamente los animales ven siempre lo que ven y oyen siempre lo que oyen.

Cuando le planteé a Manuela Vidal la posibilidad de contratar un falso testigo ni tan siquiera se planteó el dilema de elegir entre la ética o la práctica; había sufrido demasiadas humillaciones durante demasiado tiempo, por lo que lo primero que hizo fue telefonear a una prima lejana y pedirle que se acercara a Bueu y localizara cuanto antes en el bar de la plaza al mencionado Rodolfo Ferreira.

—Es el hombre perfecto. Está acostumbrado a mentir sin inmutarse debido a que es un gran aficionado a la pesca con caña.

—Lo que importa no es que le crean. Lo que importa es que consiga plantear una duda razonable.

—Las dudas siempre son razonables. Y si en principio no lo son, lo que hay que intentar es que a la larga acaben por serlo.

—Puede que estés en lo cierto. Pero de nada servirá, razonable o no, si los hermanos Salcedo no dan señales de vida.

Por suerte, ¡tan importante es la suerte cuando se trata de un tema en que tanto ha influido la mala suerte!, al día siguiente el mayor de los Salcedo me llamó con el fin de comunicarme que estaban dispuestos a hacer un trato siempre que se les mantuviera al margen de la negociación.

Con eso me bastaba.

Bartolomé Cisneros me envió a su mejor abogado, quien, a pesar de no tener la menor idea de que habían sido los difuntos los que me condujeron con sus confesiones hasta aquel punto, me aconsejó que lo dejara todo en sus manos.

—Es un caso de lo más atípico e interesante. Me encanta la idea de hacerme cargo de él. Creo que no solo conseguiré que le devuelvan la casa a esa pobre mujer; es muy posible que obtenga una buena indemnización.

Le dejé, por tanto, al frente de la curiosa empresa, y al día siguiente emprendimos el camino de regreso, siempre con *Coco* en el maletero, felices por haber contribuido a enmendar un injusto entuerto, aunque en cierto modo decepcionados por el hecho de que una hermosa relación sentimental que debía haberse cimentado en un marco tan apropiado como el balneario de La Toja no hubiera cuajado.

No me avergüenza en absoluto admitir a estas alturas que estoy convencido de que Alicia Jiménez hubiera contribuido a hacer mi vida un poco menos patética, al tiempo que tal vez yo hubiera contribuido a hacer la suya un poco menos dramática. Supongo que cuando la soledad ha pasado a ser una parte esencial de la vida debe de resultar muy difícil divorciarse de ella con el fin de unirse a otra pareja. Y es que la soledad es profundamente egoísta; nunca quiere a nadie a su alrededor.

—Lo siento. Lo de la otra noche fue un desastre.

—No tiene importancia.

—Sí que la tiene y lo sabes. Eres la única persona de este mundo con la que me siento a gusto y protegida. Hubiera sido magnífico que nos entendiéramos en la cama.

—«La cama» suele durar entre diez y treinta minutos del día. No más del uno por mil del tiempo que una pareja pasa junta. ¿Crees que vale la pena despreciar el novecientos noventa y nueve restante?

—Curioso modo de ver las cosas... Por lo general se le suele dar mucha importancia a ese uno por mil.

—Precisamente se le da importancia por lo escaso... Sobre todo en aquellas parejas que tan solo hacen el amor una vez por semana, con lo cual se vuelve el uno por casi siete mil. Pero si quieres que te diga la verdad prefiero tu presencia, sin sexo, a tu ausencia con él.

—Es lo más bonito que me han dicho en años.

—Pues debo haberlo leído en alguna parte porque no creo que se me haya ocurrido a mí solo. Nunca me he considerado un tipo especialmente romántico.

—El romanticismo pasó de moda hace tiempo, pero ten por seguro que acabará regresando del mismo modo que regresa la moda de la falda larga o el cabello corto. Ese día a nadie le dará vergüenza admitir que en el fondo siempre fue un poco romántico.

Tal vez tuviera razón, no lo sé con certeza porque la única mujer de mi vida, Macarena, siempre fue menos romántica que el felpudo de la entrada.

Al menos en este, pese a lo áspero que pudiera llegar a ser, podía leerse en letras rojas: «Bienvenido a casa», y no recuerdo que ni un solo día de nuestro matrimonio en que Macarena me saludara con un afectuoso «Bienvenido a casa».


—¡Bienvenido a casa!
—¿Qué haces aquí?
—¿Qué quiere que haga? Esperarle.
—¿Y eso?
—Supuse que era mejor no acompañarles. Mi madre lleva demasiado tiempo sola y necesita que alguien se ocupe de ella... —Su tono sonó esperanzado al inquirir—: ¿Qué tal fue la cosa?
—¡Bien!
—¿Solamente «bien»?
—Tu madre es una mujer inteligente y encantadora, pero me temo que continúa tan enamorada de tu padre que no deja espacio para nadie más. Excepto para tu recuerdo, naturalmente.
—Pero mi padre murió hace años y yo también estoy muerta. Ya es hora de que empiece a rehacer su vida.
—Las vidas no se rehacen como un puente que se haya venido abajo por culpa de un terremoto, pequeña. No están hechas de vigas o cemento; están hechas de sentimientos que no se adquieren en las ferreterías. Y mucho me temo que a tu madre se le agotó el crédito en cuanto a sentimientos se refiere; lo gastó todo en vosotros. Ahora lo único que le queda es odio, y nadie fue capaz de levantar nada bueno sobre el odio.
—¿Y qué va a ser de ella?

—No lo sé. Tenía la esperanza de que con la desaparición de ese cerdo se calmara, pero el dolor que siente sigue siendo como un cáncer que le roe las entrañas.

—¿A qué cerdo se refiere?

—Al que te asesinó, naturalmente.

Se volvió para intercambiar una mirada con Andrea, que había hecho su aparición al otro lado del jardín tan lejana y evasiva como de costumbre.

Al fin, tras una corta pausa sentenció:

—Pero el que nos asesinó no ha muerto.

Si dijera que me sorprendió, mentiría.

Tampoco en esta ocasión consigo recordar cuál fue mi reacción, pero estoy absolutamente seguro de que no me extrañaron en absoluto sus palabras.

—¿De modo que no ha muerto?

—Desde luego que no.

—¿Y por qué estás tan segura?

—Porque continúo en este jardín. Y Andrea también.

—¿Qué quieres decir con eso?

—Que si hubiera muerto habríamos seguido nuestro camino, cualquiera que fuese y adonde quiera que nos condujese; pero en lugar de ello continuamos ancladas aquí, a la espera de algo, aunque no sepamos qué es exactamente ese «algo».

—Ya... O sea que lo que en cierto modo sospechaba se ha confirmado: el tal Roque Centeno no era en realidad la Bestia Perfecta. ¡Me lo temía, puedo jurar que me lo temía!

Si quiero ser absolutamente sincero, debo reconocer que desde el primer momento supe, o tal vez sería mejor decir presentí, que, pese a su confesión y al hecho evidente de que sus datos coincidieran con la descripción de la colombiana, el hombre que se había suicidado en el interior de su buen cuidado Mercedes negro no era el verdadero pederasta, asesino y violador que tanto me obsesionaba.

Puede que fuera en efecto el «coño e madre» que le descerrajara un tiro en la nuca a la confiada Omaira, pero no era ni mucho menos la Bestia que acabó con las dos chicuelas que continuaban observándome como si esperaran que les aclarase un misterio que no alcanzaban a entender.

¿Pero por qué incomprensible razón había firmado una declaración aceptando su culpabilidad para volarse los sesos acto seguido?

Ni Bartolomé Cisneros, ni mucho menos la fascinante María Luisa Molina fueron capaces de proporcionar una respuesta ligeramente convincente a mi demanda.

—Hay que estar muy loco para admitir por escrito que has sido un pederasta asesino, si no es cierto.

—Loco no estaba.

—¿Entonces?

—Alguien debió obligarle a hacer lo que hizo.

—¿Cómo?

—¡No tengo ni la menor idea!

—Pues si tú, que eres el que está en contacto con los muertos, no tienes ni idea, ¿qué demonios esperas de nosotros? —dijo Cisneros.

—Un punto de vista diferente y tal vez más acorde con la realidad. Sospecho que estar en continua relación con los muertos me ha hecho perder la auténtica perspectiva del mundo en que vivo.

—¡No me extraña!

—Por mucho que me estrujo el cerebro no concibo que nadie cargue con culpas ajenas justo antes de apretar el gatillo y largarse al otro barrio. Se me antoja aberrante.

—¿Tal vez estuviera intentando proteger a alguien? —aventuró María Luisa.

—¿A quién?

—A un hermano o a un hijo.

—Que yo sepa no tenía hermanos y únicamente dos hijas. Y por lo que me han contado, no era de los que se sacrificaban, sino más bien de los que no dudaban en sacrificar a los demás. La lista de sus delitos recuerda la carta de un restaurante de lujo, y el número de sus condenas obliga a suponer que debió pasar más tiempo a la sombra que tomando el sol.

—Pero ninguna de esas condenas tenía nada que ver con el abuso infantil, el asesinato o la violencia —puntualizó Bartolomé Cisneros haciendo girar su silla de ruedas con el fin de contemplar el campo de golf del club Puerta de Hierro que se extendía frente al enorme ventanal de su salón—. Me han permitido acceder a su historial delictivo y no existe ni una sola mención al tema. ¿Significa eso que cambió radicalmente, o que en verdad no tiene nada que ver con la muerte de esas niñas?

—Él fue quien raptó a Andrea. De eso no cabe la menor duda.

—Que la raptara no significa necesariamente que la asesinara —intervino de nuevo María Luisa—. Tal vez la secuestrara por encargo.

—¿Quién se puede prestar a algo así?

—Alguien que se ha pasado media vida en la cárcel y la otra media haciendo méritos para que le encierren. Si yo fuera la Bestia Perfecta habría buscado a una escoria de la sociedad como ese tal Roque Centeno con el fin de que me hiciera el trabajo sucio.

—¿Y dónde lo encontró? ¿En la cárcel?

—Es posible.

—¡Tantos años de cárcel, tantas cárceles distintas, y tantos presos en ellas...! ¡Sería como buscar una aguja en un pajar!

—No si nos limitáramos a los que han coincidido en algún momento con él y estaban encerrados por delitos relacionados con la pederastia.

—Esa es una labor que tan solo podría hacer la policía que tiene acceso a todos los archivos, y que probablemente necesitaría meses para llegar a alguna conclusión más o menos válida... —puntualizó Bartolomé—. Pero para que lo intentaran tendría que estar convencida de que es una pista sólida sobre un caso que, oficialmente, ya ha sido cerrado. Y como comprenderéis, no podemos pedir que lo reabran basándonos en el testimonio de una niña muerta.

—¿O sea, que estamos como al principio?

—Más bien peor porque antes ese depravado se vanagloriaba de lo que hacía, lo cual podía dar pie a que cometiera un error, mientras que ahora se ha vuelto prudente, por lo que lo más probable es que pasen años antes de que vuelva a actuar.

—Si es así dudo que podamos atraparle.

—¿Y qué se te antoja más importante: atraparle o que deje de matar...?

—Cuando le conocí estaba convencida de que había encontrado al príncipe azul que muchas muchachas de mi país soñamos; moreno, guapo, atlético, inteligente, generoso, simpático y, sobre todo, terriblemente apasionado. —Sus labios perfectos perdieron su perfección al cerrarse en un desagradable rictus de amargura para añadir al poco— : Caí en sus brazos sin importarme más que el rosario de orgasmos que me provocaba a todas horas, hasta que un buen día me di cuenta de que me encontraba embarazada justo cuando acababan de condenarle a pasar dos años en la cárcel por vender un edificio que no era suyo.

Erika Klose era aún una mujer lo suficientemente atractiva como para que no se pudiera dudar de que catorce o quince años atrás debió de ser una de esas bellezas nórdicas que suelen aparecer en las portadas de las revistas de moda y las vallas publicitarias de los grandes almacenes, pero su rostro mostraba ya no las clásicas huellas del tiempo, sino más bien las amargas huellas que la vida suele dejar en aquellos seres a los que se complace en maltratar.

—Lo lógico hubiera sido que en el momento en que nació Ingrid me hubiera vuelto a Múnich, pero no existe nada menos lógico que una persona enamorada y, por desgracia, yo lo estaba hasta el punto de no darme cuenta de que Roque era de ese tipo de hombres que destruyen cuanto tocan.

La escuchaba en silencio, sin poder apartar los ojos de su cansado rostro mientras permanecía con la vista clavada en la autopista por la que cruzaba en esos momentos una docena de rugientes camiones.

—No sé por qué razón las mujeres, por muy inteligentes que seamos, y yo no me considero ninguna estúpida, estamos convencidas de que a la larga podremos cambiar al hombre que amamos, sin darnos cuenta de que en realidad son ellos quienes nos cambian sin tan siquiera intentarlo... —Lanzó un hondo suspiro que más bien podía interpretarse como la aceptación de su propia ingenuidad—. Salió de la cárcel, juró reformarse, me hizo una segunda hija, y antes de que naciera ya estaba de nuevo entre rejas.

—¿Qué había hecho esta vez?

—Mejor pregunte qué no había hecho, porque lo cierto es que no existe nada ilegal en lo que Roque no estuviera dispuesto a involucrarse con tal de conseguir un dinero que a la noche siguiente se dejaba arrebatar en una mesa de póquer por una pandilla de jugadores de ventaja.

—¿Incluido el asesinato?

—Por lo visto sí.

—No le pregunto «por lo visto», sino por lo que usted cree. ¿Alguna vez se le pasó por la mente que su marido pudiera ser un pederasta, violador y asesino de niñas?

—¡Ni por lo más remoto! Era un ludópata ladrón, estafador, chantajista, extorsionador, mentiroso y borrachín, pero de algo estoy absolutamente segura: jamás le pondría las manos encima a una niña de la edad de sus hijas.

—En ese caso, ¿cómo se explica lo de su confesión?

—No me lo explico.

—¿No se lo explica, o no se lo cree?

—Ni me lo explico, ni me lo creo. Nadie convive catorce años con otra persona, es capaz de aceptar todos sus vicios, y no darse cuenta de algo tan aberrante. Tan solo un impotente necesita violar a una niña para excitarse, y le juro por mi vida que Roque era cualquier cosa menos impotente. Le bastaba con una simple insinuación para ponerse a punto. Jugaba a todas horas con sus hijas y jamás, escúcheme bien, ¡jamás!, advertí el menor gesto que no fuera el de auténtico amor de padre.

—¿En ese caso qué pudo ser lo que le ocurrió para que redactara de su puño y letra tan demoledora confesión? Porque la policía asegura que no hay duda sobre su autoría.

—Y no hay la menor duda. El juez me entregó una fotocopia del documento y conozco muy bien su letra; sin embargo, hay dos cosas que me llaman la atención.

—¿Que son?

—La primera, la forma en que está escrita; es, ¿cómo le diría yo?, demasiado correcta. Roque no hablaba así, y pese a que fuera abogado y se hubiera pasado media vida en los juzgados, no como defensor sino como acusado y «la práctica» le había permitido aprender mucho sobre leyes, no solía emplear unos términos, digamos, tan «apropiados».

—¿Y la segunda?

—Tal vez sea una estupidez —dijo—. Pero tal vez no. Al comienzo, escribe: «Yo, el abajo firmante, Roque Centeno, reconozco haber secuestrado, violado y asesinado...», etc. Pero es muy curioso; escribe «Cente no», dejando un espacio entre las dos primeras sílabas y la última, lo cual, que yo recuerde, no había hecho nunca al escribir su nombre. Eso le da un nuevo sentido a la frase. «Yo, Roque Cente, no reconozco haber secuestrado...», etc. ¿Entiende lo que le quiero decir?

—Lo intento, aunque se me antoja un tanto infantil y rebuscado... —Me vi obligado a reconocerme en verdad incrédulo ante la posibilidad de que un deleznable personaje hubiera sido capaz de tergiversar de un modo tan burdo su declaración de culpabilidad.

—Tenga presente que Roque siempre fue un hábil estafador al que le bastaba con cambiar de sitio un punto o una coma para cobrar un cheque falso o variar por completo el sentido de una frase. Era su oficio y quiero creer que en el último momento me envió ese casi imperceptible mensaje a sabiendas de que sería la única capaz de interpretarlo.

—Lo sigo considerando una tontería, pero no soy quién para opinar... ¿Qué piensa hacer al respecto?

Me observó absolutamente perpleja, como si la considerara la pregunta más idiota del mundo.

—¿Y qué quiere que haga? ¿Acaso se le ocurre que con tan ridícula prueba puedo convencer a nadie de su inocencia? El caso está cerrado, y para lo único que me sirve lo que le he contado es para tratar de convencerme a mí misma de que el padre de mis hijas no fue un asesino y violador sin entrañas.

—Si también le sirve de algo le confesaré que yo tampoco lo creo; tanto es así, que es por eso por lo que estoy aquí.

—¿Y qué es lo que pretende?

—Confirmar la teoría de que Roque Centeno podía ser muchas cosas, pero no un pederasta, que es lo que en definitiva ha dado el caso por cerrado. A mi modo de ver, detrás de todo esto hay alguien más; el auténtico culpable, que es el que en verdad me interesa.

—Pero usted no es policía... ¿o sí? —Ante mi muda negativa insistió—: ¿Entonces por qué lo hace?

—Motivos personales. Soy amigo de la madre de una de las niñas asesinadas.

—¿Amigo íntimo? Perdone, no es de mi incumbencia. Aparte de que considero que no hace falta tener ningún motivo especial para tratar de averiguar quién ha sido capaz de cometer unos crímenes tan espantosos. Mis hijas son aproximadamente de la edad de esas niñas.

Necesité un tiempo para decidirme a decir lo que pensaba, a punto estuve de no hacerlo, pero al fin consideré que si no hablaba tal vez tuviera que arrepentirme, y mucho, más adelante.

—Quisiera pedirle un favor... Me gustaría que durante una temporada se marcharan a un lugar donde nadie la conozca.

—¿Por qué?

—Por simple precaución. De lo que estoy absolutamente seguro es de que el verdadero culpable mantenía algún tipo de relación con su marido, y debía saber por tanto que tenía dos hijas de edades y aspecto similares a las que tanto le atraen. Semejante psicópata, porque sin duda lo es, tal vez considere el colmo de la sofisticación violar y asesinar a las hijas de un antiguo colaborador.

—¿Realmente lo considera un «colaborador»?

—Me temo que sí; y lo que es aún peor, «un colaborador necesario».

—¡Dios mío! Después de eso, ¿quién me va a poder decir que el amor es un sentimiento hermoso? La mayor parte de las veces el maldito amor nos destroza la vida; si no me hubiera enamorado de semejante macarra habría seguido siendo una modelo fotográfica magníficamente pagada hasta el día en que me hubiera casado con un millonario que lo único que me hubiera pedido es que me abriera de piernas de vez en cuando y saliera muy guapa en las fotos. En vez de eso, he tenido que sufrir todas las penas del infierno y ahora usted me pide que abandone mi casa porque corro el peligro de que asesinen a mis hijas.

—Tan solo es una medida de seguridad temporal;

lo más probable es que esté exagerando porque admito que todo esto me está volviendo un tanto paranoico.

—Pues no cabe duda que ese tipo de paranoia debe ser contagiosa porque está consiguiendo aterrorizarme... Mis hijas son todo lo que me queda.

—En ese caso lo mejor que puede hacer es llevárselas de aquí... ¿Necesita dinero?

Me miró de reojo, como si fuera un marciano que acababa de bajar de un platillo volante.

—¡Qué cosas pregunta! ¿Qué cree que me dejó Roque además de deudas de juego? Tengo un miserable empleo de vendedora en una *boutique* y con lo que gano apenas consigo sacar a las niñas adelante, pero si me voy de Marbella no sé de qué demonios voy a vivir. Después de parir dos veces ya no soy lo que era.

—Le proporcionaré los medios para que puedan pasar una temporada «de vacaciones» en algún lugar discreto, pero necesito que recuerde si su marido le habló de alguien con quien mantuviera alguna relación poco corriente en estos últimos tiempos.

Negó segura de sí misma.

—Desde hace tres años apenas nos veíamos. Únicamente cuando venía a recoger a las niñas, y nunca me hablaba de lo que hacía, entre otras cosas porque sabía que no me gustaba que lo hiciera. Jamás, a todo lo largo de nuestra vida en común, mencionó un solo trabajo decente o un proyecto que no estuviera encaminado a engañar a alguien, y por lo tanto yo prefería no saber nada al respecto.

—Debe resultar muy difícil convivir con alguien así...

—¡No lo sabe usted bien! Sobre todo cuando se le quiere. Llegó un momento en que cuando más tranquila me sentía era cuando lo metían en la cárcel porque al menos sabía que no estaba planeando algo peor de lo que ya había hecho y por lo que pudieran acabar matándole. Y al final acabaron matándole.

—¿Y no tiene ni idea de quién pudo ser?

—¡En absoluto! Y es más, no me interesa, a no ser que se trate de un pederasta que pueda poner en peligro a mis hijas. Mal que me pese aceptarlo, fui tan estúpida como para enamorarme como una mema de un hombre que era carne de horca.

—Nadie manda en el corazón.

—¡No diga gilipolleces! No se trata de un asunto del corazón; es un asunto del coño. Y eso es lo que más daño me hace; la cabeza y el corazón me ordenaban cada día que lo abandonara, pero mi coño lo reclamaba cada noche. ¿Tiene una idea de lo que significa pasarse el resto de la vida avergonzándose por el hecho de no haber sido capaz de contener aquellas ansias de que me cogiera por la cintura y me arrojara sobre la cama? Mi obligación era pensar en mis hijas y en el daño que aquella situación les estaba haciendo, pero no me escuché a mí misma y al fin llegamos a esto... ¿Dónde cree que podemos escondernos?

*La Haya, 3 de junio de 2006*

«Un grupo holandés, que pretende ser aceptado como partido político bajo la denominación de Caridad, Libertad y Diversidad, propugna la legalización de la pederastia y las relaciones sexuales con animales.

»Uno de sus miembros fundadores, Ad Vander-Berg, declaró que buscan rebajar de 16 a 12 años la edad penal para que los menores puedan mantener relaciones sexuales con adultos, pues considera que el fenómeno de la pederastia debe ser estudiado y discutido por la sociedad.

»Admite que su organización mantiene contactos con otra semejante, llamada Martijn, que sostiene de igual modo que los adolescentes puedan prostituirse sin que se les considere víctimas de abusos, y sea lícito practicar el bestialismo siempre que no se cause un daño innecesario a los animales.

»Por último, propugnan que se autorice a emitir por televisión programas y películas pornográficos en horario infantil con el fin de ir educando sexualmente a los niños.»

Tuve que releer una y otra vez la insólita e impactante noticia con el fin de convencerme de que no se trataba de una broma de mal gusto por parte de un aburrido corresponsal que no tenía nada mejor que contar, pero cuando al día siguiente la encontré reproducida y ampliada en otros medios de comunicación no pude por menos que aceptar que se trataba de un hecho cierto, y que en algún lugar del mundo, en este caso Holanda, existían seres humanos que consideraban como algo natural las más infames depravaciones.

Las ratas ya no se conformaban con vivir en lo más profundo de las hediondas cloacas; ahora pretendían mostrarse a la luz y exhibir sus miserias como algo digno y respetable.

¡Santo cielo!

¿Adónde íbamos a llegar?

Resultaría absurdo e injusto por mi parte negar que de joven no había sido un hombre especialmente permisivo con todo aquello que fuera diferente a mí; básicamente porque pertenezco a una generación a la que nos inculcaron desde muy jóvenes la idea de que la homosexualidad estaba considerada por Dios como el pecado nefando. Afortunadamente, al madurar, aprendí a pensar por mí mismo y no vomitar los dogmas con los que nos habían lavado el cerebro durante el franquismo y entendí que cada cual era muy libre de amar a quien y como más le apeteciera, y que no tenía ningún sentido discriminar a alguien por su inclinación sexual.

Sin embargo, lo que los hijos de la gran puta del mal llamado grupo de la Caridad, Libertad y Diversidad proponían se me antojaba de todo punto aberrante y no tenía nada que ver con los logros por las libertades que se habían conseguido durante el último cuarto del siglo XX. A los perversos miembros de esa secta, si por mí fuera, los hubiera empalado hasta la muerte sin la menor vacilación ni atisbo de remordimiento.

¿Acaso pretenden acostarse con nuestros hijos y que miremos hacia otra parte? ¡Si serán cabrones! ¿Y tirarse a un cabra o que se los tire un burro y nos parezca permisivo y lógico? ¡Hijos de puta!

Sea como sea, lo cierto es que casi a diario los medios de comunicación sacaban a la luz que se había desarticulado una nueva red de traficantes de pornografía infantil en la que se encontraban involucradas personalidades de todos los estamentos sociales, por lo que se podría pensar que la ignominiosa práctica se estaba extendiendo como un imparable cáncer que amenazara con afectarnos a todos.

Tan solo en el último año se había detenido a más de quinientas personas en España, algunas de ellas menores de edad, y por lo tanto no me sorprendió que el gobierno decidiera pedirle a un juez y ex ministro de economía de reconocido prestigio que se ocupara en exclusiva de tan espinoso problema, aglutinando en un único departamento oficial a los diversos organismos que hasta ese momento luchaban de una forma u otra, pero sin una efectiva coordinación, contra semejante lacra.

Durante un tiempo estuve meditando en la posibilidad de ponerme en contacto con él con el fin de ofrecerle mi experiencia en dicho campo, pero pronto llegué a la conclusión de que no podría tomarse en serio el hecho de que dicha «experiencia» se basara en la información que había recibido de unos cuantos difuntos. Aquel hombre merecía toda mi confianza y era de suponer que se le plantearían infinidad de problemas en su nuevo puesto, por lo que se me antojó inapropiado intentar complicarle aún más un trabajo ya de por sí suficientemente pesado y engorroso.

Jimena y Andrea continuaban apareciendo por el jardín a la espera del castigo de quien tanto daño les había causado, pero por mi parte empezaba a estar convencido de que con la desaparición de Roque Centeno había perdido toda posibilidad de sacar algo en limpio.

Por mucho que me esforcé solicitando su ayuda, ni Omaira ni el Monstruo habían vuelto a dar «señales de vida», y si de algo estaba seguro era de que cuanto más lo intentara menos caso me harían.

Hubo un momento en el que abrigué la esperanza de que el difunto Roque Centeno hiciera su aparición buscando «justicia», pero lo cierto es que no se dignó hacerlo, con lo cual se demostró una vez más que no soy una especie de médium capaz de convocar a los muertos, sino un infeliz al que los muertos acuden a incordiar cuando les viene en gana.

Únicamente, el agradecido Miguel López Garrido, cuyos problemas se estaban solucionando satisfactoriamente gracias al abogado enviado por Bartolomé Cisneros, acudía a visitarme con cierta frecuencia, pero pese a que se brindó a echarme una mano desde el otro lado del gran río, lo cierto es que nada tenía que ver con tan sucio asunto, por lo que no pudo proporcionarme un solo dato que fuera de utilidad.

La Bestia Perfecta me había vencido.

Al emprender la huida abandonando el «campo de batalla» había conseguido derrotarme, ya que para él conservar el anonimato y la libertad constituían un triunfo, mientras que a mí tan solo me hubiera servido de algo aniquilarle. Algún día volvería a violar y matar, de eso no me cabía la menor duda, pero lo más probable era que ni Jimena, ni Andrea, ni yo estuviéramos allí para intentar impedírselo.

No es de extrañar por tanto que me sintiera profundamente deprimido, máxime cuando advertía que mi relación con Alicia no progresaba de acuerdo a mis deseos. Le había ocultado el hecho de que, pese a su indiscutible confesión, Roque Centeno no era el verdadero asesino de su hija, pero a menudo me asaltaba la sensación de que lo presentía. Solíamos pasar juntos los fines de semana, unas veces en Cuenca y otras en Madrid, pero nunca compartimos una cama sabiendo como sabíamos que el mero hecho de intentar mantener una relación más íntima tenía la virtud de distanciarnos.

Siempre se ha dicho que un hombre y una mujer tan solo pueden ser auténticos amigos cuando se han cansado de acostarse juntos o uno de ellos es homosexual, pero he de admitir que en este caso demostré una vez más ser bastante atípico, porque lo cierto es que me encantaba estar con ella pese a que me horrorizaba la idea de volver a pasar por el traumático trance de otra noche como la del balneario de La Toja.

No es que también me hubiera vuelto frío y no la deseara, en absoluto, pero tan solo de pensar en las horas de arduos y estériles trabajos que me aguardaban en caso de que accediera a mantener una relación sexual «se me caían los palos del sombrajo».

—¡Cásate con ella!

—Tu madre no necesita un marido, pequeña. Ya tuvo uno y por lo visto con eso le basta; necesita un amigo, un hermano o un padre que la proteja de sí misma y no quiero pasarme el resto de mi vida haciendo ese papel. Aún no me siento tan viejo.

—Pero tú también necesitas compañía... No puedes dedicar el resto de la vida a resolver los problemas de los difuntos.

—¿Por qué no?

—Porque he descubierto que los muertos solemos ser bastante nómadas.

—¿Nómadas? ¿Qué quieres decir con eso de nómadas?

—Que vamos de aquí para allá sin saber la razón ni hacia dónde nos dirigimos. Algún día, cuando consigamos castigar a quien nos hizo daño, Andrea y yo nos iremos; vendrán otros a verte pero también será por poco tiempo y, por lo tanto, tu destino es quedarte solo.

—Lo tengo asumido.

—Pues no deberías asumirlo, y lo mejor que podrías hacer es casarte con mi madre. Los muertos deben estar con los muertos, y los vivos, con los vivos.

—¿Y si nunca consiguiéramos encontrar a la Bestia Perfecta? En tal caso tendríais que quedaros siempre aquí.

—Lo dudo, aunque te aseguro que no me importaría. Este jardín me gusta, no tengo ni la menor idea de adónde iré a parar más tarde e ignoro cuánto tiempo nos permitirían permanecer aquí en caso de que no tuviéramos éxito, pero estoy convencida de que acabaremos por encontrar a ese malnacido.

—¡Ya me explicarás cómo! Todos cuantos podían ayudarnos han desaparecido.

—Muertos hay muchos. Pronto o tarde alguno acudirá en nuestro auxilio.

—¡Confías demasiado en los muertos! —casi le grité porque estaba a punto de desaparecer tras un muro.

—¡Más que en los vivos...! —replicó en el mismo tono—. Más que en los vivos.

Transcurrió un largo mes sin que ocurriera nada. Los «problemas» de Miguel López se habían arreglado de un modo casi definitivo, por lo que mi vida se reducía a observar cómo dos pequeñas difuntas aparecían y desaparecían por mi jardín mientras me ocupaba de atender a tres viudas: Alicia, Manuela y Erika.

Esta última se había establecido con sus hijas en un pueblo perdido y realmente precioso junto al nacimiento del río Mundo, en la Sierra de Cazorla, quizás uno de los lugares mas agrestes y apartados de la mano de Dios de nuestro país, y donde resultaba a mi modo de ver harto difícil que la Bestia Perfecta diera con ella por mucho que se empeñara.

Un amigo de Bartolomé Cisneros le había conseguido un buen empleo como encargada de su acogedor restaurante de montaña, donde, por cierto, se comía estupendamente, y las niñas parecían de lo más felices correteando como cabras por los frondosos bosques.

A Manuela le habían devuelto la casa y compensado con algún dinero, por lo que en realidad la única que continuaba preocupándome era Alicia, quien de tanto en tanto se sumía de nuevo en aquellos extraños letargos de los que me resultaba cada vez más complicado ayudarla a emerger.

A mi frustración como fracasado amante se unía entonces una frustración aún mayor por no sentirme capaz de hacerla regresar a la normalidad. Ni física ni espiritualmente le servía de nada, y no cabe duda que a nadie le hace gracia saberse inútil.

Mi ex esposa, Macarena, se había echado un novio que parecía más un saldo que un auténtico ser humano, que de lo único que hablaba con sincero entusiasmo era de sus innumerables enfermedades y de la cantidad de famosos doctores de todas las especialidades que le habían tratado en los veinte últimos años, así como de las increíbles bondades de las incontables clínicas en las que había estado ingresado a todo lo largo y ancho de la geografía nacional. Considero muy probable que cualquier día, tan recalcitrante enfermo, real o imaginario, decida practicarse su propia autopsia.

Con mi hijo casi definitivamente establecido en Indonesia, donde su exótica esposa estaba a punto de dar a luz a gemelos, me sentía solo, aburrido y decidido a dar por concluidas mis investigaciones, aceptando que jamás conseguiría atrapar a la Bestia Perfecta.

No obstante, las niñas continuaban en un jardín al que yo apenas me atrevía a salir porque en cierto modo experimentaba la injustificada pero inevitable sensación de que las había traicionado.

Esperaban justicia, no la habían obtenido y no podía hacer nada por remediar su decepción porque ya nadie acudía en mi ayuda y ni siquiera ellas eran capaces de ofrecerme alguna pista que me condujera a una escurridiza Bestia que había optado por ocultarse en lo más profundo de su oscura madriguera.

Perdí horas de sueño buscando en la red nuevas páginas de pederastas sin resultado alguno, y los esfuerzos de Bartolomé Cisneros tampoco dieron fruto pese a que María Luisa no cesaba de presionarle en su afán por intentar poner a buen recaudo a semejante engendro de la naturaleza.

En un par de ocasiones incluso me encerré en la

cueva con la esperanza de que el espíritu del ermitaño Tavaré acudiera en mi auxilio o que cualquier otro de los que tiempo atrás me visitaban con tanta frecuencia decidiera regresar del lejano e ignoto lugar en que se encontraran, pero todo fue inútil.

Era como si un tortuoso sendero me hubiera conducido al borde de un abismo del que ni tan siquiera alcanzaba a distinguir el fondo.

¿Era aquel el final del camino?

¿Debía olvidarlo todo y regresar a mi viejo despacho en el ministerio a refugiarme una vez más tras montañas de informes sobre magnos proyectos que jamás llegaban a convertirse en realidad?

Me gustaría ser capaz de dejar constancia sobre una hoja de papel en blanco de la intensidad de los sentimientos de un ser humano —sea yo u otro cualquiera— cuando lleva largo tiempo luchando por lo que considera una causa justa pero descubre que se va adentrando paso a paso en una espesa selva al otro lado de la cual tal vez tan solo se abra un hediondo pantano en el que acabará por desaparecer tragado por el fango.

La impotencia que sentía a la hora de enfrentarme al intangible fantasma en que se había convertido la Bestia Perfecta se asemejaba, en cierto modo, a la que experimentara años atrás a la hora de enfrentarme a aquella otra bestia de igual modo feroz, implacable, intransigente e insensible: la inamovible burocracia institucional.

Los viejos e impasibles funcionarios del ministerio, muchos de los cuales se me antojaban capaces de llevarse cada día la poltrona a casa con el fin de impedir que se la arrebataran, habían acabado por conformar con el paso de unos años que parecían no haber pasado para ellos, tal maraña de hojarasca de papel que ni el más tupido bosque amazónico podría soñar con hacerle la competencia.

Cada despacho se había convertido en una pequeña fortaleza que detentaba una minúscula parcela de poder que defendía con uñas y dientes, y para conseguirlo sus ocupantes se apoyaban en el despacho vecino o el de cuatro puertas mas allá, conformando entre todos una especie de enmarañado «reino de taifas» o hidra de cien cabezas que ni el más valeroso ministro se atrevía a intentar decapitar convencido de que perecería en el intento.

De hecho, todos ellos habían acabado por perecer, visto que está sobradamente comprobado que en este mundo tan solo existen tres cosas que puedan considerase auténticamente inmortales: Dios, la corrupción y la burocracia.

Tal como aseguraba el dicho: «Si le concede poder a un mediocre, el mediocre no se convierte en poderoso; es el poder el que se vuelve mediocre.»

No es que me considere un hombre brillante; por el contrario, siempre me he considerado más bien gris y anodino, pero tras haber pasado más de media vida en aquel mundo de mediocres me horrorizaba la idea de regresar a él.

Tenía plena conciencia de que acabaría contagiándome.

En un principio la noticia se me antojó absurda, pero al confirmarse me dejó anonadado; se acaban de encontrar unas cartas en las que Ernest Hemingway, uno de los escritores predilectos de mi juventud, confesaba abiertamente que durante la última guerra mundial había matado a sangre fría a más de cien prisioneros alemanes, lo cual, según sus propias palabras: «Me divertía y me provocaba placer.»

Nadie en su sano juicio podría haber escrito algo semejante a no ser que se tratara de un enfermo mental, y menos cabía esperarlo de un hombre que en vida luchó por convertirse en un ejemplo y una referencia para la juventud de su tiempo.

En la universidad, Hemingway era el espejo en que nos mirábamos todos porque había conseguido cuanto un ser humano sueña con conseguir a lo largo de su vida: éxito, dinero, mujeres y una vida aventurera que lo mismo le llevaba a luchar como brigadista y contra el fascismo en nuestro país, como a arriesgar la vida cazando fieras en África o tiburones en el Caribe. Alto, fuerte, con una cabeza noble y una espesa barba que le hacía parecer un dios del Olimpo, devorábamos sus novelas que nos trasladaban a mundos de los que por aquellos oscuros tiempos del franquismo casi ni siquiera teníamos noticias de su fabulosa existencia. En las décadas de los cincuenta y sesenta, decir Hemingway era decirlo todo. Las mujeres lo amaban, los hombres lo envidiaban e incluso estoy convencido de que más de uno también lo amaba en silencio como a la más viva representación del macho por excelencia. Admito que *El viejo y el mar* fue, durante un tiempo, mi libro de cabecera y el día que se voló la cabeza no conseguí explicarme por qué alguien que lo tenía todo renunciaba a todo de una forma tan inconcebible. Pero de pronto ahora, en lugar de aquel hermoso relato de la lucha de un anciano pescador contra el destino que tanto me había conmovido años atrás, me enfrentaba a la trascripción de una carta de su puño y letra que me revolvía las tripas.

Una vez me encontré con un *kraut* SS especialmente chulo.

A mi advertencia de que le dispararía si no renunciaba a la fuga me respondió: «No me dispararás porque tienes miedo de hacerlo y perteneces a una raza de bastardos degenerados. Además, viola la convención de Ginebra sobre prisioneros de guerra.» ¡La jodiste!, le respondí, y apreté tres veces el gatillo apuntándole al estómago. Luego, cuando se retorcía de dolor, le disparé a la cabeza y observé cómo el cerebro le salía por la boca y la nariz.

En otra carta contaba cómo le había disparado por la espalda con un arma de gran calibre a un muchacho que trataba de huir, y en un viejo artículo aseguraba que no existía cacería comparable a la caza del hombre.

Mato por placer —llegaba a decir—. Matar me proporciona placer estético y orgullo. Matar siempre ha sido una de las mayores diversiones de la raza humana.

¿Cómo era posible?
¿Cómo podía nadie rebajarse de ese modo, alguien al que la naturaleza había concedido el preciado don de la inteligencia y la capacidad de transmitir los más nobles sentimientos a otros hombres?

La maldad iba mucho más allá de lo que nunca hubiera imaginado. ¡Infinitamente más allá!

Si como el galardonado, admirado y envidiado premio Nobel aseguraba, había asesinado a sangre fría a un centenar de enemigos desarmados por «puro placer estético», no tenía por qué asombrarme ante las «ridículas hazañas» de una Bestia Perfecta que tan solo había matado a unas cuantas niñas a causa de incontenibles impulsos de tipo sexual. ¿Acaso era posible que hubiera admirado durante años a tan execrable personaje? ¿Tan equivocados podemos llegar a estar?

Recuerdo que años atrás me había impresionado de

modo harto desagradable el relato que hacía en las *Verdes colinas de África* de cómo había preferido dispararle a los pulmones a un búfalo con el fin de disponer de tiempo para observar su agonía y poder escribir con más conocimiento de causa sobre ella. Se me antojó tan solo una exageración o tal vez una improcedente licencia literaria destinada a darle más fuerza a su relato, pero ahora, al leer aquellas olvidadas cartas, no podía por menos que aceptar que se trataba en verdad del relato de un sádico. Y el sadismo es, a mi modo de ver, el último escalón de la degradación. ¿Qué puede haber más allá del hecho de causar dolor por puro placer? ¿Qué clase de enfermedad mental nos lleva a semejantes extremos?

Me fui a la cama con la amarga sensación de haber sido engañado durante la mayor parte de mi vida, puesto que si ni siquiera se podía confiar en el autor de *Adiós a las armas*, no me parecía que quedase nadie a quien convertir en el faro que me señalara el camino más justo.

Tardé en dormirme.

A veces dudo que en verdad llegara a dormirme.

Desperté una hora antes del alba.

A veces dudo que en verdad llegara a despertarme.

Permanecí largo rato muy quieto, con todos los sentidos alerta, consciente de que algo extraño sucedía o tal vez un impalpable peligro me acechaba.

Al fin lo distinguí cuando alzaba muy lentamente la cabeza, que hasta ese momento había mantenido apoyada en las manos mientras los codos se apoyaban a su vez en las rodillas. Sin ese ligero movimiento probablemente no hubiera descubierto que se sentaba en la butaca de la esquina más próxima a la puerta de la terraza. Me erguí, apoyé la almohada en el cabezal de la cama, me recosté en ella y le observé con atención hasta que no me quedó la más mínima duda de que se trataba de él. Pero no dije nada.

En ocasiones, y estaba convencido de que aquella era una de ellas, resulta preferible esperar; si era él quien había decidido acudir sin ser llamado, debía ser él quien aclarara la razón de su presencia.

A la escasa luz que penetraba desde la terraza podía advertir que me miraba fijamente y por unos instantes me asaltó el temor de que decidiera marcharse sin aclararme la razón de su visita. Fue una espera muy larga.

Al fin, musitó:

—¡No es cierto! Al menos, no todo es cierto.

No aguardaba una respuesta, eso me consta; aquella simple aclaración tan solo constituía una introducción, o tal vez el paréntesis necesario para aclararse las ideas.

—No. No todo es cierto.

Nuevo silencio al que siguió lo que consideré un profundo suspiro.

—Mil veces me he preguntado los absurdos motivos por los que escribí algo de lo que me arrepentiría mientras viviese, y de lo que no sospechaba, ni por lo más remoto, que acabaría arrepintiéndome incluso después de muerto. ¿Estaba borracho una vez más? Es posible, aunque puede que no fuera por culpa del alcohol, sino del ambiente que me rodeaba; el éxito se sube con demasiada facilidad a la cabeza, y por aquellos días vivía inmerso en el mayor de los éxitos que nadie pudiera soñar: había triunfado como escritor y como hombre en unos momentos en los que el ejército del que formaba parte avanzaba imparable rumbo a Berlín aplastando sin misericordia al enemigo...

Trató de alisarse con los dedos la llamativa melena leonina, negó una y otra vez como si a él mismo le costara aceptar la verdad, y al poco el suspiro se repitió con la misma profundidad y amargura.

—Había narrado tantas veces y con tal lujo de detalles las atrocidades de los fascistas, cualquiera que fuera su nacionalidad, que supongo que a la larga me envenené de mis propias palabras hasta el punto de considerar que no eran seres humanos capaces de amar a sus madres, sus mujeres o sus hijos, sino tan solo máquinas que habían sido creadas artificialmente con el único fin de torturar y asesinar inocentes. Lo había visto años atrás en la España de Franco o en la Italia de Mussolini y ahora volvía a verlo en la Alemania de Hitler, por lo que no me importó en absoluto eliminarlos tal como se elimina a las serpientes que se cruzan en nuestro camino...

Se puso en pie, salió a la terraza y pude advertir que seguía siendo un hombretón de complexión poderosa, un ex boxeador de fuertes brazos y puños como mazas.

—¡Merecían la muerte! La mayoría merecía acabar frente a un pelotón y no me arrepiento por el hecho de haber ahorrado unas cuantas balas, pero ahora, tantos años después, reconozco que lo que no merecían era que me enorgulleciera por el hecho de haberles volado la cabeza.

Se volvió a mirarme para continuar:

—Tardé algún tiempo en comprender que mi petulancia me colocaba exactamente a su misma altura, lo que me convertía en un fascista más, pero bajo otra bandera. El mal es doblemente maligno cuando se hace alarde de él. ¿O no?

—Persigo a un hombre precisamente por eso. ¿Puede ayudarme a encontrarlo?

—¿Yo? Hace cuarenta y cinco años que estoy muerto, y ni siquiera puedo aclarar dónde he permanecido todo ese tiempo. Supongo que si esas malditas cartas no hubieran salido a la luz y usted no me hubiera mandado llamar, seguiría en el mismo lugar por el resto de la eternidad.

—Yo no le he mandado llamar.

—¿Ah no? ¿Quién entonces?

—No tengo ni la menor idea. Me consta que me acosté pensando en lo que había hecho, pero no se me ocurrió que pudiera hacer acto de presencia por eso. Nunca me había ocurrido anteriormente. De hecho, es el primer difunto famoso con el que hablo.

—¿Y a qué lo atribuye? ¿Cree que tiene algo que ver con ese hombre al que persigue?

—Lo dudo, puesto que usted mismo admite que no puede servirme de ayuda.

—Pensándolo mejor tal vez sí pueda.

—¿Cómo?

—Aún no lo sé. Pero entra dentro de lo posible que le encuentre con el fin de paliar de algún modo el mal que hice.

No respondí porque si quiero ser sincero debo admitir que lo que acababa de decir se me antojaba una soberana estupidez. Ningún vínculo de unión existía entre un escritor norteamericano fallecido hacía casi medio siglo y un pederasta español que por los datos que tenía estaba convencido de que aún seguía con vida.

—Existe... —dijo de improviso sorprendiéndome otra vez con aquel maldito don que tenían los difuntos de leerme el pensamiento cuando menos me apetecía—. Ese vínculo existe.

—¿Y es?

—La prepotencia. Mal que me pese debo reconocer que cuando a la crueldad se une la prepotencia entramos a formar parte del reducido pero «selecto» grupo con lazos de unión muy definidos. Ese es, sin duda, el lado más tenebroso de nuestra especie y sobre el que reconozco que debería haber combatido con más fuerza aunque nunca supe, o no quise hacerlo. Las circunstancias de la vida nos empujan a creernos omnipotentes, por lo que todo nos está permitido, y cuando nos damos cuenta de que no es así el mundo se nos viene abajo y acabamos por pegarnos un tiro.

—¿Fue por remordimientos?

—¡Ojalá lo hubiera sido! Eso le hubiera dado un sentido de grandiosidad al acto. A estas alturas estoy convencido de que lo hice por miedo.

—¿Miedo a qué?

—A no seguir siendo el que siempre había sido. Empezaba a deteriorarme tanto física como intelectualmente, y consideré que un hombre como yo, un espejo en el que tantos se miraban, no podía acabar siendo una ruina enferma y babeante.

—Aún estaba en condiciones de escribir cosas importantes.

—¡No es cierto! Mi tiempo había pasado y lo sabía; mi última novela no era digna de mí. Ni siquiera yo, como persona, era digno de mí como imagen. Tantas muertes inútiles me pesaban en la conciencia y de pronto llegué a la dolorosa conclusión de que me había convertido en un fraude.

—Todos somos en alguna medida un fraude, puesto que todos aparentamos ser lo que no somos.

—Pero es que yo era un gigantesco fraude; uno de los hombres más influyentes en la juventud de su tiempo, con fama de valiente, pero lo suficientemente cobarde como para matar a sangre fría de manera impune. Nunca estuve en primera línea empuñando un arma con el fin de encararme de frente al enemigo; los maté cuando ya no podían defenderse.

—Me cuesta aceptarlo incluso oyéndolo de sus propios labios.

—Y a mí me cuesta aceptarlo incluso oyéndomelo decir a mí mismo. Pero dejemos eso y hablemos de lo que en verdad importa. ¿Qué quiere saber acerca de ese animal al que busca?

—¿Quién es y por qué hace lo que hace?

—Cuénteme todo lo que sabe acerca de él.

Lo hice, aunque resultó evidente que la mitad de las cosas de las que le hablaba no podía entenderlas porque no tenía ni la más remota idea de en qué consistía colgar una página en internet.

—¿Realmente existe ese tipo de tecnologías? Si lo llego a saber no me hubiera pegado un tiro; valdría la pena haberlas conocido.

—Dudo que lo hubiera conseguido, o al menos tendría ya casi cien años cuando internet comenzó a desarrollarse de una manera válida.

—¡Lástima! Pero lo que saco en conclusión de todo esto es el hecho incuestionable de que por mucho que progrese la ciencia, las pasiones humanas siguen siendo las mismas y los degenerados no cambian con el paso del tiempo. Pederastas han existido siempre y continuarán existiendo hasta que de la raza humana no quede ni tan siquiera un leve recuerdo. ¡Veamos! —añadió como si de improviso se hubiera entusiasmado con el tema—. O yo no entiendo de hombres, o el punto débil de ese degenerado, aparte de los niños, es la soberbia.

—Uno ciertamente importante, sin duda.

—¡No se equivoque! Cuando alguien ha llegado al extremo de hacer gala de crímenes tan horrendos, es porque la soberbia se ha convertido en su peor enemigo.

—¿Lo dice por experiencia?

—Naturalmente. ¿Y sabe qué es lo que más ofende a una persona especialmente soberbia?

—Dígamelo usted que es el experto.

—Que alguien intente ponerse a su altura.

—¿También lo sabe por experiencia?

—¡También! Trate de imaginar lo que hubiera significado para mí, cuando aún vivía, que alguien se hubiera atrevido a robarme una novela y publicarla con su nombre. ¿Qué cree que habría hecho?

—Ponerle un pleito.

—¡Se equivoca! Eso es lo que sin duda habrían hecho mi editor o mi agente literario; por mi parte lo más probable es que le hubiera pegado un tiro.

—¿Por un simple plagio?

—A mi modo de ver, robar ideas es muchísimo más grave que robar dinero, por mucho que este sea; el dinero abunda y a menudo lo tienen los más mentecatos, mientras que las ideas escasean y tan solo pueden tenerlas los auténticamente inteligentes.

—En eso puede que tenga razón.

—La tengo, porque el dinero siempre puede recuperarse intacto, mientras que las ideas, cuando se usan, se gastan. Por eso insisto: ataque a ese prepotente tan malparido en su orgullo, róbele sus ideas, restriégueselas por las narices, y le garantizo que acabará por salir de su cueva.

Amanecía y desapareció con la primera claridad que se aventuraba por el balcón dejándome el amargo sabor de boca de no ser capaz de determinar si en verdad había estado allí o todo había sido fruto de una absurda pesadilla. Fuera una cosa o fuera la otra, lo que quedaba claro era el mensaje: a los soberbios les pierde su soberbia.

Volví a buscar un cibercafé cualquiera para introducirme en la página de la Bestia Perfecta que ahora se encontraba vacía, y utilizar todos los conocimientos de informática que había aprendido durante los últimos meses hasta conseguir «colgar» la fotografía, naturalmente trucada, de una niña rubia de unos trece años, desnuda y con los ojos dilatados por el terror.

*Ni los muertos me quieren entre ellos.*
*De nuevo estoy aquí con más ansias que nunca.*
*Este que veis es mi nuevo regalo,*
*el más dulce, quizás, el más sabroso.*
*Tan solo tenía un defecto que le costó la vida:*
*se convirtió en mujer antes de tiempo.*
*¿Quién querría a una mujer cuando aún existen niñas?*
*¿Quién aspira a las sobras de un banquete?*
*¿Quién prefiere la podredumbre a la inocencia?*

*¿Quién el suspiro de placer al grito desgarrado?*
*No yo.*
*Ni tampoco vosotros, que me continuáis siendo fieles.*
*De nuevo estoy aquí.*
*Y os haré estremecer de placer con la grandeza de mi obra.*

## La Bestia Perfecta

Tan solo quedaba esperar y confiar en que mi visitante nocturno tuviera razón y la egolatría de mi enemigo fuera mayor que su prudencia. Una semana tardó en llegar la respuesta que esperaba:

*La Bestia Perfecta ha muerto.*
*Se suicidó en el interior de su coche hace ya meses.*

Disfruté haciéndole esperar tres días:

*Eso es lo que quería que creyeran.*
*Pero sigo vivo y con más hambre de carne joven que*
[nunca.
*Pronto os ofreceré otra hermosa sorpresa.*
*¡Permaneced atentos! Sabéis bien que nunca defraudo.*

## La Bestia Perfecta

¿Qué piensa alguien, tan pagado de sí mismo, cuando descubre que un advenedizo intenta ocupar su lugar?

Poco importa que semejante lugar sea un trono de auténtica inmundicia; al fin y al cabo es un trono por el que ha luchado a base de cometer los más execrables crímenes.

La auténtica Bestia Perfecta debía estar furiosa.

Y doblemente furiosa al comprender que lo que consideraba un astuto truco, hacer que otro cargara con sus culpas, no había dado resultado.

¿Quién era yo?

¿De dónde sacaba una información que únicamente los muertos conocían?

¿Por qué razón había decidido de pronto suplantarle?

¿Qué conseguía poniéndome en peligro?

Estoy convencido de que un sinfín de preguntas cruzarían por su mente en aquellos momentos, y sabido es que la duda es el principal enemigo de todo ser humano inteligente.

Insisto en que quien cree haber dominado una determinada situación durante largo tiempo no soporta que esta se le pueda ir de las manos sin experimentar una profunda frustración, más aún cuando al poco tiempo apareció un nuevo e inesperado mensaje en la red de alguien con el que ni él ni yo contábamos:

*Nunca he querido intervenir limitándome a ser un tes-*
*[tigo agradecido*
*por las muchas horas de increíble placer que se me han*
*[proporcionado,*
*pero empiezo a no entender nada de cuanto ocurre,*
*[aparte de que*

*sospecho que la última fotografía es un burdo montaje.*
*¿A qué estáis jugando?*

KORIOLANO

La intervención de un absoluto desconocido venía a complicar aún más las cosas y al día siguiente llegó la respuesta.

*Sin duda es un montaje, porque el que ahora se hace*
*[pasar por*
*la Bestia Perfecta no es más que un impostor.*
*Me consta que él nunca hubiera actuado así.*
*Todo el material que proporcionó era auténtico.*

Decidí echar más leña al fuego:

*¿Cómo lo sabes si nunca me has conocido y aseguras que*
*[he muerto?*
*¿Acaso estabas presente cuando violé a esas niñas?*
*Roque Centeno no era más que un estúpido que trabajó*
*[para mí*
*hasta que decidí que resultaba más útil muerto que vivo.*

LA BESTIA PERFECTA

El llamado Koriolano pareció dar por concluida la discusión:

*No sois más que un par de cretinos enfrascados en un*
*[juego dialéctico*
*que me aburre, y lo único que conseguirá es mandaros*
*[a la cárcel.*
*Por lo que a mí respecta, podéis iros a la mierda.*
*Si no sois capaces de proporcionar material nuevo me*
*[ocuparé yo.*
*Y será en vivo y en directo, sin posibilidad de fraude.*

Aquella era, a mi modo de entender las cosas, una gran victoria, visto que a la auténtica Bestia Perfecta se le revelaba uno de sus incondicionales, y serían muchos los que acabarían pasándose a las filas del tal Koriolano si cumplía su promesa de proporcionarles «material» de primera mano «en vivo y en directo».

¿Qué se siente cuando todo lo que se ha conseguido tras años de esfuerzo se derrumba sin que se alcance a entender las razones?

Aquel hijo de mala madre se había empeñado en levantar un imperio de impunidad, soberbia e infinita maldad del que evidentemente se sentía orgulloso, pero de pronto advertía que se venía abajo como si las termitas estuvieran royendo las paredes de un castillo que siempre consideró de piedra pero que le estaban resultando de madera.

¡No era posible! ¡Pretendían destronarle!

¿Pero quién, y por qué?

Debía saber a ciencia cierta que tan solo sus víctimas estaban en disposición de acosarle, pero en buena lógica su mente no concebía que lo estuvieran haciendo desde la tumba, ya que es cosa más que sabida que los muertos no hablan. De aceptar que hablaban tendría que aceptar que se estaba volviendo loco y a mi modo de ver la Bestia Perfecta era un hombre demasiado seguro de sí mismo como para imaginar siquiera tal posibilidad.

¿Pero qué otra posibilidad existía?

Me envió un nuevo mensaje:

*¿Qué es lo que quieres?*

Mi respuesta debió de enfurecerle aún más:

*A ti por negar que soy La Bestia Perfecta.*
*Te encontraré, te violaré y colgaré la foto de tu cadáver en la red pese a que a nadie le excite tu sucio y viejo culo ensangrentado.*

De nuevo intervino Koriolano y no cabe duda de que no carecía de un cierto y macabro sentido del humor:

*No contaminéis esta hermosa página con un viejo culo, ensangrentado o no. Ni con nuevos cadáveres. Lo único que proporcionaré a quienes me sigan será pasión y belleza. La Bestia Perfecta ha muerto.*

*¡VIVA KORIOLANO!*

O yo aún no sabía nada acerca de mi enemigo, o aquello era más de lo que estaba dispuesto a soportar porque no solo le estaban desbancando sino que además le amenazaban y se burlaban de él.

Me pregunté si al fin se decidiría a confesar que había engañado a sus seguidores haciéndoles creer que había muerto. En buena lógica un auténtico líder no podía permitirse el lujo de decepcionar de ese modo a sus fieles, sobre todo tras haber comprobado que ya habían hecho su aparición sus «herederos». La única opción que le quedaba era guardar silencio y tragar bilis.

A estas alturas debo admitir que aquel absurdo «juego dialéctico» me divertía aunque me viera obligado a admitir que no avanzaba gran cosa a la hora de intentar acabar con un asesino violador de niñas.

Lo que tenía que hacer, en lugar de hablar tanto, era sacarlo de la tenebrosa red en que había conseguido ocultarse y en la que no quería que siguiera refugiándose eternamente.

En cierto modo nuestros choques constituían casi un combate de «realidad virtual» semejante a los que tanto apasionan a los chavales, que disfrutan matando unos horrendos monstruos que resucitan una y otra vez hasta que se aprieta un botón y la pantalla funde en negro.

A veces tengo la sensación de que un gran número de seres humanos se están convirtiendo en una especie de prolongación de los ordenadores, eligiendo vivir en un ciberespacio en el que se sienten más seguros que en un mundo real que cada día les resulta más hostil y desolado. Los hay que incluso se enamoran y mantienen relaciones sexuales a través de una pantalla aun a sabiendas de que lo que les está contando su interlocutor es falso, al igual que son falsas la mayor parte de las imágenes que les envían. La gran ventaja respecto a la vida real es que la vida real nunca ofrece la oportunidad de apretar una tecla y desconectarse hasta que se desee regresar sin que nada ni nadie obligue a ello.

Todo lo bueno y todo lo malo, toda la historia y todos los conocimientos, juegos incluidos, se ocultan en estos momentos en las tripas de un módulo de apenas medio metro de altura, y el hecho de obligar a que se proyecte en una pantalla fascina cada día a más personas que en un instante pueden trasladarse al corazón de una ciudad lejana, a un fabuloso museo londinense o una espesa selva. Música, cine, libros, documentales o hermosas mujeres surgen de la nada como por arte de magia, pero de igual modo puede emerger el horror de las imágenes de niñas violadas y asesinadas porque no existe nada, nada en absoluto, que un ser humano haya sido capaz de crear, que otro ser humano no sea capaz de corromper.


Acurrucado entre la nevera y el aparador, apenas se le veían más que las piernas, unos enormes zapatos manchados de barro y una grasienta gorra de color indefinido que le caía sobre los ojos. Resultaba evidente que intentaba esconderse por mucho que tuviera constancia de que yo le había visto desde el momento mismo en que puse a calentar la leche y las tostadas.

Permití que continuara allí, mientras desayunaba echándole un vistazo al periódico pero sin hacerle el menor caso, sabiendo como sabía por una larga experiencia que si quería explicarme la razón de su visita lo haría cuando le apeteciera, y si no quería hacerlo de nada valía intentarlo.

Algunos muertos son así, «gente de paso». En cierta ocasión, una señora escuálida se pasó una semana despatarrada en un sofá, haciendo calceta, pero cuando terminó la manga del jersey que tenía entre manos desapareció y hasta la fecha. Los que así se comportan suelen ser difuntos indecisos sobre la validez de las demandas que habían decidido presentar, o simples desorientados que necesitan tiempo hasta hacerse a la idea de que se encuentran en otra dimensión y ya no tienen a quién regalarle el jersey que están tejiendo.

Casi llegué a olvidarme del intruso, inmerso como me encontraba en la lectura de la crítica de una película, cuando de pronto comentó con una vocecita impropia de un hombre de su complexión y estatura:

—Ese soy yo.

Incliné ligeramente el periódico con el fin de observarle e inquirir:

—¿Qué has dicho?

—Que ese soy yo —repitió en el mismo tono.

Le di la vuelta al diario, contemplé la fotografía en que aparecía un hombre con un niño en brazos, e intenté comparar su rostro con mi visitante, al que apenas se le veían más que los ojos, y que se limitó a inquirir:

—¿Qué dice?

Leí en voz alta, admito que en cierto modo impresionado:

—El asesino de cinco niñas en la escuela amish dejó una nota escrita en la que aseguraba que lo hacía «porque estaba enfadado con Dios». —Le observé con renovada atención—: ¿Realmente eres tú?

—Lo soy.

—¿Y es cierto?

—Lo es. Estaba muy enfadado con Dios.

—No me refiero a eso; me refiero a si es cierto que asesinaste a cinco niñas.

—No lo sé... —se limitó a responder casi como un autómata—. Disparé contra varias pero ignoro cuántas murieron.

—¡Por Dios! ¿Qué culpa tenían esas pobres criaturas?

—Pretendían que las violara, pero yo me resistí.

—¡¿Cómo has dicho?!

—Que eran unas puercas que querían que las violara; a las niñas les gusta que yo las viole, pero no quería hacerlo más. Por eso las maté.

—Sin embargo aquí dice que irrumpiste armado en una escuela de la secta amish, que tienen fama de ser la gente más pacífica del mundo, echaste por la fuerza a las profesoras y a los niños, esposaste a las niñas y cuando al cabo de varias horas la policía te acorraló disparaste contra ellas y te suicidaste.

—Mienten. No fue así.

—¿No fue así? ¿Entonces cómo fue?

—Las niñas lo organizaron todo, me mandaron llamar y las cosas se complicaron cuando me negué a hacer lo que pedían.

—¿Sabes una cosa? Como sé por experiencia que los muertos no pueden mentir, tan solo pueden ocurrir dos cosas: o no estás muerto, o tan loco que realmente te crees lo que estás diciendo.

—Estoy muerto. E insisto en que esa es la única verdad: ellas lo organizaron todo.

Por si no me bastara con el absurdo hecho de que de tanto en tanto acudieran a visitarme los difuntos, ahora tenía que enfrentarme al disparatado hecho de tener que lidiar con uno que además de muerto estaba loco.

Al analizar la noticia del periódico se llegaba a la conclusión de que no cabía la menor duda de que quien era capaz de perpetrar semejante matanza era un peligroso perturbado, pero nunca se me había pasado por la cabeza la idea de que una enfermedad mental de tan terribles proporciones pudiera prolongarse hasta más allá de la tumba.

¿Y por qué no?

Si te entierran alto o bajo, gordo o flaco, joven o viejo, es de suponer que de igual modo te enterrarán enfermo o asesinado, loco o cuerdo.

¿Pero cómo intentar dialogar con un chiflado que se había suicidado pero parecía convencido de que un grupo de inocentes chiquillas pretendían que las violara por la fuerza?

El lechero Charles Carl Roberts había confesado recientemente que deseaba vengar la muerte de un bebé prematuro que había dado a luz su mujer nueve años atrás. También había comentado a algunos amigos y familiares que vivía atormentado porque continuamente le asaltaba la idea de que había abusado de varias niñas siendo un adolescente. No obstante, carecía de antecedentes penales y las niñas a las que se refería negaron los hechos. También se ha sabido que Roberts había elegido el colegio porque lo consideraba «un blanco fácil» ya que carecía de electricidad y teléfono.

La nota de prensa se extendía en detalles que demostraban que el siniestro personaje encajonado entre la nevera y el aparador de mi cocina lo había calculado todo con desconcertante minuciosidad y sangre fría.

Al contemplarle allí acurrucado me recordaba la foto de una momia inca que había visto en la portada de una revista, y al comprender que parecía haberse ausentado inquirí:

—¿Qué es lo que quieres de mí?

Tardó mucho en responder y al fin su voz surgió como de entre las piernas.

—No lo sé.

—En ese caso, ¿qué haces aquí?

—Tampoco lo sé.

—¡Pues sí que estamos buenos! ¿No tienes otro lugar adonde ir?

—Aquí estoy bien.

Apoyó la frente en las rodillas y se sumió en una especie de letargo, por lo que al cabo de un rato llegué a la conclusión de que lo mejor que podía hacer era dejarle allí, como si se hubiera convertido en una parte del mobiliario. Había aprendido tiempo atrás que ciertos difuntos son como niños caprichosos o animalitos que actúan por una especie de instinto que no nos es dado entender a los que aún respiramos.

Subí a mi despacho, me conecté a internet y busqué toda la información que pudiera existir sobre el caso.

No era mucha; por lo visto, el tal Charles Carl Roberts había sido una persona absolutamente normal, buen padre y buen marido, hasta que tomó la insólita e inesperada decisión de convertirse en asesino múltiple. Ni siquiera su esposa, con la que al parecer no había tenido nunca una discusión o una palabra más alta que la otra, podía explicarse la razón por la que había cambiado de actitud de forma tan radical.

No pude por menos que preguntarme si la locura podía presentarse de pronto, como un cáncer o un simple catarro, sin haber mostrado con anterioridad signo alguno que hiciera sospechar su existencia. Sin saber por qué, siempre había supuesto que el deterioro mental debía hacer su aparición de un modo lento y paulatino para ir apoderándose poco a poco de la mente hasta desembocar en una crisis en la que podía ocurrir cualquier cosa... ¡Pero aquello! Que alguien en apariencia normal se convirtiera en maníaco asesino de la noche a la mañana se me antojaba increíble pese a que en mi cocina se encontrara lo poco que quedaba de un simple lechero que de improviso se había transformado en un monstruo sin que al parecer él mismo conociera la auténtica razón de semejante cambio.

El cerebro humano es la más sofisticada y perfecta de las máquinas, pero al propio tiempo, o quizá por esa misma razón, en ocasiones se convierte en la más indescifrable.

La incapacidad de los difuntos para mentir me había permitido conocer cómo eran ciertos seres humanos cuando carecían de un sistema de defensa con el que solemos proteger nuestra intimidad, pero lo que había descubierto no siempre me había satisfecho, hasta el punto de que llegué a la dolorosa conclusión de que si se nos despojara del don de fingir el mundo se convertiría en un infierno.

Años atrás había leído una curiosa novela en la que por alguna extraña razón, que no recuerdo, un tranquilo y pacífico pueblo sufría de improviso lo que podría considerarse una invencible epidemia de sinceridad, lo que acababa con la convivencia entre íntimos amigos e incluso entre padres e hijos. La conclusión a la que el autor llegaba era muy sencilla: por mucho que se la alabe y se ondee como bandera, la verdad no siempre es buena porque la mayoría de los seres humanos suele preferir una dulce mentira.

A veces he llegado a plantearme qué clase de verdades sobre mí preferiría no conocer, y me asusta comprobar que son demasiadas. El hábito de mentir llega a tales extremos que con frecuencia nos mentimos a nosotros mismos sin atrevernos a aceptar que lo estamos haciendo a conciencia.

Una niña había desaparecido de un chalet adosado, cerca de Brunete.

Se llamaba Alejandra Fuentes, y al enterarme de la noticia no puede evitar correr al baño y vomitar.

Me sentía culpable.

Entraba dentro de lo posible que al comprender que su engaño no había dado el resultado que esperaba la Bestia Perfecta hubiera decidido actuar de nuevo con el fin de recuperar el prestigio perdido, ya que la criatura desaparecida respondía a su modelo de víctima: nueve años, rubia, muy bonita y de ojos azules.

Que yo recuerde he llorado en muy pocas ocasiones, pero esta fue una de ellas, y cierto es que nunca había llorado con tanta amargura, porque llegué a la dolorosa conclusión de que los sufrimientos y la muerte de aquella niña caerían sobre mi conciencia.

¿Qué derecho tenía a comportarme como lo había hecho?

¿Por qué fui tan estúpido como para provocar la ira de un degenerado cuya única forma de vengarse era a través del daño que pudiera causarle a una niña?

¡Dios, cómo le odiaba y cómo me odiaba a mí mismo!

Tras pasar una noche ciertamente infernal le envié un desesperado mensaje:

*Si dejas en libertad a la niña te prometo que me olvidaré de ti para siempre. ¡Por favor, no le hagas daño!*

Me respondió casi en el acto:

*Si te refieres a Alejandra, yo no la tengo.*

A los pocos instantes hizo su aparición un nuevo mensaje:

*La tengo yo, y es el regalo que prometí.*
*Insisto en que lo disfrutaréis en vivo y en directo.*

Koriolano

¡Virgen santa!

Que Dios me perdone, había destapado la caja de Pandora y ahora eran dos las Bestias empeñadas en demostrar su poder raptando, violando y asesinando a niñas. Me asaltó tal depresión que durante tres días no fui capaz de pensar en nada que no fuera quitarme la vida. Por suerte la altura de mi balcón lo único que permitiría era que al caer me rompiera una pierna, lo que se me antojó a todas luces ridículo, y el arma de que disponía, una casi prehistórica escopeta de caza, tenía los cartuchos tan húmedos que dudo mucho de que la pólvora hubiera funcionado.

Paradójicamente, lo que en mi insensatez había considerado una astuta trampa destinada a destruir a mi enemigo, estaba a punto de destruirme, y admito que necesité echar mano a toda mi fuerza de voluntad con el fin de convencerme a mí mismo de que mi mayor error sería darme por vencido.

¿Pero qué más podía hacer? Ahora eran dos los frentes que se abrían ante mí, por lo que se duplicaba la sensación de fracaso. ¿Cuántos de aquella aberrante legión de tarados mentales se decidirían a emular las hazañas de quien había sido su líder, iniciando una imparable espiral de muerte y violencia?

Recordé una vieja frase de uno de mis escritores preferidos:

> El daño que se causa a conciencia, al menos satisface a quien lo provoca; el daño que se causa por inconsciencia, afecta tanto a quien lo sufre como a quien lo provoca.

Me había comportado como un estúpido y abrigaba la absoluta certeza de que por culpa de mi arrogancia y mi soberbia una inocente criatura sufriría de una manera atroz a manos de aquel maldito sádico que se hacía llamar Koriolano.

Decidí buscar ayuda y consejo donde únicamente

podía encontrarlo, entre Bartolomé Cisneros y María Luisa, pero lo cierto es que de poco me sirvieron en esta ocasión; se mostraron tan horrorizados como pudiera estarlo yo.

María Luisa, que aparecía más hermosa que nunca luciendo los primeros síntomas de un incipiente embarazo, fue la primera en comentar:

—Tal vez ha llegado el momento de dejarse de tonterías y acudir a la policía. Este asunto cada vez se me antoja más kafkiano y tengo la impresión de que se te ha ido de las manos.

—Estamos en lo de siempre. No puedo acudir a la policía con la historia de que todo lo que sé lo sé a través de los muertos. Odio la idea de pasar el resto de mi vida rodeado de locos.

—Tal vez ese nuevo encargado, fiscal o como quiera que le denominen, Gil del Rey, se avenga a escucharte y a aceptar tus argumentos. Todo el mundo asegura que es un tipo extraordinariamente inteligente.

—¡Ese es el problema, querido! Cuanto más inteligente sea, menos posibilidades tengo de que me crea. Puede que la gente sencilla acepte que existen los fantasmas y las apariciones; un juez que además ha demostrado ser un brillante economista, no.

—Bartolomé también ha demostrado ser un hombre excepcionalmente brillante e inteligente, y siempre te ha creído... —señaló María Luisa—. ¿Por qué habría de ser Gil del Rey diferente?

—Porque tu marido me conoce hace años, y además le di pruebas de que podía hablar con los muertos. Y puedes jugarte el cuello a que si estando en presencia de todo un juez le pido a un difunto que acuda con la intención de hacer una demostración de mis poderes, me lanzará una pedorreta que se escuchará en Zamora. Los muertos son muy suyos y nunca se puede confiar en ellos.

—¡Pues estamos buenos si ya no se puede confiar ni en los muertos! —dijo Cisneros—. Pero lo cierto es que todo este asunto se ha convertido en un inconcebible disparate y no es de recibo pedirle a nadie que se lo trague. No obstante, el padre de uno de mis ejecutivos es inspector de policía y tal vez consiga convencerle para que le siga la pista a ese tal Koriolano sin hacer demasiadas preguntas sobre mi fuente de información.

—¿Por qué esa pista y no la de la Bestia Perfecta?

—Porque es Koriolano quien ha raptado ahora a una niña que está en peligro, y porque tengo la sensación de que no debe ser tan astuto y escurridizo como el otro al que está demostrado que no hay modo de echarle el guante.

—¡De acuerdo! Pero hay algo que quiero que tengas muy presente: la culpa de que esa niña esté en peligro es mía. Por lo tanto, si para salvarla te exigen que dé la cara, lo haré. Pensándolo bien, prefiero que me tomen por loco a pasar el resto de mi vida con ese peso sobre mi conciencia.

—No creo que sea necesario, porque es mucho más probable que le hagan más caso a un rico industrial respetado que nunca ha dado nuestras de estar majara, y que afirma haber obtenido información privilegiada aunque no confiese quién se la ha proporcionado, que a un chiflado que asegura que habla a diario con los muertos.

Tres días más tarde recibí una llamada de Bartolomé en la que advertía que había tenido noticias de que el departamento de policía especializado en pornografía infantil y delitos en la red andaba sobre la pista del tal Koriolano, así como del que se hacía llamar la Bestia Perfecta y de un tercer individuo que tenía la costumbre de acceder a internet desde distintos cibercafés de la capital o sus alrededores.

—¡Ten mucho cuidado! La policía está a punto de encontrar tu pista.

—Lo dudo. Siempre he evitado cibercafés concurridos, y controlar toda la gente que se conecta sin necesidad de dar sus señas personales es completamente imposible.

—De todos modos, ándate con mil ojos...


Cuando me encuentro solo en casa, suelo desayunar y cenar en la cocina, mientras que el almuerzo lo acostumbro hacer en el comedor, servido por una mujer del pueblo que acude a limpiar, lavar, planchar y atenderme tres veces por semana. No es que sea muy aseada, pero cocina bastante bien, sobre todo guisos caseros que sabe que me encantan.

Siempre me había sentido a gusto con semejante rutina, pero desde que un patético lechero loco, que por si fuera poco está muerto, decidió encajarse entre el aparador y la nevera como si se tratara de una inútil papelera a la que ni siquiera pueden arrojarse los desperdicios, mis cenas y desayunos resultaban ciertamente incómodos.

Charles Carl Roberts se limitaba a observarme, por encima de las rodillas, por debajo de la gorra como si estuviera preguntándose qué derecho tenía yo a sentarme, levantarme, tostar el pan, untarlo de mantequilla, beberme un café o leer el periódico mientras él parecía condenado a permanecer inmóvil por el «simple hecho» de ser un difunto.

De tanto tratar con ellos había aprendido que los muertos, al igual que los enfermos, lo que en realidad echan de menos no son las lujosas fiestas o los sonados acontecimientos, sino la humilde sencillez de la vida cotidiana, actos en ocasiones mil veces repetidos, pero que son con los que cada uno de nosotros más se identifica. Quienes se encuentran postrados en un lecho sin apenas fuerzas para moverse se asombran de que alguien vaya y venga, abra una puerta o cierre una ventana, y no cabe duda de que le envidian. Y es que si normalmente envidiamos a los ricos famosos y cuando nos encontramos enfermos envidiamos incluso a los pordioseros que rebuscan en el cubo de basura, es de suponer que los muertos envidiarán a los agonizantes. El simple placer de aspirar una última bocanada de aire fresco debe ser infinitamente más gratificante que la inmovilidad eterna.

Llevarme una cucharada de sopa a la boca ante la acusadora mirada de aquella momia acurrucada me obligaba a sentirme tan incómodo como si estuviera cometiendo un acto deshonesto porque cabría pensar que para lo que quedaba del lechero asesino todo lo que no fuera estar muerto, era pecado.

Al fin, una noche me molestó tanto su actitud que no pude por menos que comentar en un tono que en estos momentos admito que resultaba del todo absurdo:

—¡No me mires así! No tengo la culpa de que estés muerto; fuiste tú quien se pegó un tiro.

Tardó en responder, y cuando al fin se decidió a hacerlo sus palabras no pudieron por menos que desconcertarme:

—No estoy aquí por mi gusto; estoy porque no dejas de pensar en que estoy aquí.

En aquellos momentos no supe qué contestar, pero tanto tiempo después me veo obligado a reconocer que en cierto modo tenía razón; nuestra mente puede llegar a ser tan poderosa que en ocasiones las cosas «son» por el simple hecho de que nos esforzamos, incluso contra nuestra voluntad, en que «sean».

Con demasiada frecuencia algo que no queremos que ocurra ocurre debido a que hemos luchado denodadamente para que no llegue a ser así. En ocasiones tengo la impresión de que una especie de duendecillo burlón y extremadamente cruel se oculta en nuestro interior, hurga en lo más profundo de nuestros temores y comienza a soplar sobre lo que no era más que una minúscula brasa hasta acabar por convertirla en una llama que nos devora. El ser humano que carece de fantasmas internos corre el peligro de ser víctima de causas ajenas a su voluntad; el que ha nacido con esos fantasmas suele perecer por culpa de ellos.

Charles Carl Roberts constituía el mejor ejemplo de cómo los fantasmas creados por una imaginación enfermiza le habían destruido arrastrando al propio tiempo las vidas de cinco niñas que ninguna culpa tenían de que anidaran allí.

¿Qué fantasmas se ocultaban en el fondo de la mente de la Bestia Perfecta?

¿Y en la de los millones de pederastas que proliferaban por un mundo que de improviso parecía haberse infectado de tan nausebunda enfermedad?

Lo peor de nosotros mismos está en nosotros mismos y cuando emerge le echamos la culpa a uno u otro factor según las circunstancias. Cuesta reconocer que es inevitable que pronto o tarde surja.

—¿Qué hizo que de pronto dejaras de ser un hombre tranquilo, buen padre y buen marido, y te convirtieras en un asesino múltiple?

—Nunca fui un hombre tranquilo, buen padre y buen marido... —replicó con absoluta naturalidad—. ¡Nunca! Me esforcé intentando serlo pero en el fondo sabía muy bien quién era en realidad. —Se puso en pie en lo que pareció un gran esfuerzo al tiempo que añadía—: Ahora que lo he reconocido, puedo marcharme; ahora sé que no tengo que ir a dar explicaciones por lo que hice, sino a preguntar por qué me hicieron así.

Aquella era evidentemente una teoría muy extendida entre los muertos y quiero suponer que también entre los vivos.

En cierta ocasión me dijeron que se calcula que desde la aparición del *Homo sapiens* sobre la faz de la tierra han muerto unos mil millones de seres humanos, y quiero creer que cada uno de los que se planteó en algún momento de su vida por qué razón era tal como le habían hecho y no como le hubiera gustado que le hicieran.

La única explicación que se me ocurre es que existen tantos millones de neuronas en el cerebro que la interconexión entre ellas puede dar origen a más de mil millones de seres diferentes.

Bartolomé Cisneros me telefoneó muy de mañana con el fin de comunicarme que el equipo de investigación al mando del juez Bernardo Gil del Rey, y con ayuda del CETS —Sistema de Rastreo de Explotación Infantil—, diseñado por los técnicos del multimillonario Bill Gates, había conseguido localizar el punto desde el que se conectaba a internet el pederasta que se llamaba a sí mismo «Koriolano».

La policía había actuado con extraordinaria rapidez y eficacia, con lo que la pequeña Alejandra Fuentes había sido liberada sin que al parecer hubiera sufrido daño alguno. Aunque aún no conocía el nombre de quién se ocultaba tras tan extraño y sonoro seudónimo, a Bartolomé le habían asegurado que se trataba de un conocido y respetado arquitecto, casado y padre de cuatro hijos.

No me cabía en la cabeza.

El Monstruo que me visitó en primer lugar y nunca más había vuelto a dar «señales de vida», tenía hijos; el lechero asesino de cinco amish que se había convertido en asiduo de mi cocina, tenía hijos, y ahora otro violador de niños, también tenía hijos.

¿Acaso no pensaban en ellos a la hora de cometer sus atrocidades?

¿Qué gigantesca fuerza de atracción ejercía semejante degeneración sobre sus mentes que superaba incluso el instinto de la paternidad, que suele ser el más arraigado en todo ser vivo?

Si miraban a la cara a una criatura en el momento de violarla, ¿no estaban viendo el rostro de sus propios hijos?

La enorme alegría que experimenté al saber que la pequeña Alejandra estaba a salvo, con lo que no tendría que pasar el resto de mi vida con remordimientos de conciencia, se vio en cierto modo empañada por el hecho de haber caído en la cuenta de que los pederastas eran seres de otra galaxia a los que nunca nadie conseguiría aniquilar.

Si no eran capaces de respetar la vida de los más indefensos, e incluso eran muchos y notorios los casos en los que habían abusado de sus propios hijos, sangre de su sangre, estaba claro que no respetaban ningún código moral, ni ninguna regla de comportamiento, y ante eso nada se podía hacer.

¿Cuán intenso debía de ser el placer que experimentara en apenas unos minutos un pederasta como para que le compensara a la hora de poner en peligro su vida, su trabajo, su familia, su libertad y su honra?

Intento recordar el día en que haya hecho mejor el amor a lo largo de toda mi vida, multiplico el placer que experimenté por mil, y aunque así fuera, no creo que valiera la pena jugarse tanto por volver a disfrutarlo. No es algo eterno; no se trata de acabar con tu peor enemigo o atracar un banco, lo que te proporcionará un botín que te permitirá vivir sin trabajar el resto de tu vida. No se trata más que de un orgasmo; quizás el más largo, el más intenso, pero es algo tan efímero que una mente normal no entiende que se pueda pagar un precio tan desorbitado.

No lo entiendo. Aunque pasen mil años continuaré sin entenderlo.

Tanto por tan poco...

Salí a cenar y al cine con Alicia tal como solíamos hacer con relativa frecuencia, y cuando le comenté que ese sábado no podría acompañarla porque tenía mucho interés en asistir a la conferencia que pronunciaría el ex ministro Bernardo Gil del Rey bajo el expresivo enunciado: «Razones del aumento de la pederastia en la última década», decidió acompañarme.

Le señalé que en aquellos momentos para mí era una cuestión de excepcional importancia saber cuanto pudiera sobre los pederastas, pero que no me parecía una buena idea que alguien tan involucrado como ella en un tema tan sórdido y espinoso se regodeara en sus sufrimientos, pero insistió señalando que quería hacerlo.

—De ese modo nunca conseguirás que tus heridas cicatricen.

—Precisamente lo que pretendo es que nunca cicatricen. Hacerlo sería tanto como traicionar la memoria de Jimena.

—Lo único que Jimena desea es que la olvides.

—Es fácil decirlo siendo hija, pero imposible hacerlo siendo madre.

¿Qué podía contestar?

Accedí de mala gana y en cuanto el orador, un hombretón de aspecto imponente, ojos muy claros y gruesas gafas de montura de oro que continuamente se ajustaba como si en realidad lo suyo fuera un tic nervioso más que una necesidad de ver mejor, comenzó a hablar en un tono de voz sonoro, pausado y rotundo, ambos nos sentimos atrapados tanto por la profundidad de sus conocimientos como por la claridad con que exponía sus argumentos.

Según Gil del Rey, la pederastia constituía una degeneración sexual tan antigua como nuestra propia especie y tenía sus orígenes en el hecho de que los niños descubrían por primera vez las diferencias entre ambos sexos en chicos y chicas de su misma edad.

Al parecer, en algunos de ellos ese prematuro y en ocasiones impactante descubrimiento les marcaba hasta el punto de que luego nunca llegaban a sentir verdadera atracción por las personas adultas que poco o nada tenían que ver con los primigenios y excitantes recuerdos que quedaron grabados para siempre a fuego en su memoria.

La memoria era, en opinión del ex ministro, el motor que rige la mayor parte de los actos de unos seres humanos que en el fondo no son mas que máquinas repetitivas incapaces de actuar si no poseen una información previa que les marque las pautas.

—En cuanto animales, tan solo tenemos conciencia de comer, beber, dormir o copular por puro instinto. Pero en cuanto a seres inteligentes, no sabríamos actuar si no hubiéramos almacenado en la memoria un archivo de datos imprescindibles a la hora de desenvolvernos. De la importancia, o más bien preponderancia, de esos datos, dependerá en gran parte nuestro comportamiento. Por ello, si en un momento dado de la infancia, y especial la pubertad, «algo» nos impacta de forma especial, es muy posible que marque las pautas de nuestro comportamiento futuro, sobre todo en lo que se refiere a las relaciones sexuales.

Bebió largamente del vaso de agua que tenía a su lado, recorrió con la vista el auditorio pese a que podría creerse que en realidad no veía a nadie, y al poco añadió:

—A los profanos suele llamarles la atención el hecho de que muchos de los niños que han sido maltratados, o de los que se ha abusado sexualmente, se conviertan a su vez en abusadores o maltratadores. Los profanos presuponen que en buena lógica deberían reaccionar negativamente ante unos hechos que años atrás les causaron daño, pero hemos comprobado que en muchas ocasiones no es así. Por desgracia aún no se han determinado las causas que provocan semejante reacción, pero de hecho se dan incluso en adultos que no tenían conciencia de que habían sido víctimas de malos tratos porque aún carecían de uso de razón. Quizás ello significa que la memoria es anterior al uso de la razón y esa es una línea de investigación en la que se está trabajando en la actualidad...

Permanecí allí, clavado en la butaca y absorto en todo cuanto el hombre que no cesaba de tocarse las gafas decía, hasta que alguien cruzó a mi lado y se dirigió directamente al estrado.

No le presté atención hasta que advertí que ascendía por los cortos escalones e iba a colocarse a la derecha de la mesa presidencial con el fin de inclinarse a observar más de cerca al solitario orador, que, sorprendentemente, daba la impresión de no haberse percatado de su presencia.

Me desconcertó que nadie más que yo pareciese darse cuenta de lo que estaba ocurriendo, hasta que de improviso descubrí que la persona que había subido por la escalinata y se había acercado a la mesa era Jimena.

En ese preciso momento Bernardo Gil del Rey sufrió un estremecimiento, miró con ojos desvaídos, pero sin ver, a la intrusa, tartamudeó y se quedó en silencio, blanco como el papel y sosteniendo las gafas con mano temblorosa.

Se escuchó un murmullo de sorpresa y alarma.

El juez hizo un esfuerzo por recuperar la voz pero en esos momentos a sus espaldas hizo su aparición Andrea, y aunque resultaba evidente que no podía haberla visto, pareció presentirla, se volvió a medias, lanzó un gemido de dolor y se desplomó sobre la mesa permitiendo que las gafas se le escurrieran de entre los dedos, cayeran al suelo y rodaran por los escalones.

Ya no pude ver más; el público que tenía delante se había puesto en pie al tiempo que media docena de personas se precipitaban en auxilio del orador sacándolo de la sala por una puerta lateral.

—El mérito es tuyo porque si no hubieras acudido con mi madre a esa conferencia no habría acudido yo, y en ese caso nunca hubiera tenido la oportunidad de reconocerle porque existen millones de hombres, y ni siquiera los muertos podemos conocerlos a todos.

—¿Pero estás completamente segura de que es él?

—¿Cómo no iba a estarlo? —replicó como si fuera la pregunta más idiota que nadie pudiera haberle hecho nunca. Y probablemente lo era—. Me torturó y violó hasta cansarse para acabar por estrangularme mientras no cesaba de mirarme musitando que quería ver cómo se me escapaba el alma por la boca. ¿Se puede olvidar a alguien así?

—¡No! ¡Naturalmente que no!

—Tampoco lo olvidó Andrea, que acudió en cuanto la llamé.

Me volví hacia la esquiva criatura que al fin había aceptado aproximarse y que asintió sin la menor sombra de duda.

—Es él... Y también pretendía descubrir cómo se me escapaba el alma por la boca.

—¡Dios mío! Es una pesadilla aún peor de lo que había imaginado; ese hijo de la gran puta es tan astuto que ha conseguido que le pongan al cuidado de los corderos. De ese modo se asegura de que sus crímenes quedarán impunes.

—¿A qué clase de impunidad te refieres? —se alarmó Jimena.

—A la de la justicia ordinaria... Tal como están las cosas, no puedo acusar a la máxima autoridad en la lucha contra los pederastas de ser el más brutal y cruel de todos ellos.

—¿Y por qué no?

—Porque no tengo ni pruebas ni testigos.

—Pero yo te aseguro que es él. Y Andrea también.

—Y no lo pongo en duda, pero estáis muertas.

—¡Ya...! Eso es muy cierto; estamos muertas, y lo que opine un muerto importa menos que lo que opine un gato. Por lo que se ve, desde el momento mismo en que dejamos de respirar dejamos de tener derecho a la justicia.

—Eso no es cierto. La justicia no hace distinciones entre los derechos de los vivos o los muertos; lo que ocurre es que, por mera lógica, podéis ser parte «interesada» en ciertas causas, pero nunca testigos, a no ser, claro está, que hayáis declarado bajo juramento antes de expirar, lo que por desgracia no es vuestro caso.

—¿Pretendes decir con eso que la justicia niega la posibilidad de que exista un alma que continúa manifestándose incluso cuando el cuerpo ha comenzado a descomponerse? —intervino Andrea en una demanda tan directa que no pudo por menos que desconcertarme.

—Supongo que sí...

—Pero eso sería tanto como asegurar que la justicia niega la posibilidad de la vida eterna.

—Visto de ese modo...

—No hay otro modo de verlo. Y negar la existencia del alma y de la vida eterna es tanto como negar la existencia de Dios.

—Eso es ir demasiado lejos. Recuerda que el conjunto de leyes que a la larga componen lo que denominamos «justicia» fueron pensadas y establecidas por unos hombres que no podían ni debían plantearse cuestiones de orden puramente espiritual.

—¿Por qué no?

—Porque se supone que las leyes son iguales para todos, y son muchos los que no creen ni en el alma, ni en la vida eterna, ni en un determinado dios, se llame como se llame.

—Sin embargo...

—¡Escucha, pequeña! —le interrumpí—. No pienso ponerme a discutir temas para los que ninguno de los dos estamos lo suficientemente preparados, y que por si fuera poco contemplamos desde puntos de vista tan dispares como el de una niña muerta y un adulto vivo.

—En eso puede que tengas razón.

—¡Gracias por admitirlo! Y ahora vayamos a lo que importa, porque siempre he supuesto que lo único que ambas deseáis, al igual que yo, es que ese degenerado reciba su castigo. ¿Aún pensáis lo mismo?

—Naturalmente.

—En ese caso vamos a centrarnos en conseguirlo y olvidarnos del resto.

—Nosotras no podemos hacer nada al respecto —puntualizó Jimena Jimeno de inmediato—. Recuerda que carecemos de imaginación.

—¿Por qué?

—Porque la imaginación no es más que una forma de mentir, y siempre has sabido que a los muertos nos está prohibido mentir.

—Sorprendente teoría sin duda: «La imaginación no es más que una forma de mentir» —repetí como para mí mismo—. Tal vez sea cierto y si dispusiera de tiempo me encantaría analizar a fondo tan curioso concepto. ¿O sea que debo ser yo quien encuentre el medio de desenmascarar a ese degenerado?

—Evidentemente.

—Menuda papeleta.

Lo era sin duda alguna; la más difícil que se me había presentado nunca, porque por más que tuviera la certeza de que el intachable e insobornable Bernardo Gil del Rey era la temida y odiada Bestia Perfecta, no existía forma humana de demostrarlo.

Me tomarían por loco.

¿Lo estaba?

A buen seguro que únicamente tres personas lo dudarían: yo mismo, no del todo convencido de mi propia salud mental, y dos pequeñas difuntas.

El resto, millones de individuos honrados y respetables, no dudarían en pedir que me encerraran si se me ocurriría la estúpida idea de acusar de asesinato a un respetable juez sin otro argumento que el testimonio de dos irreconocibles cadáveres infantiles.

Decidí, por tanto, no comentar el tema con Bartolomé Cisneros y María Luisa, menos aún con la siempre inestable Alicia, concentrándome en la imposible tarea de buscar el modo de implicar al ex ministro Bernardo Gil del Rey en unos crímenes que se consideraban caso cerrado, visto que un conocido delincuente se había hecho responsable de ellos de forma inequívoca.

¡Mierda!

Necesitaba meditar y hacerlo a solas.

Les supliqué a las niñas que se mantuvieran lejos de la casa durante el largo fin de semana que se avecinaba, y me encerré a estudiar el tema, armado de papel y lápiz como si en verdad se tratara de un problema aritmético de compleja solución.

¡Y tan compleja!

Según los datos que figuraban en las enciclopedias, Bernardo Gil del Rey había nacido en Madrid hacía cincuenta y cuatro años, pertenecía a una acomodada familia de notables juristas y había sido un alumno brillante a todo lo largo de su vida, destacando sobre todo en el campo del derecho y la administración de empresas.

Viudo desde hacía quince años, no tenía hijos, no se encontraba afiliado a ningún partido político pese a haber sido ministro, gozaba de una envidiable reputación tanto profesional como moral y no era dado a las apariciones en público, por lo que se sabía muy poco sobre su vida sentimental desde el día en que murió su esposa.

Notable melómano que no se perdía un concierto o una ópera y gran aficionado a la poesía, había publicado dos pequeños volúmenes de sonetos colaborando asiduamente en los suplementos literarios de diversos periódicos.

En resumen: un ciudadano ejemplar.

Todos esos datos se debían destacar en la columna del «debe», mientras enfrente, en la del «haber», se podía anotar que quien pretendía desenmascararle era un tipo emocionalmente inestable que basaba su argumentación en el testimonio de dos niñas muertas, y que en buena lógica debería residir de modo permanente en un psiquiátrico.

Si, como resultaba evidente, tan solo Bernardo Gil del Rey y yo sabíamos quién era en realidad, las fuerzas no se encontraban en absoluto igualadas.

A media noche del domingo llegué no obstante a una conclusión que se me antojó bastante razonable: yo estaba casi seguro de que, desde la muerte de Roque Centeno, nadie más conocía la verdad sobre la Bestia Perfecta, pero entraba dentro de lo posible que la Bestia Perfecta no estuviera tan segura de que fuera así.

¿Cuáles habían sido sus verdaderas relaciones con el difunto esposo de Erika?

¿Cómo y cuándo se conocieron?

¿Cuánto sabía, o se suponía que podía saber, Roque Centeno sobre su cómplice?

En mi opinión, Centeno tan solo debía haber actuado como brazo ejecutor encargado de raptar a las niñas, pero no existía forma humana de saber hasta qué punto mantenía una estrecha relación con Gil del Rey.

Algo en mi interior me dictaba que aquella bestia depredadora era demasiado inteligente para permitir que un maleante de tres al cuarto pudiera enviarle a la cárcel de por vida, por lo que la relación debía fluir en una sola dirección. No se me antojaba desencaminado suponer que el ex ministro hubiera tenido en un determinado momento fácil acceso al grueso expediente de un sinvergüenza al que tal vez acabó por seleccionar entre los miles de expedientes de los miles de maleantes que pasaban a diario por sus manos.

Si lo que se pretende es encontrar un cómplice para cometer un determinado delito, ¿qué mejor guía que los abarrotados archivos de la policía y los juzgados? Allí debían estar todos, con sus virtudes y sus defectos; con sus puntos fuertes, sus flaquezas y sus «especialidades» en cada rama de la delincuencia como si se tratara de las páginas amarillas de una guía telefónica, incluidas las direcciones particulares.

—¿Fue así como te encontró? —dije en voz alta como si creyera que Roque Centeno podía escucharme—. Dime, maldito cabrón hijo de puta, ¿fue así como te encontró?

No obtuve respuesta puesto que Roque Centeno no era de la clase de difuntos a los que se les hubiera otorgado el don de volver a la Tierra a pedir justicia, y debo reconocer que me avergoncé de un comportamiento que venía a corroborar que me encontraba excesivamente nervioso. A los muertos no se les podía llamar con el fin de hacerles preguntas; era necesario esperar a que acudieran a visitarte cuando se les antojara y te contaran lo que quisieran en el momento en que les apeteciera. Así eran y así había aprendido a aceptarlo.

No obstante, dando por sentado que como difunto

aquel macarra no me servía de nada, entraba dentro de lo posible que me sirviera lo que había hecho en vida, o al menos lo que Bernardo Gil del Rey temiera que podía haber hecho. Tirarme un farol en aquella desquiciada y macabra partida de póquer era, a mi modo de entender, la única baza que podía jugar con unas ciertas garantías de éxito.

Telefoneé, por tanto, a Erika con el fin de suplicarle que acudiera a verme en cuanto pudiera tomarse un par de días libres y lo hizo a la semana siguiente, pero puedo decir que me resultó harto difícil hacerle comprender, sin verme en la obligación de contarle la increíble historia de que cuanto sabía lo sabía a través de la confesión de dos niñas muertas, que tenía la casi absoluta certeza de que un famoso juez de intachable reputación era el culpable de la muerte del padre de sus hijas.

—No lo entiendo.

—Ni aspiro a que lo entiendas. Lo único que te pido es que confíes en mí; ese hombre es un pederasta, violador y asesino, y lo único que pretendo es acabar con él de un modo u otro.

—¿Y si te equivocas?

—La responsabilidad será mía. Y de lo que puedes estar segura es de que, si reacciona como espero, significará que no me equivoco. Además, a la menor señal de duda lo dejaré en paz; como comprenderás no tengo el menor interés en cometer una injusticia.

Dudo y sospecho que más que dudas lo que tenía era miedo, pero cuando volví a la carga recordándole que estábamos refiriéndonos a alguien que tal vez intentaría hacer daño a sus hijas de la misma manera que se lo había causado a otras niñas acabó por claudicar.

—¿Qué quieres que haga exactamente?

—Telefonearle, presentándote como lo que en realidad eres, la viuda de Roque Centeno, e informarle de que has encontrado pruebas entre los papeles de tu marido que te hacen suponer que en realidad no cometió los crímenes de los que se autoinculpó, sino que al parecer le presionaron amenazando con matar a sus hijas, por lo que sospechas que el verdadero culpable es alguien muy importante que continúa en libertad.

—Ante algo de tanta envergadura lo lógico es que me pida que lo ponga en conocimiento de la policía.

—¡Evidentemente! En ese caso le respondes que no confías en la policía porque los documentos de Roque hacen referencia a que un alto cargo de esa misma policía está implicado en el tema, ya que todo demuestra que tenía acceso a sus archivos. Insiste en que esa es la razón por la que has preferido hablar directamente con él, que te merece mucha más confianza; al fin y al cabo es quien dirige todas las operaciones referentes a las actividades de los pederastas, y en el caso del tal Koriolano dio muestras de su eficacia.

—¿Y supones que se lo creerá?

—Si es culpable se lo creerá porque ningún criminal puede estar nunca absolutamente seguro de no haber dejado cabos sueltos. Se pondrá nervioso y necesitará averiguar cuáles son esos cabos con el fin de atarlos definitivamente. De lo contrario nunca podría dormir tranquilo.

—En eso puede que tengas razón. Alguien que comete semejantes salvajadas nunca puede dormir tranquilo.

—El principal enemigo de un ser humano es siempre su conciencia, aunque se trate, como en este caso, de alguien que carece de conciencia. No estamos hablando de «remordimientos» tal como la mayoría de nosotros entendemos el término, sino de «saber» que se ha hecho algo terrible y que puede acabar por pasarnos factura.

—Y en este caso se trata de una factura muy abultada. No tanto por lo que respecta a Roque, que por desgracia y a mi pesar era algo que se había buscado, sino por lo que se refiere a esas pobres criaturas que pensándolo bien he llegado a la conclusión de que probablemente no son sus únicas víctimas... Haré lo que me pides con una única condición.

—Lo que tú digas.

—Prométeme que si me ocurre algo te ocuparás de mis hijas.

—Como si fueran mías.

—¿A qué viene todo esto?

—Lo único que pretendo es hacerte unas preguntas —repliqué esforzándome por conseguir que el tono de mi voz fuera lo más normal posible—. Si me convence lo que me respondas te dejaré en libertad; de lo contrario te quedarás aquí hasta que averigüe la verdad.

—¿Con qué derecho?

—Ninguno.

—¿Y pretende que un juez responda a las preguntas de alguien que admite no tener derecho a hacerlas? ¡Usted está loco!

—No seré yo el que te diga que no. Pero esto es lo que hay; como puedes ver, te encuentras encadenado a un camastro de una cueva perdida en un lugar ignorado, frente a un desconocido que, efectivamente, tal vez esté mal de la cabeza, pero que no piensa darte de comer ni beber hasta que le digas lo que quiere saber. ¡Tú sabrás cuánto crees que puedes aguantar!

Meditó largo rato, se volvió a mirar a su izquierda, hacia el pequeño banco de piedra en que se sentaban, muy rectas y muy serias, Andrea y Jimena, sufrió una especie de corto estremecimiento como si hubiera advertido su presencia pese a que resultaba evidente que no podía verlas, y por último dijo:

—¿Por qué hace esto?

—Te lo aclararé en su momento. Ahora lo que importa es que respondas a mis preguntas.

—¿Qué quiere saber?

—¿Tienes idea de quién es la Bestia Perfecta?

Fue como si le hubiera roto la nariz de un puñetazo, puesto que se quedó alelado, buscó a su alrededor como pidiendo ayuda con los ojos desvaídos y se diría que estaba a punto de perder nuevamente el sentido, pero al fin consiguió balbucear apenas:

—Nunca he oído ese nombre.

—No me mientas. Como máximo responsable de la lucha contra la pederastia tienes que estar informado de que se trata del más salvaje de los violadores de niñas; ese al que le encanta colgar fotos de sus crímenes en la red, y que las acompaña con versos sádicos. Por cierto, he leído tus dos libros de poemas y no están mal.

—¿Acaso pretende insinuar...?

—No insinúo nada, pero por si te sirve de algo te aclararé que soy yo quien mandaba mensajes a la Bestia a través de internet.

—No sé de qué me habla.

—¡Escucha...! —Me impacienté al tiempo que me abría la camisa para que pudiera comprobar que no escondía nada—. Estamos aquí, los dos solos, a más de diez metros bajo tierra, y no oculto micrófonos, cámaras de televisión o cualquier artilugio por el estilo. Ni una palabra de cuanto digamos saldrá de esta cueva, pero te repito que tampoco saldrás hasta que respondas a lo que quiero saber.

—¡Pero sospecho que pretende acusarme de algo horrendo! ¡Nunca lo admitiré!

—Yo no te acuso... —Señalé indicando con un leve ademán de cabeza el banco de piedra—. Son ellas.

Miró de nuevo hacia allí, de nuevo se estremeció y por último balbuceó apenas:

—¿A quién se refiere?

—A Jimena Jimeno y Andrea Villalba, las últimas víctimas de la la Bestia Perfecta; probablemente existen más, pero estas son, de momento, los únicos testigos de que dispongo.

Permaneció con la vista clavada en el banco, se tocó las gafas de montura de oro, tal como solía ser su costumbre, con gesto ahora nervioso y por último musitó:

—Realmente está usted desquiciado, ¡ahí no hay nadie!

—Lo hay y lo sabes —me limité a replicar—. No puedes verlas, pero al menos las presientes como las presentiste cuando subieron al estrado y eso te inquieta. Por alguna razón que desconozco se me ha concedido el don de ver y hablar con determinados muertos, y son ellas las que aseguran que tú las asesinaste.

—¿Y acaso pretende involucrarme en esos abominables crímenes basándose en visiones de enajenado?

—Entiendo que te cueste aceptarlo, pero tal vez te convenza si añado que, según ellas, en el momento de ahogarlas musitabas que deseabas ver cómo el alma se les escapaba por la boca. ¿Te suena...?

No respondió; evidentemente, y a pesar de ser un hombre de notable inteligencia, o tal vez por esa misma razón, le costaba aceptar que lo que le estaba sucediendo fuera cierto.

Sudaba a mares, no cesaba de juguetear con unas gafas que se le habían empañado y al poco abrió la boca con la intención de decir algo, pero la volvió a cerrar con fuerza como si hubiera decidido no volver a pronunciar palabra. Esperé consciente de que el tiempo sería siempre mi mejor aliado en aquel difícil trance, permitiendo que fuera tomando conciencia de cuál era su verdadera situación.

En cuestión de horas, Bernardo Gil del Rey había pasado de ser un respetable y admirado juez investido de un notable poder del que podía hacer uso a su antojo, a un miserable reo al que evidentemente no se le iba a conceder el menor privilegio.

Me miró como si se preguntara quién era su carcelero y por qué razón actuaba como lo hacía, limpió el vaho de las gafas pese a que le temblaban visiblemente las manos y pareció cambiar de opinión, puesto que al fin comentó en un tono más bien conciliador:

—Es usted un enfermo que necesita atención médica y a la vista de ello no puedo tomarme en serio lo que dice. Hasta ahora no me ha causado el menor daño y, por lo tanto, dado su estado, estoy dispuesto a olvidar lo ocurrido y proporcionarle la mejor ayuda posible. Tengo los medios económicos, así como importantes amigos que...

—No sigas por ese camino... —le interrumpí con acritud—. Me consta que eres un hombre increíblemente inteligente, quizás el más listo que haya conocido nunca ya que has conseguido engañar a todo el mundo, y también soy consciente de que tienes muchísimo dinero y poderosos amigos. Pero recuerda que quien está ahora ahí encadenado ya no es un juez, sino un violador y asesino que se denomina a sí mismo «la Bestia Perfecta».

—¡Decididamente usted está loco!

—Eso es lo que desearías. Te resultaría mucho más fácil enfrentarte a un pobre maníaco porque estás convencido de que sabrías manejarle tal como has venido manejando a cuantos te rodeaban. Pero te decepcionará llegar a la conclusión de que no tengo nada de estúpido y la vida, y los muertos, me han enseñado a tratar a tipos como tú.

—¡Estupideces! ¡Fantasías de perturbado!

—Como tú quieras, pero ten por seguro que acabarás pagando por tus crímenes, porque esas niñas que te miran desde el banco no me dejarán tranquilo hasta que sepan que no volverás a hacerle daño a nadie.

De nuevo un largo silencio y de nuevo se secó nerviosamente las gafas antes de exclamar:

—¡No puedo creerlo! He caído en manos de alguien capaz de aventurar las ideas más peregrinas con tanta naturalidad como si estuviera hablando del tiempo que ha hecho durante el fin de semana.

—No debía sorprenderle a alguien capaz de escribir...

«¡Vedla!, tan hermosa, tan dulce y delicada. ¡Vedla por última vez, en el último instante! Os la ofrezco como un raro presente, disfrutad del momento, compartidlo conmigo, permitid que vuestra imaginación vuele muy lejos. Que corra el semen y el cuerpo se estremezca. Yo cargo con las culpas, tan solo sois testigos y el mirar no hace daño. Me hizo feliz apenas unas horas. ¡Cierto! Constituyó la cima del placer, aunque muy corto. ¡Cierto! Sufrió lo que yo nunca sufriré si no existe el infierno. ¡Cierto! Pero cualquier castigo que me impongan en vida será compensado por tan dulces recuerdos. Aquellos que me imitáis sabéis que es cierto.»

De nuevo fue como si un mazazo le hubiera roto por segunda vez la nariz, y de nuevo se sumió en un profundo silencio que tuve que ser yo quien rompiera.

—«Pero cualquier castigo que me impongan en vida, será compensado por tan dulces recuerdos»... —repetí con marcada intención para añadir—: ¿Lo crees ahora de la misma forma que lo creías al escribirlo?

—Yo no he escrito nunca nada parecido.

—¡Oh, vamos! ¡No seas tan modesto! Esos versos son, sin duda, los mejores que has escrito nunca y te consta. Deberías sentirte orgulloso de tu obra, pese a que necesitara causar tanto dolor para inspirarse.

—¡Mátalo!

Me volví sorprendido a Andrea para inquirir:

—¿Cómo has dicho?

—¡He dicho que lo mates! No soporto verle y menos aún escucharle; me obliga a recordar cosas horribles...

—No puedo matarlo, pequeña; no soy un asesino.

—No se trata de asesinato, sino de justicia... —intervino Jimena—. Es él, las dos estamos seguras, y no merece vivir.

—Lo sé, él no merece vivir, pero yo no merezco que me obliguéis a hacer algo que va contra mis principios. Sé que te juré que le mataría, e incluso que le prometí a tu madre que le permitiría hacerlo personalmente, pero no es tan sencillo como parece. Por lo menos hasta que esté convencido de que no existe otro remedio.

—¿Con quién habla?

—Con las niñas; no soportan tu presencia y me están pidiendo que no pierda más tiempo y te mate.

—Pobre hombre, ¡está peor de lo que imaginaba!

—Da gracias a que no lo estoy, porque lo que en verdad me apetece es machacarte el cráneo con una pala y desparramar tus sesos sobre el catre.

—Acabará haciéndolo.

—No confíes en ello. Supongo que a estas alturas empiezas a considerar que esa sería la mejor solución vistas las circunstancias; desaparecer y quedar en la historia como un héroe que dio su vida en valiente lucha contra los pederastas. No permitiré que eso ocurra porque constituiría tu última burla hacia una sociedad de la que ya tanto te has burlado. No, no te va a resultar tan fácil... No saldrás de aquí hasta que me lo cuentes todo.

Le dejé solo, consciente de que era lo mejor que podía hacer en aquellos momentos, permitiendo que tuviera tiempo de hacerse a la idea de que había sido desenmascarado y encarcelado por un desconocido en unos momentos en que había alcanzado una posición que le garantizaba una total impunidad.

En cierta ocasión cayó en mis manos un informe argentino en el que se afirmaba que los buenos torturadores sabían cuándo debían conceder un descanso a sus víctimas, conscientes de que llegaba un momento en que el dolor era tan intenso que de nada servía continuar presionándolas. Los verdugos de la dictadura militar tenían plena conciencia de que el verdadero terror llegaba más tarde, cuando, una vez ha pasado el dolor, el torturado empezaba a temer que su verdugo regresase, porque el hecho de imaginar lo que le iba a hacer sufrir solía ser considerablemente peor que el sufrimiento en sí mismo. De igual manera, un buen interrogador tiene que aprender a medir el tempo de sus intervenciones, permitiendo que la imaginación siga su curso. Y en el caso de un hombre que iba a quedarse a solas con los espíritus de dos niñas a las que había violado y asesinado, la imaginación jugaba a todas luces un papel importante.

No me cabía la menor duda de que, sin llegar a verlas tal como yo las veía, de alguna forma Bernardo Gil del Rey tenía conciencia de que Andrea y Jimena le observaban, y el mero hecho de saberse encerrado con ellas debía afectarle psicológicamente.

¿Miedo?

No lo sé. Era su imaginación la que tenía que responder a esa pregunta porque si le asaltaba la sensación de que iban a causarle algún daño que no sabría controlar se derrumbaría su entereza.

¿Qué ser humano sería capaz de cerrar los ojos sospechando que los espíritus de aquellos a los que ha torturado hasta morir se sentaban a menos de dos metros de distancia? Yo estaba acostumbrado a los difuntos y en muy determinadas circunstancias podía incluso bromear con ellos, pero recuerdo que en un principio me inquietaban aun a sabiendas de que no tenían nada contra mí.

Regresé por tanto a la casa donde me reuní con Erika, que se había quedado adormilada en un sillón. Al sentirme llegar abrió los ojos para decir de inmediato:

—¿Cómo ha ido?

—Supongo que bien.

—¿Solo lo supones?

—De momento, sí.

—¿Ha confesado?

—Aún es demasiado pronto porque está claro que tiene experiencia en este tipo de asuntos... Evidentemente mucho más que yo, pero ahora se encuentra al otro lado de las rejas y a eso sí que no está acostumbrado.

—¿Qué te ha contado sobre Roque?

—Aún no hemos hablado de él.

—¿Por qué?

—Porque si le enseño todas mis cartas desde el principio, ya sabrá a qué estamos jugando y es lo suficientemente astuto como para montar cualquier tipo de estrategia. —Fui hasta la cocina, regresé con un par de refrescos, le ofrecí uno y, en el momento de sentarme frente a ella, añadí—: Los documentos de Roque debemos guardarlos para más adelante.

—¿A qué documentos te refieres?

—A los que te dejó tu marido al morir.

—¡Pero sabes muy bien que no dejó ninguno!

—Yo lo sé y tú también lo sabes, pero ese degenerado de ahí abajo no. Si accedió a acudir a tu cita fue porque sospechaba que podían existir y, por lo tanto, debemos procurar que continúe pensándolo; al parecer eso le inquieta y cuanto más se inquiete mejor.

—Fue lo primero que preguntó en cuanto se subió al coche: «¿Dónde están los documentos?» —admitió ella—. Pero por toda respuesta le arreé una descarga eléctrica que le dejó tieso durante casi una hora.

—Te comportaste de una manera admirable —reconocí y ciertamente me había impresionado la sangre fría que demostró a la hora de traerme a casa a un inconsciente y desencajado Bernardo Gil del Rey.

—¡La costumbre! Fueron muchos años de tratar con los impresentables compinches con los que solía codearse Roque, y que a menudo intentaban arrastrarme a la cama por la fuerza. Tras haberme enfrentado media docena de veces con el Tocho Manteca, ese gilipollas era pan comido.

—Lo que no me has contado es de dónde sacaste esa bendita porra eléctrica que lo dejó inconsciente en el acto.

—De Roque, ¡naturalmente! —replicó con una sonrisa que no podía ocultar su evidente amargura—. Tenía la casa llena de pistolas, navajas, porras eléctricas, puños de hierro, espráis paralizantes y todo tipo de extraños artilugios que sirven para atacar o defenderse. Eso sin contar las drogas, los billetes falsos o las joyas robadas. Vivir con un maleante no resulta cómodo porque siempre estás temiendo que aparezca la policía, o lo que solía ser peor, «sus colegas del trabajo».

—Hay una faceta en la vida de tu marido que no tengo muy clara. Por lo que me han contado era un tipo elegante, educado, distinguido, con un viejo coche clásico que cuidaba hasta en el último detalle y más aspecto de señorito andaluz de tendencias fascistas que de macarra callejero de los de navaja al cinto. ¿En qué quedamos? ¿Cómo era en realidad?

—De las dos formas. Siempre aseguraba que de joven iba para rejoneador, pero que no tuvo ni los caballos ni los cojones que se necesitan para ello, y por lo tanto llegó un momento en que se vio en la obligación de elegir entre trabajar en un banco o robarlo.

—Y eligió robarlo...

—A las pruebas me remito. Roque tenía una doble personalidad muy acusada. Debo admitir que como padre era un encanto, y como amante y marido habría sido el mejor del mundo en el caso de que le hubiera gustado dar un palo al agua... Aunque tan solo fuera un palo pequeñito.

—¿Le echas de menos?

—¡Tan solo como padre! Me doy cuenta de que las niñas le necesitan y eso me entristece, pero a nivel personal me siento liberada porque fueron demasiados años de intentar abrirme camino en la vida con una insoportable carga sobre los hombros.

Al concluir la frase se deslizó de la butaca reptando muy despacio por la alfombra hasta llegar a colocarse justo frente a mí, extender las manos y comenzar a desabrocharme la camisa.

No puedo negar que me quedé de piedra, perplejo e incapaz de reaccionar mientras observaba cómo me guiñaba un ojo al tiempo que sonreía como una niña traviesa, hasta el punto de que su rostro pareció transformarse como por encanto.

—¿Qué vas a hacer...? —balbucí estúpidamente, ya que me estaba bajando la cremallera del pantalón, con lo que sus intenciones resultaban más que evidentes.

—Algo que no he hecho en meses y me encanta... —murmuró antes de no poder decir nada más durante un largo rato.

Y lo que más me sorprendió fue que a los pocos instantes y a medida que su cabeza subía y bajaba rítmicamente comenzó a gemir y a estremecerse hasta el punto de que no me cupo la menor duda de que estaba disfrutando de una larga serie de fastuosos orgasmos.

¡Nunca me había ocurrido nada parecido!

Durante mis muchos años de matrimonio e incluso

a lo largo de algunas esporádicas relaciones que he mantenido posteriormente me han efectuado bastantes, y no puedo negar que muy satisfactorias, felaciones, pero que yo recuerde jamás se había dado el caso de que la parte «activa» pareciera estar disfrutando del acto cien veces más que la «pasiva». ¡Qué maravilla!

La boca y la lengua de Erika resultaban francamente increíbles y tenía una especial habilidad a la hora de saber llevarme hasta los límites del éxtasis para frenarme luego con el fin de volver a la carga al poco tiempo, como si su verdadero interés estribara en intentar permanecer de rodillas ante mí durante casi una hora.

Cuando al fin su denodada labor de contención no dio sus frutos y se me escapó parte de la vida hacia lo más profundo de su garganta, se estremeció de los pies a la cabeza en lo que se me antojó una brutal descarga eléctrica.

Se derrumbó como un saco, al tiempo que dejaba escapar un hondo resoplido con el que pretendía demostrar la intensidad de su satisfacción.

Por último se pasó la lengua por los labios para exclamar sonriente:

—¡Qué rico!

Mi relación con Alicia era intensa, dulce y muy satisfactoria si se dejaba a un lado el ya casi olvidado y frustrante tema del contacto físico.

Por el contrario, mi relación con Erika se basaba en un intensísimo cursillo de nuevas experiencias sexuales que nunca imaginé que pudieran llegar a ser tan brutalmente apasionadas y gratificantes. Era un prodigio en la cama. Y en la alfombra, en el sofá, encima de la mesa y supongo que en un trapecio si hubiéramos dispuesto de un trapecio al que trepar.

Llegó un momento en el que en cuanto abría la boca lo único que deseaba era llenársela con parte de mí, por lo que al fin la convencí para que telefoneara a su trabajo solicitando un permiso especial de cuatro días que dedicamos casi en exclusiva a practicar a fondo todo aquello que yo no había sabido practicar con efectividad a lo largo de más de cincuenta años.

Ni siquiera se me había pasado por la cabeza la idea

de que tuviera que agradecerle algo a un individuo de la detestable talla moral del difunto Roque Centeno, pero reconozco que en ciertos momentos lo hice, convencido como estaba de que había sido él quien había convertido a una inocente muchacha alemana en la experimentada mujer que se empecinaba en «violarme» de mil formas distintas tres veces diarias.

¡Rediós! Ni siquiera yo tuve jamás tan buen concepto de mí mismo y de mi capacidad de responder positivamente a semejante tipo de exigentes demandas. Y no era mérito mío, no; era pura y exclusivamente mérito de Erika, que sabía en todo momento qué era lo que tenía que hacer para excitarme. Con más mujeres como ella el mundo sería mucho menos violento y bastante mejor porque a los hombres les quedaría mucho menos tiempo para dedicarse a masacrar a sus vecinos.

Cuando al fin decidí regresar a la cueva en que había encerrado a Bernardo Gil del Rey, me lo encontré sediento, hambriento y terriblemente sucio ya que se había visto en la obligación de hacer sus necesidades junto al camastro, razón por la que además la cerrada y claustrofóbica estancia apestaba a demonios.

—¡Agua! —fue lo primero que suplicó con auténtica desesperación.

Le entregué un cazo que bebió con ansia hasta que no quedó una sola gota, y cuando comprendió que de momento no iba a proporcionarle más comentó roncamente:

—Lo que está haciendo conmigo es inhumano.
—Lo sé.

—¿Y no le avergüenza?

—Me avergonzaría si estuviera tratando con un ser humano... —repliqué con absoluta naturalidad al tiempo que arrojaba un viejo trozo de manta sobre sus malolientes excrementos—. Pero estoy tratando con la Bestia Perfecta, y una bestia, sobre todo si es perfecta, no merece que se la trate con humanidad.

—¿Aún sigue empeñado en acusarme con semejante tontería?

—Y seguiré hasta que lo admitas —le advertí en un tono lo suficientemente firme para que no le cupiera la menor duda de que nada me haría cambiar de idea—. La decisión es tuya.

—¡Nunca! —exclamó fuera de sí—. Escúcheme bien: ¡nunca lo admitiré!

—En ese caso nunca recibirás un trato ni tan siquiera ligeramente humano... —repliqué al tiempo que hice un gesto hacia el banco de piedra—: Jimena y Andrea continuarán ahí sentadas, a la espera de que te imponga tu castigo, y mientras no se marchen te haré sufrir aunque tan solo sea la centésima parte de lo que les hiciste sufrir a ellas.

—Cada día está más loco.

—Te equivocas; cada día estoy más cuerdo y más seguro de qué es lo que tengo que hacer, porque estoy convencido de que pocos seres humanos han llegado a ser tan malvados, retorcidos, ladinos, desalmados, cobardes, miserables y arrogantes a lo largo de la historia. Y cuanto más te empeñes en continuar intentando engañarme, menos compasión demostraré.

—¿Y quién le ha investido de la autoridad necesaria como para ser mi juez y mi verdugo?

Hice un gesto con la mano hacia el banco al replicar:

—Ellas.

—¿Dos niñas muertas...?

Asentí con la cabeza:

—Dos niñas violadas, torturadas y asesinadas a las que pretendías ver cómo se les escapaba el alma por la boca, y para las que la ley de los vivos no significa nada. Al parecer los muertos tienen su propio código de conducta y es ese código y no otro el que quieren que se aplique en este caso.

—Pero usted no está muerto.

—¡Desde luego! Pero por alguna razón que desconozco me eligieron como su brazo ejecutor y acepté el cargo.

Había abandonado las gafas bajo la cama, consciente sin duda de que en aquel lugar no le servían de nada, por lo que se frotó los ojos con fuerza como si confiara en que, al abrirlos, yo hubiera desaparecido.

—¡Por todos los santos! —murmuró al poco con voz ronca—. Este es el diálogo más inverosímil que nadie puede haber mantenido jamás... ¡Un chiflado intenta convencerme de que ha sido elegido por los muertos como brazo ejecutor de su venganza! ¡Vivir para ver!

—Cuando se ha vivido lo suficiente como para ver que alguien asesina a una niña, cuelga las fotos del momento de su violación y muerte en la red, y además añade unos versos aberrantes, se puede esperar cualquier cosa; incluso que alguien considere que tiene derecho de tomarse la justicia por su mano.

—¿Sin más pruebas que las visiones de un alucinado?

—Te olvidas de los documentos que dejó Roque Centeno.

Me observó con extraña fijeza y con los ojos enrojecidos por el cansancio, el sueño y el hecho de habérselos frotado en exceso, pero se advertía que en lo más profundo de esa mirada se distinguía un rastro de temor.

—¿A qué clase de documentos se refiere? —quiso saber en un tono que había perdido parte de su agresividad—. ¿Qué es lo que demuestran? Hasta que no los vea no creeré en ellos.

—Si no demuestran nada no comprendo por qué razón tienes tanto interés en verlos. ¿Acaso te preocupan?

—Mientras no sepa lo que dicen no podré refutarlos.

—Tienes razón. Pero si en verdad fueras inocente no te inquietarían en lo mas mínimo. Yo nunca conocí a Roque Centeno y por lo tanto cuanto pudiera haber escrito sobre mí me tendría sin cuidado.

—Lo vería de otro modo si le estuvieran amenazando con ello y no tuviera ni idea de qué clase de calumnias puede haberse inventado.

—Nadie teme a una amenaza que sabe que no puede hacerle daño, sobre todo si proviene de alguien a quien insiste que nunca ha conocido.

No dijo nada; se limitó a ponerse en pie y orinar sin el menor recato contra la pared y tan solo cuando hubo concluido inquirió sin volverse:

—¿A qué juega? Tengo la suficiente experiencia en estos temas para comprender que intenta obligarme a perder los nervios y acabar por admitir cualquier cosa. Pero aunque lo hiciera, esa supuesta confesión no tendría el menor valor dado que la habría obtenido bajo coacción.

—¡Pídele que se baje los pantalones y te muestre las piernas! —intervino de pronto Andrea como si acabara de tener una idea.

—¿Para qué?

—Para que veas que tiene una cicatriz en la ingle izquierda. Es larga, profunda y muy recta.

—¿Estás segura?

—Completamente. Era lo que veía más cerca cuando me obligaba a meterme «su cosa» en la boca.

—¿Te obligaba a metértela en la boca? —me horroricé, incapaz de creer que alguien hubiera sido capaz de hacer algo así a una niña.

—A todas horas.

—¡Dios mío! ¿Cómo se puede ser tan degenerado y tan cerdo?

—¿Con quién habla ahora? —quiso saber en tono de profundo hastío Bernardo Gil del Rey.

—Con Andrea. Asegura que tienes una larga cicatriz en la ingle. Me gustaría que te bajases los pantalones.

—¡Váyase a la mierda!

—Ya estoy en ella ya que eres la mayor de las mierdas que nunca hayan podido existir y el solo hecho de verte me revuelve las tripas. ¡Haz lo que digo o te pasarás dos días sin beber.

Dudó, pero al fin obedeció al tiempo que comentaba:

—Tengo una cicatriz... Una vaquilla me propinó una cornada durante una tienta hace ya muchos años. ¿Qué cojones demuestra eso?

—Que Andrea lo sabe, y en buena lógica no tendría que saberlo si no la hubiera visto.

—Ella no, pero usted sí podría saberlo dado que consta en mi ficha médica, y no creo que le haya resultado demasiado difícil acceder a ella.

—¿Y acaso crees que iba a molestarme en buscar tu ficha médica y acusarte con una prueba tan circunstancial cuando te tengo en mi poder y puedo hacer contigo cuanto me venga en gana? —le espeté un tanto cansado de que continuara tratando de salirse por la tangente en un desesperado intento por no admitir su culpabilidad—. ¡Acepta la realidad y todo resultará mucho más fácil! No estamos en un juicio, no necesito más pruebas pese a que ahora puedo ver la cicatriz a que se refiere Andrea, no existen más testigos de cargo que dos pobres difuntas y nadie acudirá nunca en tu ayuda.

—¿Como en Guantánamo? —ironizó con una mueca que pretendía ser una burlona sonrisa—: La ley del más fuerte.

—El más fuerte es siempre aquel que sabe saltarse las leyes en un momento dado —señalé—. Lo hiciste durante muchos años, entre otras cosas porque eras uno de los que dictaban esas leyes, pero ahora te ha tocado perder y deberías aceptarlo.

—Insisto en que me niego a aceptarlo.

Le dejé una vez más allí encerrado, sin agua y sin comida, y ni en aquel momento ni nunca experimenté la menor compasión ni el más ligero atisbo de remordimientos o culpabilidad porque, tal como había asegurado, lo consideraba una bestia que no merecía que se le tratara como a un ser humano.

Supongo que para entender mi forma de actuar, que a muchos se les antojará en exceso cruel, no basta con leer lo que he escrito; es necesario haber visto las fotos de dos niñas en el momento de ser asesinadas ante las cámaras y descubrir casi cada día en el fondo de los ojos de la madre de una de ellas la inmensidad del dolor que la devora.

La magnitud, el horror y la maldad de los crímenes de Bernardo Gil del Rey no tenían a mi modo de ver justificación alguna, y por lo tanto no necesitaba justificarme a mí mismo a la hora de hacerle pagar por ellos.

No me hubiera disgustado desollarle vivo dejando su carne al descubierto como pasto de las moscas, o asarlo a fuego lento de tal modo que su agonía durara todo un año, pues era tanto el odio y el desprecio que sentía que a mí mismo me ofendía y me hacía daño.

Juro que le hubiera arrancado los ojos si me constara que con ello devolvía la vida a sus víctimas o tan solo aliviaba un poco el dolor de sus madres, por lo que admito que me sorprendió descubrir hasta qué punto la fiera que sin duda llevamos dentro pugnaba durante aquellos días por surgir de lo más profundo de mi ser y devorarme.

«Pero cualquier castigo que me impongan en vida se verá compensado por tan dulces recuerdos.»

Aquella repugnante frase me volvía una y otra vez a la mente como una de esas pegadizas canciones que en ocasiones se repiten obsesivamente en nuestro interior, y reconozco que me había propuesto que aquel cerdo acabara por tragarse sus hediondas palabras.

Por ello, cuando descendí de nuevo a la cueva llevaba un bote de pintura roja y una brocha con las que me apliqué a escribir con grandes letras en uno de los muros:

«Pero cualquier castigo que me impongan en vida se verá compensado por tan dulces recuerdos.»

—¿Por qué demonios hace eso? —quiso saber.
—Porque quiero que esto, y tu propia mierda, sea lo único que veas de ahora en adelante.
—¿Y qué piensa conseguir con semejante estupidez?
—Que acabes por arrepentirte de haber escrito algo tan indecente en unos momentos en los que te sentías intocable y dueño del mundo.
—Ahora eres tú quien se considera intocable y due-

ño del mundo... —replicó tuteándome por primera vez—. Y de lo que puedes estar seguro es de que algún día escribirán esa misma frase en tu celda.

—No serás tú... —puntualicé—. Y puedes tener la absoluta seguridad de que no estarás allí para verlo.

Tardó en hablar y cuando al fin lo hizo fue con lo que se me antojó una amarga sentencia:

—Cuando odiamos con demasiada intensidad corremos el peligro de convertirnos en aquello que odiamos.

—Reza para que no me ocurra, porque de ser así las vas a pasar más putas aún de lo que lo estás pasando.

Volví a la casa, me di un largo baño con la intención de borrar de mi piel, y supongo que de mi mente, el hedor de la cueva y su ocupante, y me metí en la cama con Erika, que a los pocos instantes supo trasladarme a un mundo diferente.

Poco después cenamos en la terraza bajo una inmensa luna que sacaba mil destellos a las hojas de unos árboles húmedos aún por un corto pero violento chaparrón de media tarde. Mientras tomábamos café me comentó que al día siguiente tenía que marcharse y cuando le pregunté si pensaba regresar a su casa visto que ya no tenía que esconderse en un pueblo perdido por miedo a la Bestia Perfecta señaló segura de sí misma:

—Prefiero no hacerlo. Las niñas se sienten felices en el campo, tienen un colegio encantador al que llegan dando un corto paseo por un precioso bosque, han hecho amigos, y se sienten mucho mejor allí que en una casa de la que las tres guardamos muy amargos recuerdos.

—¿Y tú cómo te sientes?

—En paz conmigo misma por primera vez en quince años.

»Roque ha muerto y quiero que haya muerto en todos los aspectos. Venderé la casa con todo lo que hay dentro porque no me apetece llevarme nada que me devuelva al pasado y será como si acabara de nacer y no tuviera recuerdos.

—¿Y qué piensas hacer con tu memoria?

—Arrojarla por el retrete y tirar varias veces de la cadena —señaló sonriente—. Al fin y al cabo la mayor parte de lo que guardo en ella es mierda.

Medité en sus palabras mientras saboreaba una segunda taza del excelente café que sabía preparar, el mejor que hubiera tomado nunca, y por último no pude por menos que preguntarle:

—¿Y qué hay de lo nuestro?

Dejó escapar una corta y divertida carcajada.

—«Lo nuestro» no es más que pura cama, querido —dijo mostrando abiertamente sus blancos y perfectos dientes—. Y camas existen en muchos lugares; tú tienes una, yo tengo otra, y a mitad de camino entre tu casa y la mía seguro que encontraremos cientos. Libro los domingos por la noche y los lunes. ¡Así que tú mismo...!

—Conozco un hotel en Aranjuez, justo frente al palacio, que tiene unas camas enormes.

—Las probaremos todas.

Así quedamos, y cuando hubimos probado todas

las del hotel de Aranjuez, probamos las del parador de Almagro, y las de docenas de lugares más en los que solíamos encerrarnos desde la media tarde del domingo hasta la mañana del martes.

De vez en cuando continuaba saliendo a cenar o al cine con Alicia.

No engañaba a ninguna, y ninguna se sentía engañada porque eran dos seres completamente diferentes y nada tenía que ver lo que sentía por una con lo que sentía por la otra.


La resistencia de Bernardo Gil del Rey duró casi dos meses, bastante más de lo que tardaron los medios de comunicación en olvidarle, porque cuando resultó evidente que ningún grupo terrorista se atribuía el secuestro ni nadie exigía un rescate económico, la mayoría de los periodistas parecieron llegar a la conclusión de que había caído víctima de su peligroso trabajo.

Nuevas y candentes noticias de última hora reclamaban su atención cada día, y como era cosa sabida que había muchos personajes influyentes entre los pederastas, personajes a los que no les apetecía en absoluto la idea de que cualquier día Bernardo Gil del Rey los metiera en la cárcel, debieron llegar a la conclusión de que su desaparición pasaba a ser un asunto meramente policial.

Mientras tanto, el Bernardo Gil del Rey que ahora se mostraba dispuesto a hablar sin tapujos sobre sí mismo, siempre que no hubiera un micrófono cerca, poco o nada tenía que ver con el altivo juez que se despertó encadenado a los barrotes de un camastro en el corazón de una profunda cueva.

Había perdido casi diez kilos, una sucia barba le cubría el rostro hasta los pómulos, y el antaño cuidado cabello engominado recordaba en aquellos momentos una enmarañada mata de estropajo en la que sospecho que empezaban a anidar los piojos. Olía a demonios, aunque a decir verdad su propio hedor quedaba amortiguado por la pestilencia de una cueva que ya era en realidad una cloaca, y sus únicas exigencias a la hora de comenzar a hablar fueron un cubo y una pala con el fin de poder sacar de allí una pequeña parte de tan hedionda inmundicia.

Acepté el trato, más por mi propio bienestar que por el suyo.

Desde el mismo día en que le encerré en la cueva, y como simple medida de precaución, había despedido a la mujer que solía acudir tres veces por semana a limpiar la casa, por lo que, a decir verdad y excepto por la inestimable ayuda que me había prestado Erika en los últimos tiempos, la higiene no constituía en aquellos momentos uno de los pilares fundamentales de mi hogar.

Cuando hube acabado de abonar los rosales con los excrementos de la Bestia Perfecta, me duché largamente, descendí de nuevo a la cueva y me senté a escuchar lo que tenía que decir.

—Todo empezó en la finca de caza de la familia de mi esposa, allá en los Montes de Toledo, a la que solíamos acudir todos los veranos y muchos fines de semana. Mi difunto suegro había montado un enorme telescopio en la buhardilla con el fin de controlar el movimiento de ciervos y jabalíes, por lo que en ocasiones me entretenía observando el paisaje o incluso las estrellas, cosa que siempre me ha parecido apasionante... Una tarde que hacía tanto calor que no podía dormir la siesta, subí a leer a la buhardilla que, por tener el techo de madera, era la única parte de la casa que disponía de aire acondicionado... En un momento dado me cansé de leer y me entretuve mirando por el telescopio a la búsqueda de ciervos o jabalíes y fue entonces cuando la descubrí bañándose desnuda en una de esas pequeñas piscinas de plástico...

—¿A quién descubrió?

—A la hija de los guardeses, cuya casa se encontraba a casi trescientos metros de distancia, a pesar de lo cual la gran calidad del telescopio me permitía contemplarla en primer plano como si se encontrara dentro de la mismísima buhardilla.

—¿Qué edad tenía?

—Unos nueve años, más o menos... Era muy rubia, con inmensos ojos de un azul añil intenso, y cuando los alzaba era como si me estuviera mirando directamente a un metro de distancia. Sus padres eran polacos; él un hombretón enorme, y ella una menuda y pecosa pelirroja de enormes pechos que se pasaba el día lavando y tendiendo ropa sin dejar de vigilar a la niña, de la que jamás se apartaba ni cien metros. Y hacía bien porque aquella increíble criatura era como un ángel caído del cielo.

De nuevo se sumió en sus recuerdos y consideré que en esta ocasión era preferible esperar a que emergiera de ellos por sí solo, porque resultaba evidente que aquella constituía la parte de su historia que le apasionaba contar.

—¡Era un verdadero ángel! —repitió al fin—. Su sonrisa, sus gestos, sus miradas, la forma en que jugaba y bañaba a sus muñecas, el mimo con que abrazaba a su perrito y la gracia con que tiraba de la falda de su madre con el fin de que se inclinara a darle un beso me fascinaban... —El antaño severo ex ministro Bernardo Gil del Rey dejó escapar un ronco sollozo para añadir al poco—: Era la criatura más perfecta que haya puesto el Señor sobre la Tierra, tan llena de gracia y de pureza que si me pidieran que describiera el paraíso, señalaría sin vacilación que sería el lugar en que habitara aquella niña.

—¿Cómo se llamaba?

—Yedra.

—Extraño nombre, ¿es polaco?

—No. Es mío. La bauticé así porque se pasaba las horas jugando en un banco que corría a todo lo largo de la fachada de la casa, que estaba completamente cubierta de hiedra. A cada hora la recuerdo desnuda en su piscinita, o con un ligero vestido estampado destacando contra el verde de la pared, como si se tratara de una de esas vírgenes de las hornacinas que se pueden ver a la entrada de ciertos pueblos. ¡Dios, cómo la amaba! —exclamó con un nuevo y convulsivo sollozo—. Me atraía de tal manera, que con la disculpa de que era la única estancia fresca de la casa me pasaba las horas en la buhardilla, hipnotizado por aquella visión realmente divina. No creo que nadie pueda haber estado nunca tan enamorado de nadie como lo estaba yo de aquel prodigio de la naturaleza.

—¿Pero qué edad tenías en aquel tiempo?

—Treinta y ocho años.

—¿Y no te pareció inmoral, absurdo y antinatural que un hombre de treinta y ocho años se enamorara de una niña de nueve? ¿En qué demonios pensabas?

—¡No pensaba! En cuanto se refiere a Yedra nunca he conseguido pensar; únicamente he sentido. Todo el que haya estado perdidamente enamorado alguna vez, sabe que es cierto; la pasión obnubila el cerebro. ¿Nunca has estado enamorado de ese modo?

—¡Ni por lo más remoto!

—Pues no tienes idea de lo que te pierdes. Ni de lo que ganas. Amar tan desesperadamente es tanto como agonizar a cada minuto sin saber si al siguiente te encontrarás en el infierno o en la gloria. Cuando Yedra pasó tres días enferma y no pude verla, a punto estuve de cargar una de las escopetas de mi suegro y volarme la cabeza.

—Qué estupidez. ¡No puedo creerlo!

—Pues si no puedes creer en un «amor loco» que carece de cualquier tipo de lógica o explicación, nunca podrás entender de lo que te estoy hablando, y de poco te sirve que te cuente por qué razón acabé por convertirme en la Bestia Perfecta.

—¿Luego admites que lo eres?

—Pues claro; a estas alturas incluso admitiría que fui yo quien le propinó una cornada mortal a Manolete. ¡Mírame bien! Debo de parecer un superviviente de los campos de concentración y ya me he hecho a la idea de que mi destino es acabar en el fondo de un pozo, tal como acabó Andrea. De lo que te estoy hablando no es de lo que soy, sino de por qué razón soy lo que soy.

—Siempre encontramos una justificación a nuestros actos. Nunca nadie parece dispuesto a asumir la responsabilidad sobre sus crímenes.

—¡Yo la asumo! De los crímenes que conoces e incluso de otros que ignoras y que estoy convencido de que te sorprenderán. Dando ese punto por sentado, a lo que me estoy refiriendo no es al final de una historia a la que al parecer ya hemos llegado, sino al sinuoso camino que me condujo hasta aquí. Si no te interesa conocerlo, resultaría estúpido perder nuestro tiempo hablando de ello en un lugar que apesta a perros muertos.

—Te aseguro que no existe nada en este mundo que me interese más. Por qué razón un hombre culto, aparentemente normal y tan inteligente como tú has demostrado ser cae de pronto en tan increíbles aberraciones constituye a mi modo de ver un misterio insondable; a no ser que, como tú mismo aseguraste en tu interrumpida conferencia, tales reacciones suelan darse en quienes han sido acosados sexualmente durante la infancia.

—Ni fui acosado, ni existe misterio alguno, ni ocurrió «de pronto». Es más bien una lenta evolución; de la misma forma que una semilla se convierte en árbol; un gusano, en mariposa, o una célula, en el origen del cáncer que acabará por destruir todo un cuerpo. En el mismo momento en que contemplé por primera vez a Yedra a través del telescopio, una diminuta parte de mi alma se activó por sí sola y se fue multiplicando hasta destruirla por completo.

—¡Explícate mejor!

—¿Mejor aún? Te estoy diciendo que adoraba a una criatura de la que me conocía de memoria cada ademán, cada sonrisa y cada uno de sus rasgos pese a que jamás escuché su voz ni estuve a menos de doscientos metros de distancia de su casa.

—¿Y eso por qué?

—Porque sabía que por mucho que me aproximara nunca la tendría tan cerca como a través del telescopio, y lo que más me atraía de ella era la naturalidad de sus gestos cuando se encontraba sola, cosa que no hubiera ocurrido en presencia de extraños. Lo cierto es que amaba su imagen, no a la persona de carne y hueso.

—¡Por Dios! ¿Y te atreves a tacharme de loco porque aseguro que hablo con los muertos? ¡Lo tuyo es peor!

—Y no lo niego. En aquel tiempo estaba tan locamente enamorado que cuando mi mujer subió una tarde, preocupada porque llevaba demasiado tiempo en la buhardilla, me sorprendió masturbándome con el ojo pegado al visor del telescopio.

—Pobre mujer. ¿Y qué te dijo?

—Ya puedes imaginártelo; me tachó de sucio degenerado que se dedicaba a espiar a una tetona criada polaca en lugar de hacerle el amor a una bella, abnegada y ansiosa esposa a la que llevaba dos semanas sin tocar.

—¿Una tetona criada polaca?

—Exactamente, no vio a Yedra, o si la vio ni tan siquiera se le pasó por la cabeza que fuera el objeto de mi atención; Aurora siempre creyó que quien en realidad me atraía era la madre.

—¡Menuda papeleta!

—¡No puedes imaginar lo que significó! Al día siguiente, antes incluso de que me despertara, ya había expulsado de la finca a los padres, que como es lógico, se llevaron a Yedra. Creí volverme loco, y cuando aquella imbécil continuó echándome en cara día tras día y noche tras noche mi comportamiento, hice lo único que podía hacer en tan incómoda situación...

Guardó silencio, esperé, pero al fin la curiosidad pudo más que mi paciencia y no pude evitar inquirir con un cierto temor:

—¿Y fue...?

—Cargármela.

—¡Dios!

—Dios no estaba allí aquella noche. Es más, desde entonces creo que no ha estado en ninguna parte.

—¿Mataste a tu mujer?

—Ella se lo había buscado.

—¿Pero cómo lo hiciste sin que te descubrieran?

Me observó largamente y al fin mostró los dientes en una ancha sonrisa antes de replicar:

—Eso sí que no pienso decírtelo. Si acudes a la policía asegurando que te conté que maté a mi mujer no te harán el menor caso, pero si le especificas cómo lo hice se pondrían a investigar en una línea muy concreta, con lo que tal vez acabarían por llegar a la conclusión de que es cierto. —Se encogió de hombros como si semejante crimen careciera de importancia—. La maté bien muerta y con eso basta —dijo—. Al fin y al cabo aquel no fue más que el primer eslabón de una larga cadena.

Durante dos días no pronunció ni una sola palabra, como si considerara que de momento me había proporcionado suficientes argumentos sobre los que reflexionar y necesitaría de ese tiempo para asimilar, o mejor sería decir «digerir», cuanto me había contado.

Y no se equivocaba.

No dos días, sino tal vez dos meses o dos años hubieran sido necesarios para que una persona, llamemos «normal», se hiciera a la idea de que existían seres que se enamoraban desesperadamente de la imagen plana de una niña hasta el punto de asesinar a su propia esposa.

Si aquello fue tan solo el comienzo de la historia de Bernardo Gil del Rey, no era de extrañar que acabara tan desequilibrado como acabó.

Erika ni siquiera aceptaba que pudiera ser cierto.

—Se está burlando de ti. Nadie puede estar tan loco sin andar por ahí papando moscas. Sospecho que se ha inventado esa absurda historia.

—¿Con qué fin?

—Eso ya no puedo saberlo; tal vez intenta conseguir que acabes apiadándote de él porque está enfermo.

—No está enfermo y acepta la plena responsabilidad sobre sus actos. Tan solo es un desalmado al que lo único que le interesa es él mismo, lo que le produce placer a su increíble egolatría. Sin embargo no niega que al menos en una ocasión fue tan débil y tan estúpido como para enamorarse como un niño.

—¡Te está tendiendo una trampa!

—¿Qué clase de trampa?

—Lo ignoro. Pero ten presente que ese hijo de puta es el hijo de puta más listo que haya parido madre, puta o no.

—Tras la desaparición de Aurora, mi suegra decidió establecerse definitivamente en la finca de caza, y con ella pululando a todas horas por allí no encontré la forma de volver a contratar como guardeses a los padres de Yedra. Ni siquiera conseguí acceder a la documentación de la casa, ya que la guardaba bajo siete llaves un celoso y estúpido administrador que no aceptaba órdenes más que de la señora Mercedes... Y como tenía muy claro que esa documentación era la única forma de seguir el rastro de Yedra, no se me ocurrió más que una solución válida que decidí poner en práctica lo antes posible.

—¿Lo mataste...?

—¿Al administrador...? No, a él no, ¿para qué? Al fin y al cabo tan solo cumplía con su deber.

—¿Estás queriendo decir con eso que a quien mataste fue a tu suegra?

Se encogió de hombros.

—Le ahorré años de sufrimientos, porque lo cierto es que entre la artritis, un principio de demencia senil y un sinfín de enfermedades más estaba ya para los leones; se pasaba el día rezando para que le permitieran reunirse con su marido y su hija, y quiero suponer que en el fondo me debió agradecer que le permitiera cumplir con sus deseos.

—¿Y cómo lo hiciste?

Sonrió como un niño travieso.

—Secreto de sumario. A todos los efectos murió por causas naturales, y lo cierto es que después de lo que le hice lo natural era que se muriese. Y como en el testamento de Aurora se especificaba que al fallecimiento de su madre todo pasara a mí, me convertí de inmediato en el señor de la casa, con libre acceso a la documentación de un desconsolado administrador que al día siguiente tuvo que empezar a buscar trabajo.

—Un sistema verdaderamente expeditivo.

—Mucho. El éxito de un cazador, y en cierto modo yo había decidido convertirme en cazador, estriba en tener una infinita paciencia a la hora de acechar a la presa, y una fulgurante reacción cuando se presenta la oportunidad de abatirla.

—¿Habías decidido convertirte en cazador o en depredador?

—Llámalo como quieras. El camino hasta llegar a convertirme en la Bestia Perfecta fue largo y complejo pero a medida que avanzaba por él fui lo suficientemente honrado como para aceptarme a mí mismo y reconocer que lo que estaba haciendo no me producía el menor remordimiento sino más bien un indescriptible placer morboso. Por lo tanto decidí dejar de lado cuanto no tuviera relación con lo único que en verdad me importaba: recuperar a una maravillosa criatura sin la cual la vida no merecía ser vivida.

—¿Te refieres a la niña, o al hecho de masturbarte con el ojo pegado al visor de un telescopio?

—No malgastes tu ironía conmigo. No me afecta, y lo único que conseguirás es que decida no continuar con mi historia; el hecho de masturbarme no era más que el último peldaño de un amor sin límites que me obligaba a sentirme diferente del resto de la humanidad. Puedes estar seguro de que si Yedra hubiera estado desnuda ante mí, ni tan siquiera la hubiera tocado.

—¿A qué se debió entonces el posterior cambio de actitud?

—A que cuantas niñas conocí, secuestré, violé o asesiné más tarde, no eran Yedra; puede que se le pareciesen físicamente, pero no lo eran. Nadie fue o será nunca como ella.

—De acuerdo. Sigamos. ¿Qué ocurrió luego?

—Que encontré la documentación referente a sus padres, pero como había pasado mucho tiempo desde que Aurora los despidiera ya no vivían en la dirección que habían dejado para que les remitiera el correo. —Su voz se quebró en un sollozo al señalar, como si aquella hubiera sido la mayor catástrofe del último siglo—: Pasaba el tiempo, me estaba volviendo loco, pero nadie parecía capaz de proporcionarme información sobre mi niña.

Se me antojó patético.

La pedofilia es en sí misma patética; pero en aquel caso y aquellas circunstancias además de patético consideré que resultaba obsceno, cruel y al propio tiempo ridículo que aquella sollozante babosa admitiera los más espantosos crímenes con pasmosa sangre fría pero, no obstante, comenzara a lloriquear por el hecho de que no había conseguido encontrar al infantil objeto de su desmesurada adoración.

No pude por menos que lanzar una furtiva ojeada a Andrea y Jimena, que se mantenían en silencio, sentadas como siempre en el banco de piedra, preguntándome qué pasaría por sus mentes al escuchar que todo cuanto semejante basura humana les había hecho sufrir, y los hermosos años de vida que les había robado, se debían a que el muy cretino se había empecinado en divinizar a una mocosa a la que ni siquiera se había atrevido a aproximarse.

Ambas le observaban sin apartar la mirada de su rostro, y en sus ojos por lo general inexpresivos se podía leer, no obstante, una lógica mezcla de ira, odio y estupor. Si sus manos les hubieran sido útiles le habrían estrangulado, si sus dientes les hubieran sido útiles le habrían desgarrado la yugular a mordiscos, y si sus uñas les hubieran sido útiles le hubieran arrancado los ojos.

Su dulce infancia, su esperanzada pubertad, sus primeros e inquietantes escarceos amorosos, sus posibles hijos y sus también posibles nietos se habían malogrado por culpa de la supuesta armonía de los gestos de una inocente niña polaca.

Cuando se juzga a un asesino, tan solo se le juzga por las vidas que ha arrebatado y repito una vez más que ello se me antoja injusto, porque en realidad se le debería juzgar por las otras muchas vidas que sus actos pueden haber abortado.

En el transcurso de mis largas conversaciones con Alicia, esta solía referirse al futuro que había imaginado para su hija, quien, tal vez influenciada por las peculiares características de Cuenca, siempre había señalado que de mayor quería estudiar arquitectura con el fin de poder restaurar sus incontables edificios históricos.

Sueños e ilusiones rotas, vidas truncadas y un dolor tan profundo que no me siento capaz de expresar con palabras, menos aún con palabras escritas, puesto que cuando se consuela de viva voz, esa voz muestra la intensidad de nuestras emociones, mientras que ningún papel ha demostrado nunca sensibilidad a la hora de llorar.

Aquel impotente sí que era capaz de llorar por su idolatrada chicuela, aislándose del océano de sufrimientos que había causado y en el que evidentemente las muertes ajenas carecían de importancia frente al hecho de que él no pudiera volver a hacerse pajas observando de lejos cómo una niña chapoteaba en una piscina de plástico.

Jimena y Andrea parecían preguntarme en silencio por qué razón le permitía seguir viviendo, y lo cierto es que tan solo se me ocurría una respuesta: su vida no bastaba para pagar todo el horror de sus culpas.

Era, sin duda, una parte importante de la factura, pero no el montante de su totalidad.

Cien de sus repugnantes vidas no hubieran compensado por las hermosas vidas actuales y futuras que destruyó, y por lo tanto me esforcé por vencer el impulso de comprar cartuchos nuevos, cargar la vetusta escopeta de caza que se enmohecía hacía una década en un armario y descerrajarle un tiro en la cara acabando con aquella sucia historia de una vez por todas.

Y una vez más hice de tripas corazón al preguntarle:

—¿Continuaste buscándola?

—¿Qué otra cosa podía hacer? Contraté a los mejores detectives y no reparé en gastos, pero reconozco que durante la larga espera comencé a aficionarme a los más humillantes sucedáneos.

—¿Sucedáneos? ¿Qué quieres decir con eso de «sucedáneos»?

—Fotografías.

—¿Fotografías de niñas desnudas? ¿Dónde las conseguías?

—Primero en el mercado negro y más tarde en internet. La oferta es muy amplia y bastan algunos euros y unas cuantas preguntas para que te proporcionen una infinita variedad de fotografías de niños y niñas, la mayoría de ellas captadas en playas, colegios o piscinas, e incluso algunas en las que se ofrecen en actitudes claramente provocativas.

—¿Cómo es posible que hayamos llegado a estos extremos de depravación?

—¿De qué cojones estás hablando? «Llegar a estos extremos de depravación.» ¡Qué estupideces dices! El amor a los púberes, cualquiera que sea su sexo, es tan antiguo como la humanidad, y ya se practicaba entre los egipcios, los griegos o las milenarias culturas orientales. Muchos emperadores romanos, en especial Tiberio, tuvieron centenares de amantes juveniles, y lo único que ha cambiado es el uso de la tecnología de acuerdo con el ritmo de los tiempos. Y en el fondo eso es bueno porque la mayoría de los pederastas son gente apocada que se conforma con mirar fotos y echar a volar su imaginación; fantasean sobre lo que harían si tuvieran la oportunidad de ponerle la mano encima a un niño pero lo cierto es que raramente pasan a la acción.

—Yo creo más bien que esas fotos son una clara incitación que provoca el deseo y casi la necesidad de «pasar a la acción».

—No estoy de acuerdo. Y ten en cuenta que soy una autoridad en este campo, tanto por activo practicante como por estar considerado el experto oficial del tema en este país. La humanidad está compuesta de una masa cobarde y retraída, y un pequeño porcentaje de gente osada y decidida. Y en el mundo de los pederastas ese margen de diferenciación es aún mayor, porque a la natural cobardía de los pedófilos se añade la vergüenza y el convencimiento de que se verán rechazados por su familia y por la sociedad. ¡Son unos mierdas!

—¿Y acaso tú no te consideras un mierda?

—¡En absoluto! Admito que soy un hijo de puta secuestrador, torturador, violador y asesino; la auténtica Bestia Perfecta que ni siquiera experimenta el menor remordimiento por sus actos, pero nunca he sido ni seré «un mierda».

Era una simple cuestión de puntos de vista, pero consideré que no era cuestión de iniciar una agria disputa sobre la naturaleza o descripción de los excrementos, fueran o no humanos.

—Como quieras, los demás son unos mierdas mientras que tú te consideras un valiente. ¿Qué pasó luego?

—Lo que tenía que pasar.

—¿Y es?

—Que un mal día coincidí en un ascensor con una niña que se parecía a Yedra y la violé.

—¿La mataste?

—No; eso tan solo vino mucho más tarde. De momento me conformé con violarla.

—Muy considerado por tu parte... ¿Por qué no la mataste?

—Porque, como te he dicho, todo responde a un lento proceso evolutivo. Durante años me dediqué a mirar fotografías y a buscar a niñas a las que atacar pero sin experimentar la necesidad de acabar con ellas; me bastaba con el hecho de poseerlas. Luego, y eso es lo que acabó de complicar las cosas, me notificaron que al fin habían dado con el paradero de Yedra.

—¿O sea que volviste a verla?

Asintió en silencio.

—Aparqué el coche frente a la dirección que me habían indicado, aguardé durante más de dos horas, tan nervioso que a cada rato tenía que acudir a un bar para orinar, y al fin, cuando ya estaba a punto de darme cabezazos contra el parabrisas, salió del portal.

—¿Y...?

—Ya no era Yedra. —Sollozó una vez más—. Ya no era «mi» Yedra. Era una muchacha granujienta que vestía unos sucios tejanos y una espantosa blusa de colores chillones. Aún seguía siendo muy bonita, pero nada tenía que ver con aquel maravilloso ser de otra galaxia que me había vuelto loco durante tantos años. ¡Ya no era Yedra! —Hipó llorando a moco tendido—. Al crecer, aquella guarra hija de puta había matado a mi Yedra.


El paso de los años, seis o quizás algunos más, habían convertido a los ojos de Bernardo Gil del Rey a «un maravilloso ser de otra galaxia en una guarra hija de puta», por lo que cabe admitir que el paso de los años, seis o quizás algunos más, habían convertido a un honrado juez en un desalmado violador, asesino de niñas.

¿Resulta factible semejante transformación?

No me atrevo a aceptarlo sin más, por lo que prefiero suponer que previamente existía una semilla de maldad en el espíritu del respetado ex ministro, y debió de ser la visión de una niña desnuda lo que obligó a germinar a esa semilla en lo más profundo de su alma, florecer más tarde con inusitada fuerza, y acabar por convertirse en una venenosa y destructiva hiedra.

En una ocasión leí que en la Amazonia existe una liana a la que los nativos llaman *matapalo*, que debe su apropiada denominación al hecho de que partiendo de una microscópica semilla, que cierta especie de hormiga transporta en el vientre, comienza a crecer girando en torno a los más altos árboles, alimentándose de su savia y ganando en fuerza y grosor a tal punto que acaba por estrangular al tronco, pudrirlo, y permitir que al fin se desintegre y caiga en pedazos. Al derribarse ese soporte central, la liana, una especie de hiedra al fin y al cabo, queda erguida como un gigantesco muelle por cuyo hueco interior se alcanza a distinguir el cielo.

La gran diferencia estribaba en el hecho de que cuando se miraba en el interior de Bernardo Gil del Rey no se distinguía el cielo sino únicamente un tenebroso abismo que obligaba a sentir vértigo.

—Al verla salir de aquel mugriento portal, al seguirla y advertir hasta qué punto la inimitable armonía de sus gestos había dejado paso a una forma de hablar y de moverse de una vulgaridad casi ofensiva, llegué a la conclusión de que la pequeña Yedra era una rosa a la que yo había conocido en sus horas de máximo esplendor, pero que como todas las rosas estaba destinada a marchitarse. La belleza es la belleza del instante, y al morir ese instante, muere la belleza.

—No estoy de acuerdo. En mi opinión...

—En este caso tu opinión no cuenta... Tú tan solo has amado a mujeres adultas cuyo cambio es lento y marcha acorde con el tuyo; amar a una niña es como amar a un rayo que cruza el firmamento y te deslumbra pero que de inmediato lo sume todo en una oscuridad impenetrable. He pasado el resto de mi vida esperando un nuevo rayo pero lo único que he encontrado son tristes luminarias.

—¿Y qué culpa tenían esas «tristes luminarias» a las que por culpa de la tal Yedra destruiste?

—¿Y qué culpa tenía yo de que aquel portentoso rayo me descubriera por una décima de segundo el paraíso?

—Ese supuesto paraíso tan solo existía en tu imaginación.

—Ningún paraíso ha existido nunca más que en la imaginación de los hombres, pero no por ello han dejado de buscarlo desesperadamente. Cada cual tiene derecho a aspirar al suyo, y el mío se llamaba Yedra.

¡Maldito sea ese nombre que por suerte no existe, maldito mil veces por causar tanto daño, y maldito quien imaginó que aquel era su particular paraíso y se empeñó en buscarlo! ¡Dios, cómo le odiaba!

Cómo deseaba no volver a verle nunca, destruirle de una vez por todas, y conseguir olvidar que había existido, pero al propio tiempo me sentía atraído por lo que a diario me contaba al igual que el pájaro se siente atraído por los ojos de la serpiente que acabará por devorarle.

Su tenebrosa historia y la desgarrada forma en que la narraba tenían la «virtud» de ejercer una invencible fascinación sobre mi mente pese a que fuese una persona acostumbrada a las inquietantes historias de quienes llevaban ya mucho tiempo bajo tierra. Y es que a menudo pienso que por el mero hecho de estar vivo podría distanciarme de las desgracias que me contara un muerto, pero no de las atrocidades que me contara un vivo.

Aquel abominable sádico que había estrangulado a niñas con el fin de ver cómo se les escapaba el alma por la boca, pretendía tener derecho a un paraíso particular despreciando el hecho de que dicho «paraíso» no era más que una inconcebible aberración.

—Aun en el improbable caso de que aquella descerebrada hedionda me hubiera pedido que me acostara con ella, e incluso en el más improbable caso de que hubiera podido encontrar la forma de violarla y asesinarla, nunca lo habría hecho.

—¿Por qué?

—Porque con el transcurso de unos pocos años se había convertido en la única muchacha de este mundo a la que me sentía incapaz de tocar.

—¿Por qué?

—Si lo supiera sabría algo sobre lo mucho de mí que ignoro. Si hubiera aprendido a controlar o analizar mis sentimientos, nunca habría terminado en esta inmunda cueva, rodeado de ratas y comido por los piojos y las chinches.

—Ese es al fin y al cabo el destino de todos los seres humanos. Por mucho que nos esforcemos, casi nunca vamos a parar al punto al que nuestra fuerza de voluntad se propuso llegar, sino a aquel al que nuestras debilidades nos empujaron.

—Yo tan solo tuve una debilidad; Yedra fue el frágil eslabón que permitió que la gruesa cadena de la inquebrantable voluntad que había tardado años en forjar saltase en mil pedazos.

Con la proximidad del invierno llegaron días de inesperada inquietud.

En primer lugar, Erika me notificó que había recibido la visita de un policía que quería saber la razón por la que su nombre figuraba en la agenda del desaparecido juez Bernardo Gil del Rey.

—Por suerte, después de haber estado quince años casada con un delincuente habitual, tengo tanta experiencia en mentir a la policía que le convencí de que lo único que había hecho era pedirle una audiencia con el fin de que reabriera el caso de mi marido, ya que «una corazonada» me decía que no era el verdadero culpable de los crímenes de los que se había inculpado. Se limitó a comentar que solía ser normal que los parientes nos negásemos a admitir los delitos cometidos por nuestros seres queridos pese a que estuvieran más que demostrados, por lo que se fue tan contento y sin hacer más preguntas.

—¿Estás segura de que le convenciste?

—Bastante... De todos modos, por si no hubiera sido así y llegaran a relacionarme contigo, cosa que no es difícil dado lo mucho que nos vemos, convendría que te deshicieras de una vez por todas de ese hijo de puta que escondes ahí abajo.

—No puedo matarle.

—¿Por qué? Nunca he conocido a nadie que merezca tanto la muerte.

—No soy ni un verdugo, ni un asesino.

—¿Pero sí un juez...?

—Juzgar es fácil, pero he llegado a la conclusión de

que ejecutar no lo es tanto. Aparte de que considero que la muerte no es suficiente castigo para lo que ha hecho. Necesito que firme una confesión en la que revele todos los detalles de sus crímenes no conocidos e indique el lugar en el que torturaba, violaba y asesinaba a las niñas para que se pueda comprobar que es cierto. En ese caso lo entregaría a las autoridades, pero dudo que lo haga.

—También yo. Sería la única forma de limpiar el «buen nombre» del padre de mis hijas, pero sabiendo lo que sabemos sobre él supongo que preferirá morir a sentarse en el banquillo de los acusados y pasar por un humillante proceso en el que quedaría en manos de sus antiguos compañeros de carrera.

—¿Y qué puedo hacer si no lo mato?

—De momento tapiar la entrada de la cueva que da al jardín trasero. Por lo que me has contado se puede acceder a ella por el sótano donde te resultará más sencillo disimular una puerta de acceso. La del exterior se encuentra demasiado a la vista y si te visitara la policía podría sentir curiosidad, sobre todo porque últimamente surge un hedor que ya resulta imposible continuar camuflando con el estiércol de los parterres de flores.

—Está claro que tienes una mente criminal... —no pude por menos que comentar sonriendo.

—Lo que tengo son malas costumbres. Roque era un maestro en lo que se refiere a ocultar cosas, por lo que me tenía la casa plagada de «zulos». Lo que tienes que hacer ahora es convertir esa cueva en un enorme zulo.

Tenía razón, y cuando alguien tiene razón en algo tan serio como el rapto y la detención ilegal de un juez, conviene hacerle caso.

Ese mismo día me armé de cemento y piedras y me apliqué a la tarea de tapiar la entrada de la Gruta de las Reclamaciones, que por lo que contaba la tradición se había mantenido abierta desde hacía casi cuatrocientos años.

No es que me considere un artista de la albañilería pero sabido es que la necesidad aguza el ingenio, por lo que cuando, tras cinco días de ímprobos esfuerzos en los que me machaqué dos dedos, di por concluida mi tarea, nadie que no estuviera advertido habría sido capaz de imaginar que en aquel rincón del jardín existía antaño una cancela de hierro que daba acceso a una escalera de piedra que descendía hacia una oscura cueva.

Erika, la única persona a la que podía acudir en demanda de ayuda, colaboró a la hora de desarraigar un frondoso árbol y trasladarlo como buenamente pudimos con el fin de replantarlo ante la antigua entrada, y resultó tan dura la jornada que esa noche ni siquiera se sintió con ánimos para dedicarse a aquello que tanto la entusiasmaba. Lo agradecí porque tampoco yo estaba para muchos trotes.

A partir de aquel día me veía obligado a descender al sótano, serpentear por entre infinidad de sacos, muebles viejos y barricas de vino vacías, correr una estantería que antaño debió de almacenar valiosas botellas y acceder deslizándome por un estrecho hueco a una gruesa puerta que se abría a la hedionda estancia infestada de ratas que ocupaba la Bestia Perfecta. Podía jugarme la cabeza a que ni el más avispado intruso sería capaz de llegar hasta allí.

El segundo motivo de inquietud me lo dieron las niñas, que una mañana, y en el momento en que me disponía a sentarme frente a Bernardo Gil del Rey, me advirtieron:

—Ha fabricado un pincho muy afilado con una pata del jergón, se ha sentado encima y piensa clavártelo en cuanto te descuides.

—¡Vaya por Dios! —me apresuré a exclamar en voz alta dirigiéndome directamente al ex ministro—. ¿O sea que pretendes matarme? Está visto que no se puede uno fiar de nadie.

—¿A qué te refieres...? —quiso saber, palideciendo de forma visible pese a la barba y la mugre que le cubrían el rostro.

—Al «pincho» que según las niñas ocultas bajo el culo.

No supo responder y juro que en esos momentos pareció disminuir de tamaño, probablemente porque acababa de abortar su última esperanza de salvación, o tal vez por el hecho de comprender que estaba sometido a todas horas a la invisible vigilancia de sus propias víctimas.

—Entrégamelo o te juro que pasarás cuatro días sin agua y sin comida —le indiqué—. Y sabes que soy capaz de hacerlo.

—Tú eres capaz de todo.

—En eso estriba tu mayor problema... —puntualicé con una leve sonrisa—. Te advertí hace tiempo que habías dejado de ser la Bestia Perfecta porque habías tropezado con alguien más listo y posiblemente más bárbaro que tú. La única diferencia estriba en que lo que hicistes tú lo hicistes por pura depravación, mientras que yo lo hago por justicia.

—Querrás decir «tu» justicia.

—¡Exactamente! Se trata de «mi» justicia. Admito que no es la más ortodoxa, pero alguien como tú, que se ha pasado años burlándose de todas las justicias y actuando a su antojo sin respetar las más elementales reglas del comportamiento humano, no puede sorprenderse de que otros también lo hagan.

—Ya nada me sorprende.

—Lo comprendo, pero no fui yo quien inventó este juego. ¿Acaso no recuerdas tus inspirados versos ante el cadáver de una niña violada?:

«Nada hubo antes, ni nada habrá después, cada minuto es mío y lo exprimo al segundo; busco el placer sin hacer concesiones; el bien y el mal tan solo son palabras que inventó algún cobarde que se temía a sí mismo. Hago sufrir si ello me complace, mato cuando la muerte me excita, e incendio cuando el fuego me hace grande, porque cuando una losa me cubra para siempre, no existirá placer, ni dolor, ni fuego, ni grandeza. Tan solo existirá la muerte...»

Hice una corta pausa antes de añadir:

—Me recuerda a las palabras que pronunció en el cadalso el mariscal Gilles de Rais: «Yo hice lo que los hombres sueñan.»

—Un personaje realmente singular, sin duda.

—¿Te consideras uno de sus discípulos?

—Humildemente, puesto que nadie podrá llegar nunca a la altura de un mariscal de Francia que luchó codo a codo con la mítica Juana de Arco.

—¿Te hubiera gustado ser como él?

—Quien es capaz de dejar su huella en la historia es digno de admirar cualquiera que sea esa huella.

—Pues me complace comunicarte que tu huella se ha diluido definitivamente; la prensa ya no te dedica ni tan siquiera una línea, y por no tener no tendrás ni esquela ni epitafio.

Me entregó el pincho en silencio y durante toda una semana se negó a pronunciar una sola palabra. Estaba acabado. Destruido, aniquilado, despojado del más mínimo resto de dignidad y convertido en un animal maloliente, hambriento y devorado por los parásitos, pero que contra toda lógica se mantenía increíblemente lúcido, sin que la locura, último refugio de los desesperados, acudiera en su auxilio.

Estoy convencido de que cualquier otro ser humano hubiera comenzado a perder la razón al verse en semejantes circunstancias, pero el ex ministro Bernardo Gil del Rey demostraba a diario que estaba hecho de una pasta especial; la pasta de los superhombres, aunque en este caso se tratara de un superhombre del mal.

Cuando se decidió a hablar de nuevo, ya nada parecía importarle.

—Un día violé a una niña preciosa... Mi primera intención fue abandonarla sin más, tal como tenía por costumbre, pero de pronto caí en la cuenta de que acabaría por convertirse en una muchacha tan repelente como se había convertido mi Yedra.

Guardó silencio, pero ese silencio resultaba a mi modo de ver tan revelador como una abierta confesión.

—¿La mataste? —Como no respondía insistí—: ¿Y qué sentiste al matarla?

—Que estaba matando a Yedra.

—¿A la Yedra niña o la Yedra adolescente?

—Solamente existe una Yedra: la Yedra niña. La verdadera se llama en realidad Natacha y anda por ahí haciendo pajas a los chicos en los portales oscuros y los cines de barrio.

—¿Significa eso que te habías dedicado a espiarla?

—Necesitaba saber si quedaba algo de la criatura que amé tanto, pero por desgracia ya no quedaba nada.

—¿Acaso pretendías que el tiempo se detuviera para ti? ¿Te crees un dios capaz de conseguir que la naturaleza deje de seguir su curso y una niña no crezca por el mero hecho de que te gustaba masturbarte espiándola mientras se bañaba?

—¡Calla!

—No pienso callarme. Quiero que pases el resto de tu vida preguntándote por qué razón llegaste a considerarte un semidiós al que todo le estaba permitido, cuando en realidad no eres, tal como tú mismo aseguraste, «más que la mota de caspa de un cadáver que se pudre bajo tierra».

—Eso es lo que has conseguido que sea, ¿no es cierto?, la mota de caspa de un cadáver que se pudre, en vida, bajo tierra.

—¡Exacto! Y eso es lo que quiero que sigas siendo hasta que te mueras.

Tardó en responder quizá debido a que acababa de aceptar cuál iba a ser su destino, y cuando al fin alzó el rostro y me miró se limitó a asentir repetidas veces.

—Creo que es justo.

—¿Quieres decir con eso que aceptas la sentencia?

—¿Y qué remedio me queda? Ya te dije que sabía lo que hacía y me constaba que si las cosas iban mal el precio que tendría que pagar sería muy alto... —Hizo un gesto a su alrededor mostrando las ratas que pululaban entre sus propios excrementos al añadir—: Aunque si quieres que te sea sincero, siempre imaginé que la celda sería algo más higiénica, me proporcionarían libros, y podría pasear y ver la luz del sol de tanto en tanto.

—Eso es algo que tan solo se concede a los asesinos. No a las Bestias que además de violar y asesinar alardean de ello.

—¿Consideras que ese fue el peor de mis crímenes? ¿El hecho de alardear de lo que hacía?

—¡Sin duda! Y lo es porque demuestra hasta qué punto tu egolatría te impedía sentir remordimientos. Si no hubiera sido por mi capacidad de relacionarme con los muertos habrías continuado violando y asesinando hasta el día de tu muerte.

—Es muy posible. Como a los drogadictos, los alcohólicos o los ludópatas, cada vez me resultaba más difícil contenerme.

—Por lo que tengo entendido, la espiral del vicio, excepto en lo que se refiere puramente al sexo, que con la edad suele corregirse, suele ir siempre en aumento.

—A veces tengo la tentación de agradecerte que me hayas atrapado, porque de no ser así podría haber organizado una masacre. Y no es justo: nada justo.

Lo dijo de corazón, estoy seguro, lo cual me hizo sospechar que en el fondo de su alma, si es que la tenía, se sentía en cierto modo aliviado por el hecho de haber puesto fin a tan insensato baño de sangre.

—Te honra que pienses de ese modo. Pero hay una cosa que siempre me ha intrigado, ¿cómo diablos conseguiste que Roque Centeno colaborara en semejante monstruosidad, que a mi modo de entender no iba con su estilo de hacer las cosas?

—Como juez tenía al alcance el archivo de expedientes delictivos, así que fui seleccionando los más flagrantes hasta elegir el de Roque Centeno, cuyo perfil se ajustaba perfectamente a mis necesidades. Le telefoneé, le hice comprender que tenía pruebas más que suficientes como para encerrarle por el resto de su vida, y accedió a colaborar.

—¿Y no te preocupó el hecho de que pudiera delatarte?

—¿Tan inepto me consideras? Aquel infeliz nunca tuvo la menor idea de para quién trabajaba; se limitaba a raptar a las niñas que le indicaba, drogarlas y abandonarlas en un lugar en el que yo las recogía horas más tarde.

—Entiendo. Pero lo que no entiendo es cómo te las arreglaste para obtener su confesión y que a continuación se pegara un tiro. ¿Acerté también al suponer que le amenazaste con hacer daño a sus hijas?

—Lo cierto es que era un auténtico canalla. Pero tenía una virtud: adoraba a sus hijas, y cuando le envié las fotos que les había hecho a la puerta del colegio y le amenacé con violarlas y asesinarlas, se rindió casi en el acto.

—A Erika le alegrará saberlo. No es que tenga un buen concepto de su marido, pero algo es algo.

—¿Es tu cómplice en esto?

—«Cómplice» es una palabra demasiado fuerte. Implica delito, y a mi modo de ver al atraparte no hemos cometido ningún delito. Digamos, más bien, que es mi «colaboradora necesaria». Y lo que me sorprende es que alguien tan inteligente como tú cayera en la trampa.

—¿Y qué otra cosa podía hacer? Pese a las precauciones que siempre había tomado me quedaba la duda de que aquel subnormal hubiera conseguido averiguar algo sobre mí. Cuando acudí a esa «trampa» me asaltó un extraño presentimiento, pero ni en mis peores pesadillas pude imaginar que desembocaría en esto... ¿Quién eres en realidad?

—Tu fiscal, tu juez y tu verdugo. No puedo decirte más porque si alguna vez decides firmar una confesión y te entrego a la policía no me apetece la idea de que puedas acusarme de rapto y detención ilegal.

—Nunca firmaré esa confesión, y lo sabes.

—Esa es una decisión que tan solo a ti te corresponde. Pero supongo que te has dado cuenta de que ello implica que no saldrás nunca de este lugar.

—Sí. Ya me he dado cuenta.

—Vivirás como la Bestia que has sido hasta que Dios decida que continúes pagando tus culpas en otra parte.

—Peor no podrá ser.

—¡Cualquiera sabe!

Han pasado cinco años. Erika se casó con el dueño del restaurante en el que trabajaba y por lo que afirma, y estoy seguro de que no miente, es muy feliz porque su marido le proporciona mucho amor, mucho respeto, una desahogada posición económica y un sincero cariño hacia unas niñas a las que ha dado su apellido librándolas del estigma del que llevaban.

A Erika le alegró mucho saber que al menos por una vez en la vida su ex esposo había demostrado ser una persona decente amén de un excelente padre, pero jamás me volvió a preguntar por Bernardo Gil del Rey.

Bartolomé Cisneros y María Luisa Molina tienen dos hijos que completan su innegable felicidad.

Andrea y Jimena desaparecieron de mi vida hace tres años.

Manuela, la agradecida viuda de Miguel López, me envía de tanto en tanto una caja de ostras o percebes, y mi relación con Alicia continúa siendo un misterio;

nos sentimos a gusto el uno con el otro, pero ni tan siquiera el paso del tiempo ha conseguido romper una barrera que con el paso de ese mismo tiempo ha acabado por convertirse en un muro cada vez más infranqueable.

Entra dentro de lo posible que nos hagamos viejos juntos sin volver a tocarnos.

El ser humano puede llegar a ser tan extraño...

La Bestia Perfecta se ha convertido en una alimaña casi ciega porque rompió la bombilla de la cueva ya que por lo visto prefiere esperar su fin en la más absoluta oscuridad.

Tres veces por semana le bajo agua y comida que le entrego a través de un ventanuco, pero apenas me dirige la palabra pese a que cuando lo hace resulta evidente que se mantiene sorprendentemente lúcido.

¡Qué gran hombre hubiera sido de no haber encontrado a Yedra en su camino!

Hace unos meses fui a ver actuar a Yedra, que ha llegado a ser la estrella de un famoso musical de moda, y debo reconocer que me impresionó porque se trata de una mujer francamente espectacular que por lo que cuentan vuelve locos a los hombres y lleva camino de hacerse muy rica a costa de ellos.

Pero no se llama Yedra.

Ni siquiera ella supo nunca que se llamaba así.

Ese es uno de los tantos secretos que comparto con la Bestia Perfecta.

Admito que desde que Andrea y Jimena se fueron, mi vida volvió a dejar de tener sentido. Ya únicamente era vida. Como antaño a mi alrededor la gente hablaba, reía, comía, lloraba, mentía, bebía, hacía el amor o se drogaba. Algunos incluso se morían, pero eran difuntos que no necesitaban que los cruzara en mi barca a la otra orilla. Ya no tenía «familia»; ya nadie me necesitaba. Ni siquiera mi hijo, que se había establecido definitivamente en Tailandia. Lo único que deseaba una vez más era emprender un largo viaje que me permitiera reunirme con quienes habían hecho de mi gris existencia algo especial.

Me hundí de nuevo en una profunda depresión de la que llegué a pensar que no emergería jamás, hasta que un mal día todos los medios de comunicación destacaron que dos niñas, una española y la otra extranjera, habían sido raptadas de las habitaciones en que se encontraban durmiendo.

¡Una vez más!

¿Hasta cuándo?

Y estas eran aún más pequeñas, una de siete y la otra de apenas cinco años.

No importaba que la Bestia Perfecta se pudriera en una hedionda cueva, que el que se autodenominaba Monstruo se hubiera suicidado, o que el maldito Koriolano continuara en la cárcel.

Siempre aparecían nuevos pederastas, ¡miles de otros nuevos!, como si se tratara de una imparable marea que amenazaba con ahogarnos.

A fuer de ser sincero me veía obligado a admitir que

nada había aprendido sobre semejante cuerda de depravados debido sobre todo al hecho de que empezaba a entender que tan solo tenían en común su aberración, sin que a veces ni tan siquiera ellos mismos fueran capaces de explicar por qué razón habían llegado a ser lo que eran.

Nada tenían que ver las motivaciones de quien de adolescente había visto a su hermana desnuda en una cama, con las de un respetable magistrado que ya de adulto descubría de improviso que lo que más placer le producía era masturbarse con el ojo pegado a un telescopio.

A menudo me asalta la sensación de que cada ser humano es un planeta que gira en el universo, y aunque se encuentre directamente relacionado con otros seres humanos, mantiene siempre su propia atmósfera, sus propias leyes y sus propios secretos.

Y dentro de ese universo los pederastas se desplazan como sombras por el interior de gigantescos y misteriosos «agujeros negros».

—Tienes que hacer algo...

El corazón me dio un vuelco al verla de nuevo allí, tan seria, tan segura de sí misma y tan aparentemente madura pese a su corta edad.

—¿Y qué puedo hacer?

—No lo sé, pero tu obligación es encontrar a esas niñas antes de que pasen a ser «uno de los nuestros».

—¿Mi obligación? —me escandalicé—. ¿Desde cuándo es mi obligación solucionar los problemas de los muertos?

—Desde que te elegimos, entre millones de posibles candidatos, para que los solucionaras —replicó como si se tratara de una verdad incuestionable—. Se te ha concedido algo que nadie más posee: la absoluta seguridad de que existe otra vida y una cordial relación con los que ya nos encontramos en ella. A cambio de esos dones que te convierten en un ser único, tan solo te pedimos que nos ayudes a resolver ciertos problemas que a decir verdad la mayoría de las veces, como en este caso, atañen a los vivos. No creo que sea pedir demasiado, teniendo en cuenta que en cuanto desaparecemos tu vida se te antoja tan insoportable que te deprimes e incluso empiezas a pensar en el suicidio.

Tenía razón y resultaba inútil negarlo: con demasiada frecuencia mi relación con los muertos me empujaba al abismo de la locura, pero de igual modo me desquiciaba mi falta de relación con ellos.

En una existencia tan gris y anodina como la mía, sin familiares cercanos, sin una situación sentimental consolidada y casi sin amigos, los difuntos se habían convertido en mi única vía de escape, y estaba convencido de que si me abandonaban me hundiría irremediablemente.

Yo era diferente porque ellos me hacían diferente.

Semejante distinción no me permitía ser mejor o peor que cualquier otro, pero me proporcionaba una razón para vivir y en algunos casos incluso conseguía que hasta el último de mis sentidos cobrara una fuerza inusitada. Por lo tanto me veía obligado a admitir que llevaba meses vegetando pero que de pronto la súbita aparición de Jimena me empujaba a vivir de nuevo.

—De acuerdo —acepté—. Pero aun en el caso de que intente evitar que maten a esas niñas, no veo que pueda hacer nada que no esté haciendo ya la policía.

—Tú tienes algo que la policía no tiene.

—¿Y es?

—Al rey de los pederastas, que es al propio tiempo quien más sabe sobre sus formas de actuar.

—¿La Bestia Perfecta?

—¿Quién mejor que él para ayudarte? —inquirió—. Resolvió en tres días el caso de la niña raptada por Koriolano, y estoy segura de que conoce a la mayoría de esos malnacidos. Si alguien puede encontrar a esas criaturas, es él.

—¿Me estás pidiendo que negocie con el hombre que te secuestró, torturó, violó y asesinó?

—Si con ello puedo evitar que le causen daño a otras niñas, sí. ¿Crees que se ha arrepentido?

—Yo ya no creo nada en cuanto se refiere a los seres humanos, pequeña. ¡Nada en absoluto! Pero si con lo que está sufriendo no se arrepiente incluso de haber nacido, es que el arrepentimiento no es más que una palabra hueca y sin sentido.

—En ese caso, habla con él y ofrécele incluso la libertad si nos ayuda.

Cuando le pedí a Bernardo Gil del Rey que abandonara la cueva, para pasar al sótano, y emergió como un cadáver ambulante, no pude por menos que horrorizarme y sentir vergüenza de mí mismo.

¡No era justo!

Por terribles que hubieran sido sus crímenes, y de hecho lo eran, no era justo, ya que apenas podía caminar sin apoyarse en las paredes, aparecía cubierto de los pies a la cabeza de inmundicia, supurantes llagas se abrían por todo su cuerpo como abiertas bocas por las que se le escapara la vida, y la escasa luz que penetraba por un ventanuco le hacía tanto daño que se veía obligado a cerrar los ojos.

Durante casi cinco minutos me sentí incapaz de hablar, asqueado por lo que veía, pero asqueado sobre todo por haber permitido que las cosas hubieran llegado a tal extremo.

Se dejó deslizar por la pared hasta quedar derrengado en el suelo, puesto que resultaba evidente que las piernas no le sostenían, y no pronunció una sola palabra ni hizo gesto alguno.

Había envejecido veinte años y parecía una marioneta a la que le hubieran cortado los hilos que la mantenían erguida.

No vomité porque en buena ley tendría que haber vomitado en mi interior.

—No sé si has pagado o no por lo que hiciste... —acerté a decir al fin—. Tan monstruosos fueron tus actos como el castigo que te he impuesto, y lo único que espero es que no me pidan cuentas por ello.

Aguardé pero no obtuve respuesta.

Jimena, que se sentaba a mi lado, intentó darme los ánimos que estaba necesitando con un leve ademán de asentimiento.

—Si decides colaborar en lo que voy a pedirte, pasarás una temporada aquí, aseándote, recuperándote y acostumbrándote a la luz hasta que estés en disposición de salir a la calle. Luego te dejaré libre a condición de que te retires a vivir lejos de todo, dediques tu tiempo a luchar contra la pederastia, y hagas testamento a favor de una fundación dedicada a cuidar a niños. ¿Me estás escuchando?

Hizo un leve gesto de asentimiento, por lo que añadí:

—Si aceptas el trato nadie sabrá que fuiste tú quien cometió esos crímenes.

Por primera vez pude advertir en él un leve signo de reacción, tardó en hablar pero al fin inquirió con un hilo de voz y un tono de absoluta incredulidad:

—¿Es cierto eso?

—Te doy mi palabra; si me ayudas, no dices nada sobre dónde has estado todo este tiempo, y cumples el acuerdo, tu nombre quedará limpio.

Reflexionó un largo rato, abrió la boca para decir algo, volvió a cerrarla, se rascó las palmas de las manos en lo que parecía un gesto automático que repetía continuamente, y por último quiso saber:

—¿Y qué pasará si una vez libre no cumplo el trato?

—Que te escondas donde te escondas te atraparé y no volverás a salir de esa cueva hasta el fin de tus días.

Asintió una vez más con la cabeza para musitar al poco:

—«Tus difuntas amigas» me estarán vigilando, ¿no es cierto?

—Sigues siendo muy inteligente —repliqué—. Vayas adonde vayas, hagas lo que hagas, e incluso pienses lo que pienses, Andrea y Jimena estarán a tu lado y vendrán a contármelo.

Cabría asegurar que una amarga sonrisa asomaba a sus labios en el momento de comentar:

—Ningún asesino tuvo nunca mejor carcelero que sus propias víctimas, ¿no es cierto? ¿Qué necesitas?

—Información.

—¿Sobre?

—Pederastas.

—He pasado mucho tiempo ahí dentro, pero sin duda aún debo de ser quien más sabe sobre el tema. ¿Cuál es el problema?

—Dos niñas de entre cuatro y siete años han desaparecido.

—¿Dónde?

—Una en Benidorm y la otra en Torrevieja.

—Malos sitios son esos si por casualidad estamos en verano.

—Estamos en verano.

—Demasiada gente, y demasiados lugares en los que esconderlas... —musitó como para sí—. En esta época esas playas son como un hormiguero en el que los padres pierden de vista a los críos y siempre hay degenerados al acecho.

—Ocurrió de noche; mientras dormían, una en un hotel y la otra en un apartamento y en compañía de sus dos hermanos.

—¿De noche y en sus camas? —pareció sorprenderse.

—Eso he dicho.

Se advertía que le costaba un gran esfuerzo incluso pensar, y el simple hecho de hablar le fatigaba en exceso puesto que llevaba demasiado tiempo sin hacerlo.

De nuevo mostró intención de hablar pero experimentó una especie de vahído, por lo que apoyó la cabeza en la pared, cerró los ojos y se quedó dormido.

Le dejé allí limitándome a cerrar la puerta, consciente de que en su estado no podría ni tan siquiera aproximarse a la escalera.

Transcurrió casi una semana antes de que Bernardo Gil del Rey se encontrara en condiciones de pensar con claridad.

Durante ese tiempo le proporcioné medios con los que asearse, ropa limpia y comida decente, así como pomadas y medicamentos con los que cerrar sus innumerables llagas e intentar fortalecerse.

Pese a todo continuaba semejando un evadido de un campo de concentración.

No obstante, su mente recuperó en poco tiempo su admirable lucidez.

Me pidió toda la información que pudiera reunir con respecto a las niñas desaparecidas, y tras estudiarla con detenimiento, acabó por mover de un lado a otro la cabeza en tono pesimista:

—Resulta evidente que no se trata de «descuideros» de los que rondan por las playas o los parques con la esperanza de toparse con una presa fácil de la que abusan pero a la que raramente asesinan —dijo—. Por su edad y la forma de actuar de los raptores, de noche y en un lugar de veraneo de la costa, yo diría que más bien se trata de los Pescadores de Altura.

—¿«Pescadores de Altura»...? —No pude por menos que admirarme—. ¿Qué tienen que ver los pescadores de altura con los pederastas?

—¡Nada! —reconoció—. Pero existe un grupo, calculo que de cuatro o cinco individuos como máximo, que se denominan a sí mismos los «Pescadores de Altura» porque cada verano se lanzan a navegar por el Mediterráneo a la busca y captura de niñas con el fin de disfrutar de ellas sin que nadie les moleste en alguna escondida cala de la costa.

—¡Me niego a aceptarlo!

—Estás en tu derecho, pero lo cierto es que existen y en alguna ocasión tuve tratos con ellos e incluso me enviaron fotos. El dosier sobre sus actividades debe tener casi cien páginas y lo guardaba en mi caja fuerte.

—¿En tu casa...? —Ante el mudo gesto de asentimiento no pude vencer la tentación de inquirir—: ¿Y no sería más lógico que un documento de tanta importancia estuviera en manos de la policía?

—No, si quien lo ha confeccionado lo ha hecho no desde el punto de vista de la policía, sino de quien considera que se trata de una astuta manera de obtener lo que él mismo pretende... —Bernardo Gil del Rey se encogió de hombros al concluir—: En mi caso tuve que renunciar a la idea de imitar a los pescadores porque me mareo en cuanto pongo los pies sobre la cubierta de un barco.

—¿O sea que la idea te pasó por la cabeza?

Me observó como si aquella se le antojara la pregunta más estúpida que le hubieran hecho nunca antes de replicar:

—A los pederastas nos preocupa ante todo la impunidad, y te aseguro que pocas cosas existen más seguras que un pequeño cadáver atado a un ancla a casi mil metros de profundidad.

—Veo que a pesar de todo sigues siendo un incombustible hijo de puta que solo piensa en lo mismo.

—¡Te equivocas! —me contradijo en el acto—. He tenido tiempo para meditar sobre cuanto hice, y aceptar hasta qué punto era un comportamiento abominable, pero si pretendes que te ayude a encontrar a esas niñas debo continuar pensando, hablando y comportándome como lo que siempre fui: un inteligente pederasta.

Creo que por primera vez en años me mostré abiertamente grosero al señalar:

—Compórtate como te salga de los cojones, pero encuéntralas.

—Necesito ese dosier; en él hay datos, nombres, fechas, fotos y pautas de comportamiento que facilitarían mucho las cosas. De otro modo no sabría por dónde empezar.

—¿Acaso pretendes que entre en tu casa y te lo traiga?

—El primer día te quedaste con todo lo que tenía, incluidas mis llaves. Te diré dónde está la de la caja fuerte, así como su combinación.

—Probablemente la policía vigile tu casa.

—¿Me consideras tan estúpido como para guardar documentos tan comprometedores en mi casa, «casa»? —inquirió molesto—. Allí no hay nada: te estoy hablando de «la otra casa»; la que nadie conoce.

—¿En la que abusabas de las niñas?

Asintió en silencio.

—¡Dios! —Casi sollocé—. No creo que fuera capaz de entrar en semejante lugar.

—Yo te acompañaré...

Me volví a observar a Jimena, que era quien había hecho semejante aseveración apareciendo de improviso.

—¿Es que te has vuelto loca? —le espeté sin la menor consideración—. ¿Acaso pretendes revivir cuanto sufriste allí?

—«Revivir» significa volver a vivir —me contradijo tan imperturbable como de costumbre—. Y yo ya no puedo volver a vivir nada. Recordar sí, y por desgracia esos recuerdos van conmigo a todas partes. ¡Iremos juntos!

—¡Ni hablar!

La Bestia Perfecta, que había escuchado en silencio y a la que al parecer ya no le sorprendía que de pronto yo comenzara a hablar solo, intervino como si en realidad tomara parte en una conversación a tres bandas pese a que, lógicamente, continuaba sin poder ver a Jimena:

—Si no te sientes con fuerzas como para entrar solo en mi casa, mejor será que dejes este asunto en manos de alguien más capacitado; recuerda que lo que está en juego es la vida de dos criaturas y sin ese dosier no puedo hacer nada. Me llevó años recoger la información y debes entender que después de tanto tiempo no recuerde nombres ni direcciones.

Sonaba sincero.

Sincero y lógico.

Pero aun así me continuaba aterrorizando la idea de penetrar en un lugar en el que por lo menos dos niñas habían sido torturadas, violadas y asesinadas.

¿Suena absurdo cuando quien lo dice acostumbra hablar con absoluta naturalidad con los espíritus de esas mismas víctimas?

Probablemente, pero hay que tener en cuenta que a lo que yo iba a enfrentarme no era a los muertos o a unos fantasmas, sino al horror que había precedido a esas muertes.

¿Cómo sería en realidad aquel lugar?

Una vez más la imaginación pugnaba por desmelenarse intentando superar a la realidad, y esa noche, tendido en la cama, llegué a imaginar que me enfrentaría a una ensangrentada y tenebrosa cámara de torturas como las que se describían en los relatos sobre aquel sádico mariscal de campo francés que colgaba de ganchos a los niños en los sótanos de sus lúgubres castillos.

Admito, por tanto, que las manos me temblaban ligeramente y casi me costaba trabajo respirar en el momento que enfilé la carretera de La Coruña en busca de la urbanización de clase media alta en la que según Gil del Rey se encontraba su «refugio».

No sé por qué razón había imaginado que habría elegido un caserón aislado en un paraje boscoso, pero, por el contrario, se trataba de un precioso chalet rodeado de altos setos al punto que apenas se distinguía desde una estrecha y solitaria calle salpicada de badenes que impedían que los automóviles pudiesen ir demasiado aprisa.

Crucé por tres veces ante él con el fin de cerciorarme de que no se advertía a nadie por los alrededores, antes de decidirme a abrir la reja e introducir el coche en la explanada que se extendía ante la corta escalinata que conducía a una puerta blindada.

El jardín se encontraba totalmente descuidado y todo parecía indicar que el lugar había sido abandonado tiempo atrás.

Admito que el corazón me golpeaba con fuerza en el pecho en el momento de abrir la puerta y penetrar en un salón cubierto de polvo y telarañas.

Cerré a mis espaldas y me tomé un tiempo con el fin de acostumbrar los ojos a la penumbra.

Estaba asustado.

¡Naturalmente que lo estaba!

¿Quién no lo hubiera estado en semejantes circunstancias?

Ni tan siquiera el continuo contacto con los muertos me había proporcionado el valor necesario como para adentrarme en un lugar desconocido del que sabía a ciencia cierta que se habían cometido atroces asesinatos.

No me avergüenza tener que admitir que lo primero que hice fue abrir puertas hasta encontrar un baño si no quería correr el riesgo de orinarme encima.

Lo único que se percibía a primera vista era una casa deshabitada que en poco o nada se diferenciaba de cualquier otro lugar semejante.

Ni policías ni ladrones hubieran tenido motivos para sospechar que se trataba de una cárcel secreta, pero Bernardo Gil del Rey me había explicado qué era lo que debía hacer para que el aparador de la cocina se corriera suavemente a un lado permitiendo descubrir el comienzo de la escalera que conducía al sótano.

¡Aquel sótano era ya otro mundo!

El auténtico mundo de la Bestia Perfecta.

Esperaba encontrar una cámara de tortura y en su lugar lo que descubrí fue una especie de sofisticado plató de televisión cuyo centro lo ocupaba una enorme cama cubierta con una colcha azul con dibujos en forma de flor de lis y de cuya dorada cabecera partían unas cadenas con esposas de acero.

Y fotografías; docenas de fotografías de niñas, todas rubias, todas muy parecidas a como debía de ser Yedra a su edad.

Fotografías que me obligaron a vomitar.

Evidentemente, Jimena y Andrea no habían sido las únicas víctimas de aquel sádico.

¡Dios fuera loado!

Me sentí culpable por el simple hecho de ser testigo de semejantes atrocidades.

Me vi obligado a tomar asiento en un sillón, el único que había, aquel que sin duda ocuparía la Bestia Perfecta cuando se regodeara contemplando a las niñas desnudas y a su merced sobre la cama, y necesité un largo rato hasta conseguir serenarme.

No pude por menos que plantearme que cometía un error a la hora de dejar en libertad a semejante monstruo, y tan solo el hecho de meditar que lo que en verdad importaba era intentar salvar dos vidas me proporcionó las fuerzas necesarias para no salir huyendo de aquel lugar, regresar a casa y meterle dos tiros en la cabeza a semejante alimaña.

Busqué la caja fuerte, aunque en realidad estaba muy a la vista, introduje en una bolsa todo lo que contenía y abandoné el lugar sin quitarme los guantes hasta que me encontré de nuevo en la carretera.

No quería que, bajo ningún concepto, quedaran rastros de mi paso por tan maldito lugar.

## Pescadores de Altura

El título figuraba con cuidadas letras de redondilla en el canto de un archivador rojo de los que pueden encontrarse en cualquier oficina, y Bernardo Gil del Rey se aplicó de inmediato a la tarea de estudiarlo, dedicando a la ardua y paciente labor toda una tarde y la mayor parte de la noche, por lo que al amanecer, y pese a que se encontraba evidentemente fatigado, inquirió mientras me mostraba una fotografía:

—¿Qué ves aquí?

—Una niña desnuda.

—¿Y dónde se encuentra?

—De espaldas al mar.

—¿Pero dónde?

—¡Y yo qué sé! —protesté—. Es un mar como otro cualquiera.

—El mar sí, ¿pero dónde está ella? ¿A qué está sujeta?

—A un cable.

—No es un simple cable —me contradijo—. Si te fijas advertirás que sube levemente inclinado porque en realidad es un obenque de los que mantienen firmes los palos de un barco. Está agarrada a él porque de lo contrario el balanceo la obligaría a tambalearse.

—¿O sea que, según tú, se encuentra a bordo de un barco?

—¡Exactamente! Y más concretamente de un velero, porque de lo contrario no tendría palos ni por lo tanto obenques. —Volvió a indicarme la foto con el fin de insistir machaconamente—: ¿A qué distancia calculas que le hicieron la foto?

—Supongo que a unos tres o cuatro metros.

—Más bien cuatro, diría yo... —confirmó seguro de sí mismo—. Eso quiere decir que si tiene cuatro metros de manga se trata de un velero de por los menos veinticinco metros de eslora.

—No entiendo demasiado de barcos... —me vi obligado a admitir—. Pero al menos sé que al referirte a la «manga» quieres decir ancho, y «eslora», largo.

—¡Exacto! Tampoco yo entendía de barcos, pero cuando los Pescadores de Altura que frecuentaban mi página en internet me enviaron esta foto de una niña que habían «capturado» durante una de sus correrías, estudié a fondo el tema y llegué a una conclusión: su yate tiene que ser un velero de unos veinticinco metros de largo y más de treinta años de antigüedad.

—¿Y eso último por qué lo sabes?

—¡Fíjate en los pies de la niña! —recalcó una vez más—. Se encuentran entre dos rayas separadas entre sí por unos diez centímetros, lo cual significa que está pisando sobre una cubierta de madera construida a base de tablas ensambladas y visiblemente desgastadas. Y eso hoy en día ya no se usa; la mayor parte de los barcos se fabrican en fibra de vidrio y las cubiertas suelen ser blancas, rugosas y antideslizantes o, en ocasiones, están cubiertas con una moqueta.

—Puede que tengas razón.

—Sé que la tengo. A esta niña, Carla Colombo, la secuestraron en un hotel de Sorrento hace ahora siete años, casi el mismo día en que secuestraron a otra muy parecida, una alemana llamada Erika Stein, en Salerno, a apenas cuarenta kilómetros de distancia. Sus cadáveres nunca aparecieron.

—¿Y crees que se trata de la misma gente?

—¡Sin duda! Han actuado varias veces en las costas italianas, españolas, griegas e incluso portuguesas, pero curiosamente nunca en las francesas, lo que me hace suponer que es en algún puerto francés donde el barco pasa el invierno. Son muy prudentes a ese respecto, y probablemente prefieren no actuar «en casa».

—¿Quiere eso decir que son franceses?

—No necesariamente. En la Costa Azul vive gente muy rica, muy degenerada y de muy diversas nacionalidades.

Se le advertía agotado, por lo que consideré oportuno dejarle dormir pidiéndole permiso para estudiar mientras tanto el contenido de su archivador.

Se trataba de un trabajo detallado en cada uno de sus puntos, lo que demostraba que Bernardo Gil del Rey no era tan solo un hombre inteligente, sino también extraordinariamente meticuloso que analizaba cada detalle como si lo estuviera observando a través de un microscopio.

Fechas, días, lugares, descripción de las víctimas y modo en que habían sido secuestradas, todo aparecía detallado y con notas al margen, por lo que no pude por menos que llegar a la conclusión de que tenía razón y, en efecto, existía un grupo de degenerados que cada verano se hacían a la mar con el fin de capturar, torturar, violar y asesinar a un par de niñas que raramente superaban los siete años.

Aunque no cabía duda alguna de que el autor de tan espléndido trabajo de investigación analizaba los hechos pero jamás los condenaba.

Más bien al contrario, cabría suponer que experimentaba una especie de abierta admiración por quienes conseguían sus objetivos con absoluta impunidad.

En un determinado momento escribía:

> En tierra firme tan solo el ácido o una cremación a muy altas temperaturas consigue que un cuerpo desaparezca por completo, lo cual siempre ofrece ciertas dificultades.

La infinidad del mar, con sus profundas fosas, resuelve de un modo mucho más efectivo ese problema.

«Problema.»

A su modo de ver no se trataba de un crimen execrable, sino de la forma más práctica posible de resolver el «problema logístico» que significaba deshacerse del cuerpo de un delito.

Leyendo cuanto había escrito, de nuevo tuve que reconocer que la Bestia Perfecta y los de su calaña habitaban en un universo moral diferente al resto de los mortales, y en el que lo que importaba no era el hecho en sí, por horrendo que a cualquier otro pudiera parecerle; lo único que importaba era permanecer en el anonimato y la impunidad.

Aunque supongo que ese es un baremo aplicable a todos los criminales.

Nos dividimos entre quienes nos juzgamos a nosotros mismos y quienes tememos que nos juzguen los demás; entre quienes miramos hacia dentro, o quienes estamos más pendientes de cuantos nos observan desde fuera, y cabe entender que ningún pederasta se muestra dispuesto a mirar en su interior.

Pero de cuanto figuraba entre tanto documento y tanto análisis, una pequeña frase me llamó particularmente la atención:

¿Existe una mujer?

Era una simple pregunta al final de un largo capítulo, sin que en ningún otro punto se volviera a mencionar el tema, por lo que no me quedó más remedio que sacarlo a colación durante nuestra siguiente entrevista.

—¿Existe una mujer?

—He llegado a pensarlo... —admitió Bernardo Gil del Rey, aunque no parecía en absoluto seguro de sí mismo—. En más de una ocasión he tenido la sensación de que no se trata únicamente de un «grupo de amiguetes» que se hacen a la mar dispuestos a divertirse a toda costa; es posible que entre ellos se encuentren mujeres.

—¡Pero eso es aún más aberrante! —no pude por menos de exclamar.

—¿Por qué? —pareció sorprenderse—. Las fantasías eróticas de una mujer suelen ser tan frecuentes o más que las de un hombre, y de hecho me consta que el bestialismo se da casi por igual en ambos sexos. Te doy mi palabra de que preferiría equivocarme, pero entra dentro de lo posible, ¡y recuerda bien que tan solo digo posible!, que los famosos Pescadores de Altura sean en realidad dos parejas; es más, tal vez incluso dos matrimonios.

Estaba convencido de que ya había visto u oído todo cuanto pudiese referirse a la depravación humana, por lo que semejante afirmación tuvo la virtud de «descolocarme» por el simple hecho de que hasta aquel día no se me había pasado por la mente la idea de asociar a una delicada y maternal figura femenina con el sórdido universo de la pederastia.

Me vino, sin embargo, a la memoria el reciente juicio que acababa de celebrarse en Madrid, en el que se había condenado a largos años de prisión a un matrimonio por abusar sexualmente de sus hijos, chico y chica con un innegable retraso mental, así como de permitir que un vecino participase en semejantes orgías, y no puedo negar que esa noche apenas pude pegar ojo preguntándome cómo conseguiría escapar de la sórdida tela de araña en la que me encontraba atrapado.

Al amanecer me había hecho la firme promesa de acabar de una vez con todo aquello, puesto que al fin y al cabo habían pasado casi dos semanas desde la desaparición de las niñas, lo cual venía a significar que a aquellas alturas deberían de estar muertas.

—¡Lo dudo! —fue la seca respuesta de la Bestia Perfecta.

—¿Por qué?

—Porque o yo no sé nada acerca de los pederastas, y modestia aparte creo que lo sé casi todo, o esas «capturas» tienen que durarles todo el verano. Nadie mantiene un barco tal vez inactivo a lo largo de un año y se lanza luego a la aventura de organizar el rapto simultáneo de dos niñas para acabar con ellas en poco tiempo. Unas criaturas tan bellas son piezas preciosas de las que se debe disfrutar con tiempo y con paciencia.

—Me dan ganas de vomitar o de pegarte un tiro.

—Tú fuiste quien quiso meterse en esto.

—Me obligaron.

—En ese caso pídele cuentas a quien te obligó, no a mí. Lo único que pretendo es salvarme ayudándote, y para conseguirlo debo hacer que te metas en la mierda hasta el cuello. Ten presente que los pederastas somos ante todo *voyeurs* que en ocasiones solemos disfrutar contemplado al objeto de nuestro deseo sin tan siquiera tocarlo, puesto que esa es una forma de alargar el placer que se avecina. Es como cuando contemplas a una mujer desnuda en la cama sabiendo que vas a poseerla. Apostaría a que esas niñas aún no han sido violadas y lo único que hacen es corretear desnudas por cubierta o bañarse en el mar, observadas por quienes se relamen imaginando lo que van a hacer con ellas cuando llegue el momento.

—¡Malditos seáis todos! —estallé—. ¡Espero que os pudráis en el infierno!

—Allí estaremos, porque es algo que tengo asumido en caso de que exista el infierno, cosa que dudo. —Su tranquilidad conseguía pasmarme en ocasiones—. Pero de lo que ahora se trata no es de que nos maldigas, que a nada conduce, sino de salvar a esas crías. Olvida tu indignación y ponte a trabajar.

—¿Qué tengo que hacer?

—Averiguar si un velero, antiguo, de madera, de unos veinticinco metros de eslora y probablemente de bandera francesa, hizo escala en algún puerto equidistante de Benidorm y Torrevieja, tal vez Alicante, durante los días en que raptaron a esas dos niñas. Y, naturalmente, localizar dónde se encuentra ahora ese barco.

Como siempre, no me quedaba otro remedio que acudir a Bartolomé y María Luisa, a los que costó un gran esfuerzo admitir que había mantenido encerrado a la Bestia Perfecta durante todo aquel tiempo, y que por si fuera poco andaba metido en otro maldito embrollo de difícil solución.

Me consta que hubieran preferido mantenerse al margen de un hediondo asunto que venía a perturbar su vida en cierto modo perfecta, pero seguían siendo gente de bien que no se mostraba dispuesta a aceptar que un grupo de desalmados abusaran impunemente de unas crías para acabar por arrojarlas al fondo del mar cuando se hubieran cansado de ellas.

—¿Estás seguro de lo que dices? —quiso saber una impresionada María Luisa—. ¿Absolutamente seguro?

—No puedo estarlo, pero esos documentos demuestran que idéntica forma de actuar se ha utilizado en veranos anteriores, por lo que si encontramos ese barco y a esos canallas no solo habremos salvado a dos niñas, sino probablemente a muchas más en un futuro.

—Es que cuesta trabajo aceptar que algo así pueda ocurrir... —sentenció Bartolomé Cisneros—. Es algo que escapa incluso a mi imaginación.

—Eso se debe a que la tuya es la imaginación de un hombre decente; lo hemos discutido a menudo: el hecho de que no seamos capaces de entender que existan seres como ellos no significa que no existan. Están ahí, nos rodean, y por desgracia cada día crecen en número.

—¿Por qué?

—No es más que una simple cuestión de porcentaje: aumenta la población, y por lo tanto aumenta el número de tarados. La ciencia ha conseguido encontrar remedio a infinidad de enfermedades del cuerpo, pero por desgracia no ha progresado de igual modo en cuanto a lo que se refiere a las enfermedades del espíritu.

—Sigo pensando que no se trata de ninguna enfermedad, pero no es cuestión de ponerse a discutir —argumentó mi fiel amigo de la silla de ruedas—. Supongo que lo que pretendes es que te ayudemos a encontrar ese barco, ¿me equivoco?

—En absoluto.

—¡Bien! Supongamos que damos con él. ¿Qué hacemos entonces?

—Comprobar que las niñas están a bordo, aunque en mi opinión no es cuestión de adelantar acontecimientos. Lo primero es el barco, luego ya veremos.

María Luisa acudió en mi auxilio:

—En eso estoy de acuerdo —intervino para volverse

de inmediato a su marido y añadir—: Imagínate que son nuestros hijos los que están en peligro, o sea que agarra ese teléfono y empieza a llamar a todo aquel que pueda echarnos una mano, empezando por el capitán del puerto de Alicante.

—¿Y qué les digo?

—Que a un amigo tuyo le han robado un velero de esas características y sospechas que navega por la zona con otro nombre y otra bandera.

—¿Acaso alguien se va a creer que han robado un barco?

—Hoy en día se roba de todo, cariño; no hace mucho leí que en Nápoles había desaparecido un submarino de la Armada italiana que al poco tiempo se vendió a trozos como si fuera chatarra... —Le besó afectuosamente en la frente al tiempo que le colocaba un teléfono en la mano—. ¡Venga! —ordenó más que rogó—. ¡Ponte a trabajar!

Bartolomé Cisneros era un hombre que ciertamente tenía muchos amigos, y en aquellos lugares en los que no conocía a nadie utilizaba un argumento que rara vez fallaba: su indiscutible poder político y económico.

Tres días más tarde sobre la mesa de su despacho se amontonaban un sinfín de detalladas descripciones de todos los veleros que habían hecho escala en puertos de la costa mediterránea española durante los dos últimos meses.

Al día siguiente habíamos seleccionado seis posibles candidatos, aunque ninguno apareciera abanderado en Francia.

No tardamos en comprobar que uno de ellos se encontraba tranquilamente atracado en Marbella, a la vista de todo el mundo, y otro, limpiando fondos en el mismo Alicante, por lo que tan solo nos quedaban por investigar cuatro: dos ingleses, uno holandés y el último abanderado en Panamá.

—¡Olvídate del panameño! —sentenció de inmediato Bernardo Gil del Rey—. O yo no entiendo nada de esto o esa gente es demasiado lista como para navegar en un yate matriculado en Panamá.

—¿Y eso por qué?

—Como todo el mundo sabe, la panameña es una bandera de conveniencia destinada a pagar menos impuestos y acogerse a unas leyes más permisivas, lo cual hace que cuando recalan en puertos deportivos la mayoría de las autoridades analicen con especial detenimiento unos yates que con demasiada frecuencia se utilizan para el transporte de drogas, el contrabando de tabaco o el tráfico de divisas. Alguien que lleva a niñas secuestradas a bordo jamás correría el riesgo de que vinieran a someterle a una inesperada inspección buscando cualquier otra cosa.

—Suena razonable —no pude por menos que admitir—. En ese caso quedan únicamente tres, pero supongo que resultará muy difícil localizarlos en alta mar.

—A no ser que se dicte una orden de búsqueda y captura internacional...

—¿Y con qué argumentos le pido yo a la policía o a la marina que busquen esos barcos?

—Con el de que dos niñas están a punto de morir... —Hizo una pausa, se frotó ligeramente el tobillo izquierdo, por el que le mantenía preventivamente sujeto con una larga cadena a una de las columnas del sótano, y al fin pareció admitir la lógica de mi razonamiento—. Entiendo que no puedas ir por ahí diciendo que sabes cosas que no puedes explicar por qué las sabes sin que te encierren en un manicomio.

—Tú lo has dicho.

—En ese caso lo mejor será utilizar El Atajo.

—¿A qué te refieres con eso de «El Atajo»?

—A algo que tal vez aún funcione —replicó—. Para evitar absurdos retrasos o peligrosas «filtraciones», cuantos dirigíamos la lucha contra la pederastia en la mayor parte de los países del mundo utilizábamos, de forma muy excepcional, lo que llamábamos «El Atajo», que no es otra cosa que una dirección de correo electrónico que nadie más conoce. Es una especie de buzón de datos muy restringido que permite actuar de forma rápida y conjunta a la par que permanece siempre protegido.

—No obstante, tú, el peor de los pederastas, tenías acceso a él.

—Cierto.

—¿Y no se te antoja irónico?

—Bastante.

—¿Y no puede darse el caso de que alguno de esos otros «altos dirigentes de la lucha contra los pederastas» sea a su vez pederasta?

Se limitó a sonreír casi socarronamente al admitir:

—¡No te diría yo que no!

—¡Qué hijos de puta podéis llegar a ser!

—Estamos de acuerdo —reconoció una vez más con absoluta naturalidad, pero de lo que ahora se trataba no era de calificarnos, sino de actuar—. Si después de tantos años El Atajo aún funciona, en menos de veinticuatro horas estarán buscando esos barcos y los resultados del rastreo irán a parar de nuevo al buzón.

—¿Pero alguien se preguntará quién y por qué se hace la petición? —argumenté convencido de lo que decía.

—En mis tiempos no solían hacerse ese tipo de preguntas puesto que estaba claro que quien tenía acceso al buzón era de absoluta confianza, por lo que sus razones tenían que ser de peso, lo que hacía que jamás se cuestionaran. Si luego el autor de la demanda quería compartir sus investigaciones era otra cosa, pero no perdíamos el tiempo solicitando explicaciones prematuras. Lo que se pretendía era que prevaleciera la eficacia sobre la burocracia, ya que como sabes muy bien suelen ser términos antagónicos.

—Inteligente política, vive Dios.

—La única válida en estos casos. Si alguien decía: «Haced esto», lo hacíamos de inmediato porque para preguntar siempre hay tiempo, mientras que para actuar acostumbran faltar minutos.

—¡De acuerdo! —dije—. En ese caso, si me proporcionas esa dirección iré a un cibercafé, enviaré la orden y esperaremos a ver qué es lo que pasa.

—Reza para que en este tiempo no hayan cambiado los hábitos.

—¿Te fías de un vivo?

La incongruente pregunta tenía su «miga» y me hubiera hecho reír de no ser por el hecho de que quien la planteaba estaba muerta y razones tenía para desconfiar de quien la había violado, torturado y asesinado.

—¿Y qué remedio me queda, pequeña? —argumenté—. Si hemos llegado hasta aquí, y si realmente esas niñas están a bordo de un velero, el mérito se lo debemos atribuir, íntegramente, a un «vivo». ¿Qué sacaría con engañarme a estas alturas?

—No lo sé, pero lo que sí sé es que la vida de ese cerdo no ha sido más que un puro engaño.

—Ha cambiado.

—Los pederastas nunca cambian —pontificó segura de lo que decía—. Más sencillo resulta que un negro se vuelva blanco o un chino se convierta en un rubio noruego, que un pederasta en un ser «normal».

Puede que tuviera razón y la experiencia enseña que la tenía, puesto que rara vez se suele dar el caso de que un pederasta renuncie a sus inclinaciones aun a sabiendas de que le van a llevar a la cárcel, como si el hecho de abusar de una criatura indefensa fuera un impulso superior al que acaba por conducir a la muerte a los drogodependientes.

¿Pero qué otra cosa podía hacer en la situación en que me encontraba?

Viejo es el dicho de que «no hay peor cuña que la del mismo palo», y no existía a mi modo de entender mejor forma de enfrentarme a quienes habían secuestrado a aquellas niñas que un secuestrador de niñas.

—Lo que debes hacer —dije— es ayudarme buscando entre los muertos a alguna niña que haya sido violada y asesinada en un yate. Alguien que corrobore que vamos por el buen camino.

—¿Acaso imaginas que los muertos nos reunimos los fines de semana a cambiar impresiones? —quiso saber en un tono asaz despectivo—. ¡No seas tonto! Si tú no puedes conocer a todos los seres vivos de una sola generación, ¿cómo pretendes que yo conozca a todos los muertos de cientos de generaciones? Ni siquiera tengo idea de dónde se ocultan.

La situación se me volvía a antojar tan incongruente como de costumbre, pues era cosa harto repetida que mientras los difuntos no se decidieran a mostrarse por sí mismos, nadie, ni vivo ni muerto, poseía el poder de convocarlos.

Mi única esperanza estribaba, por tanto, en que aquel buzón que antaño servía de atajo continuara operativo.

Y por fortuna lo estaba.

No habían pasado aún veinticuatro horas cuando llegaron respuestas desde varios puntos del Mediterráneo.

El *Princess III* navegaba por las proximidades de Mallorca y el *Magnolia* se encontraba fondeado frente a Taormina, pero del *Brabante* no se tenía noticia alguna desde la mañana en que abandonó Alicante.

—¿Qué opinas? —quise saber.

La respuesta de Bernardo Gil del Rey tuvo la virtud de sorprenderme:

—¿Conoces Taormina? —inquirió a su vez, y ante el gesto negativo, añadió—: Se alza junto a la costa y sobre una inmensa roca, el monte Tauro, por lo que la mayoría de los balcones de sus hoteles y apartamentos, así como las calles y plazas, miran al mar, lo cual quiere decir que cientos de personas pueden distinguir, a vista de pájaro, cuanto ocurre en un yate anclado en su bahía. Si yo tuviera prisioneros a bordo esa ensenada sería el último lugar del mundo que escogería para fondear.

—¿O sea que descartamos al *Magnolia*? —argumenté.

—Pero sin olvidarnos de él definitivamente. Ordena que alguien lo espíe con un buen telescopio desde el Hotel San Domenico.

—¿«Ordenar»? —repetí desconcertado—. ¿Y a quién se lo tengo que ordenar?

—Bastará con que introduzcas la petición en el buzón, y la policía italiana se encargará del resto. Los casos de Carla Colombo y Erika Stein les afectaron mucho, por lo que siempre se muestran más que dispuestos a colaborar.

—Supongo que te partirías de risa cada vez que te enviaban información ignorantes de que estaban ayudando a un pederasta.

—No creo que sea momento de elucubrar sobre lo que pude sentir o no en su día —puntualizó con una acritud que admito que me merecía—. He tenido mucho tiempo para reflexionar, y te garantizo que la soberbia, que admito que fue uno de mis peores defectos, desapareció tras cinco años de no tener ni papel con que limpiarme el culo. Ahora lo único que deseo es ser de utilidad en este caso y vivir lo que me queda por vivir como un simple ser humano. Si alguien aprendió alguna vez una lección, ese fui yo.

Me concentré, por tanto, en hacer lo que me indicaba, convencido de que lo único que importaba en aquellos momentos era localizar a las dos niñas, pero como no me sentía capaz de sentarme a esperar el resultado de la búsqueda de los barcos que faltaban, le pedí a Bartolomé Cisneros que pusiera a su gente a investigar a sus propietarios.

La información que llegó al día siguiente me aclaró muchas dudas: el *Magnolia* pertenecía a un viejo lord inglés que se encontraba disfrutando de unas largas vacaciones en compañía de toda su familia, incluidos tres nietos, lo cual explicaba que hubiera fondeado en un lugar tan paradisíaco como las costas de Taormina.

Por su parte, el *Brabante* era un barco de alquiler que en aquella ocasión había sido contratado por un grupo de jóvenes submarinistas que al parecer pensaban pasar todo el verano buceando en el mar Rojo.

Y, por último, el *Princess III* tenía dos dueños: un famoso abogado inglés y un acaudalado industrial belga, íntimos amigos, y que cada año solían recorrer el Mediterráneo en compañía de sus respectivas esposas.

—Son esos.

—¿Estás seguro?

—Los datos concuerdan con mis informes y sobre todo con lo que en cierto modo «presentía»; los Pescadores de Altura no son simples pederastas tal como yo los entiendo; son tan depravados que incluso han conseguido que sus mujeres participen en el juego... —Sonrió con lo que más bien era una mueca amarga para concluir—: Si en alguna ocasión llegaste a preguntarte si podía existir alguien peor que yo, aquí tienes la respuesta.

—Hubiera preferido ignorarla.

—Lo supongo.

—Y si quieres que te diga la verdad, no acabo de creérmelo y puede que toda esta historia del barco no sea más que una fantasía.

—Estás en tu derecho... —admitió con desgana—. Tal vez tan solo se trate de dos honrados matrimonios que a lo más que se atreven es a realizar un simple intercambio de parejas; pero lo que sí te advierto es que entre una cosa y otra ha pasado demasiado tiempo, lo más probable es que a estas alturas esas niñas ya hayan sido violadas, y a no tardar mucho habrá que buscarlas a más de mil metros de profundidad. —Se encogió de hombros con fingida indiferencia al añadir—: ¡O sea que tú mismo!

Había pasado, en efecto, demasiado tiempo; casi un mes desde que desaparecieran las pequeñas, y me revolvía el estómago admitir que por mucha paciencia que tuviera y por mucho que le apeteciera regodearse en la simple vista de su futura víctima, ningún depravado resistiría tanto tiempo a sus impulsos.

Decidí, por tanto, que debería actuar pese a que aún no estuviera absolutamente seguro de que el *Princess III* fuera el barco que buscaba.

Le dejé a Bernardo Gil del Rey agua y comida para una semana, volé a Palma de Mallorca y contraté los servicios de un helicóptero con la excusa de que una revista náutica me había encargado fotografiar las costas baleares así como a los innumerables yates que pululaban por aquellas fechas en sus múltiples, tranquilas y transparentes calas.

Por suerte disponía de un más que sofisticado equipo fotográfico fruto de mi vieja afición a la ornitología, a la vista de lo cual no levanté la más mínima sospecha en el momento de subir al aparato cargado con un sinfín de cámaras.

Excuso decir que la mayor parte de las miles de fotografías que fingía tomar las estaba haciendo sin negativo, y tan solo cuando hacía su aparición un barco que en verdad me interesaba utilizaba una cámara digital con teleobjetivo de alta definición.

Cuando se me terminó el dinero telefoneé a Bartolomé Cisneros, que en menos de una hora me envió una transferencia que me permitiría continuar en el aire dos semanas más en caso de que fuera necesario.

Pero no lo fue.

Al sexto día, y tras coronar la cima del diminuto islote de Sa Dragonera, casi frente al puerto de Andraix, apareció ante nosotros, anclado en el centro de una minúscula ensenada a la que tan solo se podía acceder por mar, un altivo velero de unos veinticinco metros de eslora, sobre cuya cubierta dos mujeres y un hombre tomaban el sol totalmente desnudos mientras un segundo hombre buceaba junto a las rocas de la costa.

Pero ni rastro de dos niñas.

Ordené al piloto que girara en torno al barco aunque no demasiado cerca, y el teleobjetivo de la cámara me permitió leer con absoluta claridad el nombre impreso en letras rojas en el espejo de popa: *Princess III*.

Seguimos viaje bordeando en dirección norte la costa oeste de Mallorca, continué con el paripé de hacer un sinfín de fotos falsas, y al regresar a Palma le comuniqué al piloto que ya contaba con suficiente material,

—¿Suficiente material? —se escandalizó—. ¡Con eso tiene para ilustrar cien libros sobre barcos! ¡Menudo derroche!

—Cuando se quiere conseguir una foto extraordinaria es necesario tirar miles de fotos ordinarias —repliqué muy serio—. Y yo únicamente entrego fotos extraordinarias.

Debió de quedarse pensando que al menos me pagarían treinta mil euros por cada una de ellas o de lo contrario no me saldrían las cuentas, pero al fin y al cabo no me importaba en absoluto lo que pudiera pasar por la cabeza de aquel buen hombre aunque fuera, eso sí, un excelente piloto.

Lo primero que hice a continuación fue encaminarme al puerto de Andraix, en el que un amable anciano, el patrón Joanet Perdigó, accedió a alquilarme una vieja barca de pesca que ya apenas usaba.

Con dos semanas de alquilarla a semejante precio hubiera podido comprarse una nueva, pero lo que a mí me importaba en aquellos momentos no era el precio, sino la urgencia, y sobre todo el hecho de que admitiera el depósito de garantía en metálico y sin hacer ni una sola pregunta.

Con la primera claridad del alba «levé anclas» y a los pocos minutos, en cuanto abandoné la protección de la acogedora bahía, me encontraba vomitando a los pies de los impresionantes farallones del cabo de La Mola.

El mar no es mi elemento, nunca lo ha sido, ni nunca lo será.

Por fortuna en cuanto comenzó a calentar el sol se aplacó el viento, con lo que el mar comenzó a calmarse y el estómago dejó de molestarme sobre todo cuando, a los quince minutos, la isla me protegió del suave oleaje que llegaba de poniente.

Sa Dragonera no es más que un desolado peñasco de unos cuatro kilómetros de largo por apenas uno de ancho que por el oeste cae verticalmente al mar desde una altura que supongo debe de ser de poco más de cuatrocientos metros, mientras que por el lado que da a Mallorca desciende en una pendiente menos abrupta formando varias calas de aguas cristalinas.

No se advertía más signo de vida que un faro en la punta sur, algunas embarcaciones de pesca y cuatro o cinco yates que al parecer habían pasado allí la noche.

El corazón me dio un vuelco al advertir que el *Princess III* no se encontraba ya en la ensenada en la que lo había visto el día anterior, y admito que pasé unos minutos angustiosos hasta que al fin lo distinguí en otra cala un poco más pequeña a casi un kilómetro de distancia, hacia el norte.

No se distinguía a nadie sobre cubierta.

Al parecer sus ocupantes disfrutaban de sus vacaciones y por lo tanto se levantaban tarde.

Eché el ancla a unos quinientos metros de su popa, cebé, más mal que bien, media docena de anzuelos con las sardinas que amablemente me había proporcionado el patrón Perdigó, y los lancé al agua con escasas esperanzas de atrapar algo.

Para mi sorpresa de inmediato comencé a capturar lo que más tarde averigüé que eran sargos, serranos, cabrillas y roncadores, ¡la suerte del principiante!, y me entusiasmé a tal punto que se me pasó el tiempo y no volví a la realidad hasta advertir que dos de los ocupantes del yate se habían lanzado al agua y nadaban mansamente hacia las rocas.

Se trataba de un hombre y una mujer; él de unos cincuenta años, rubio y de complexión robusta, y ella mucho más joven y con una figura realmente atractiva en su absoluta desnudez.

Sobre cubierta, la otra pareja desayunaba a la sombra de un toldo.

Continué pescando fingiendo que lo único que me interesaba en aquellos momentos se encontraba bajo el agua.

Al cabo de media hora, el hombre que continuaba en el barco se lanzó de cabeza al mar y acudió nadando con fuertes brazadas para acabar acodándose a la borda con el fin de echar un vistazo al fondo de la embarcación:

—¡Buenos días! —saludó con un marcado acento francés—. Veo que se le está dando bien la mañana. ¿Qué cebo utiliza?

—Sardina.

—¡Qué raro! —exclamó sorprendido—. Yo casi nunca consigo pescar nada pese a que también suelo utilizar sardina.

—¡La experiencia...!

—¡Ya! ¿Me vende unos cuantos?

Fingí dudar unos instantes, pero al fin señalé:

—Se los cambio por un par de cervezas frías. Se me olvidaron.

—Le espero a bordo.

Regresó al velero y yo continué con mi «trabajo» aparentando una vez más que no tenía el menor interés por visitar una embarcación en la que no se advertía presencia alguna de niñas.

¿Me había equivocado?

El solo hecho de pensar que había empleado tanto tiempo, esfuerzo y dinero en perseguir el fantasma de un barco en el que al parecer dos inocentes parejas disfrutaban de unas tranquilas vacaciones tuvo la virtud de ponerme de mal humor, y como si ese humor fuera capaz de traspasar la superficie del agua y llegar al fondo, al poco los peces dejaron súbitamente de picar.

Al parecer se les había pasado la hora del desayuno, y admito que desde aquel día he estado tratando de averiguar inútilmente por qué demonios aquellos malditos bichos que minutos antes parecían tener un hambre voraz se veían asaltados de pronto por una absoluta desgana.

Las sardinas eran las mismas, los anzuelos eran los mismos e idéntica la profundidad, pero en aquellos momentos allá abajo no parecía quedar nadie.

Misterio.

Cuando llegué al convencimiento de que nada más me quedaba por hacer en un mar tan desierto, puse el motor en marcha y me aproximé al *Princess III*, donde me recibieron amablemente y con una cerveza helada en la mano.

Sus cuatro ocupantes estaban ahora a bordo.

Y vestidos.

Al menos cubiertos con toallas.

Les entregué ocho de mis peces, dos por cabeza, acepté las cervezas y unos canapés de salmón y caviar, y me disponía a reemprender la marcha cuando al fin conseguí verlas.

Se encontraban sentadas en proa, arrebujadas las unas contra las otras, completamente desnudas, y me miraban fijamente con aquella turbia mirada tan propia de los difuntos.

Eran al menos doce, todas de menos de siete años.

Una de las mujeres siguió la dirección de mi mirada, pareció sorprenderse y al poco inquirió en inglés:

—¿Le ocurre algo?

Tardé un siglo en responder a duras penas:

—Nada, gracias.

—Pero es que se ha quedado blanco; se diría que ha visto un fantasma.

—Debe de ser que la cerveza estaba demasiado fría y me ha caído mal.

—¿Quiere subir a bordo y descansar un rato?

—¡No, gracias! Ya es hora de irme. ¡Adiós!

—Adiós.

Me alejé de aquella diabólica embarcación y cuando me volví a mirarla por última vez advertí que los cuatro adultos me observaban, pero que de igual modo me observaban las niñas, y en sus ojos, por lo general tan inexpresivos, pude leer con absoluta claridad lo que me estaban pidiendo.

Continué mi marcha y fui a buscar refugio en una profunda ensenada triangular que se abre al sur del islote, justo bajo el faro.

Lloré largo rato.

Lloré de pena, de rabia y de impotencia.

Lloré por el simple hecho de haber dado la mano y compartido una cerveza con cuatro seres humanos que no merecían semejante denominación.

Cuando al fin conseguí tranquilizarme nadé hasta la punta desde la que podía distinguir toda la costa oriental de Sa Dragonera con el fin de cerciorarme de que el *Princess III* no levaba anclas.

No puedo, aunque supongo que más bien debería decir no quiero, describir lo que pasó por mi mente y mi corazón aquel tenebroso día, tal vez el más amargo y aciago de una vida que ha conocido más amarguras que alegrías.

Una docena de niñas descansaban en las profundas tinieblas del mar por el simple hecho de que aquellas cuatro criaturas del averno disfrutaban abusando de ellas.

Prefiero no seguir escribiendo sobre ese tema.

Nada de lo que diga puede expresar la inmensidad del odio que se había adueñado de mi alma.

El sol continuó su camino, más lento que nunca.

Pero al fin llegó un rojizo atardecer al que siguió la noche.

Una noche serena, estrellada, silenciosa.

Aguardé durante horas.

Yo era en aquellos momentos el único hombre sobre la faz de la tierra.

Tenía la extraña sensación de que el mundo, la totalidad del universo que se alzaba sobre mi cabeza, permanecía inmóvil pendiente de mis actos.

Al fin puse la embarcación en marcha, me dirigí de nuevo al norte y cuando me estaba aproximando a la entrada de la diminuta bahía apagué el motor y continué a remo.

Me aproximé como un fantasma y quiero suponer que la naturaleza se alió conmigo, porque una espesa nube llegó del este, ocultó las estrellas y permitió que las tinieblas fueran tan densas que nadie hubiera sido capaz de distinguirme a tres palmos de distancia.

Los últimos metros los recorrí tan despacio que el tiempo se me antojó infinito, pero al fin el costado del blanco velero hizo su aparición ante la proa.

Sujeté las embarcaciones para que no golpeara la una contra la otra, afirmé un cabo a un obenque y salté a bordo sin realizar un solo gesto brusco.

Con un pedazo de gruesa cuerda que llevaba a la cintura até entre sí los tiradores de la puerta de la camareta y a continuación me deslicé hasta proa con el fin de afirmar igualmente desde fuera el tambucho por el que se introducían las velas.

Convencido de que no existía ninguna otra salida me apliqué a la tarea de rociar con el fueloil del motor de mi embarcación la vieja cubierta de madera reseca.

Las niñas me observaban atentas y en silencio.

Salté de nuevo a la barca, le prendí fuego a un pedazo de estopa y lo lance sobre aquella nave maldita.

A los pocos minutos ardía como yesca.

Me alejé unos metros y observé la inmensa hoguera.

Las niñas sonreían pese a estar muertas.

Se escucharon gritos, desesperados golpes, luego alaridos, llamadas de auxilio y al poco la ruptura de los cristales de uno de los pequeños ventanucos laterales.

Un hombre aullaba tras él intentando salir, pero resultaba evidente que ningún cuerpo adulto cabía por un espacio tan pequeño.

¡Dios, qué espectáculo!

¡Qué a gusto me sentía conmigo mismo!

A la luz de las llamas el hombre alcanzó a verme, nuestras miradas se cruzaron y pareció comprender la razón por la que iba a morir achicharrado porque casi al instante dejó de gritar, movió a un lado y otro la cabeza y desapareció de mi vista.

El infierno los alcanzó incluso antes de haber muerto.

Se abrasaron.

Al cabo de unos minutos el velero que había sido mudo testigo de tanta aberración y tanto sufrimiento comenzó a hundirse de popa.

Las niñas siguieron en cubierta, ajenas a las llamas, hasta que el mar se las tragó.

Me despidieron con un agradecido gesto de la mano.

Les dije adiós y me alegró saber que al fin descansarían en paz.

La nube se alejó para que las estrellas pudieran cerciorarse de que se había hecho justicia.

Al fin sobre el tranquilo mar no quedaron más que unas cuantas tablas chamuscadas.

No me arrepiento.

Por mil años que viva no me arrepentiré jamás.